वाणी प्रकाशन ग्रुप

भारतीय ज्ञानपीठ

वाणी प्रकाशन : भारतीय ज्ञानपीठ की पुस्तकों के एकमात्र प्रकाशक एवं वितरक

अच्छे विचारों का अकाल

पर्यावरणविद् अनुपम मिश्र के व्याख्यान

अच्छे विचारों का अकाल

अनुपम मिश्र

चयन व प्रस्तुति

राकी गर्ग

वाणी प्रकाशन ग्रुप

भारतीय ज्ञानपीठ

वाणी प्रकाशन : भारतीय ज्ञानपीठ की पुस्तकों के एकमात्र प्रकाशक एवं वितरक

Email : sales@vaniprakashan.in

सजिल्द तीसरा संस्करण : 2020
सजिल्द चौथा संस्करण : 2024

लोकोदय ग्रन्थमाला : ग्रन्थांक 1298

प्रकाशक
वाणी प्रकाशन ग्रुप
4695, 21-ए, दरियागंज, नयी दिल्ली-110 002
फ़ोन : 011-23273167, 23275710
ईमेल : sales@vaniprakashan.in

ISBN : 978-93-5775-786-7 (N)
978-93-263-5497-4 (O)

अच्छे विचारों का अकाल
(व्याख्यान)
अनुपम मिश्र
चयन व प्रस्तुति : राकी गर्ग

ACHCHHE VICHARON KA AKAAL
(Lectures)
by Anupam Mishra

मुद्रक : आर. टेक ऑफ़सेट प्रिंटर्स, दिल्ली-110 032

आवरण-चित्र : लीलाधर मंडलोई

Price : INR. 495

प्रस्तावना

इस संसार में ऐसे विरले होते हैं जो किसी विचारधारा, वाद और सिद्धान्त के अनुगामी या समर्थक होने के साथ उसको अपने जीवन में अपनाते भी हैं। अनुपम मिश्र उन्हीं में से एक हैं, जिन्होंने गाँधी जी के विचारों को न सिर्फ आत्मसात किया है, बल्कि अपने जीवन में उतारा भी है। सहजता और सरलता ही उनके जीवन की साधना और दर्शन है। गाँधी दर्शन के अनुरूप ही यह सहजता और सरलता गतिहीनता का पर्याय नहीं है, बल्कि उस कर्मठता का पर्याय है, जहाँ साधन से अधिक साध्य और साधना महत्त्वपूर्ण है और यह साधना ज्ञान और कर्म की आँच में तपकर फलीभूत होती है। इसी कर्मठता के फलस्वरूप उन्होंने पर्यावरण संरक्षण के प्रति जन चेतना जगाने के कार्य की शुरुआत उस समय की थी जब देश में कोई पर्यावरण विभाग खुला भी नहीं था। तब से इस दिशा में कार्यरत हैं। पिछले तीन दशकों से भी अधिक समय से बिना किसी सहायता के जन सहभागिता का सिद्धान्त अपना कर वे भारत के लुप्त होते जल संसाधनों को बचा रहे हैं।

अनुपम मिश्र कवि भी हो सकते थे, उपन्यासकार भी और आलोचक भी। उनको अपने सुविख्यात पिता कवि भवानीप्रसाद मिश्र से साहित्य के संस्कार प्राप्त तो हुए ही थे और इस बात का अनुमान उनके लिखे गद्य को देखकर सहज ही लगाया जा सकता है। हो सकता है गाहे-बगाहे उन्होंने कविताएँ भी लिखी हों। लेकिन इन सभी रास्तों के बजाय उन्होंने पिता के काव्य प्रेम के स्थान पर उनके गाँधी प्रेम को अपनाया। सम्भवत: उन्होंने उन सभी खतरों को भाँप लिया था, जो हमारी प्राकृतिक सम्पदा पर मँडरा रहे थे और जब प्रकृति ही—पेड़-पौधे, नदी, तालाब, पानी, हवा, गाँव, जंगल ही नहीं रहेंगे तो मनुष्य कितना बचा रहेगा। जल है तो जीवन है। इसी कारण सभी आदिम सभ्यताएँ नदियों के किनारे पली-फूलीं। जिस तरह प्रकृति की उपेक्षा मानव कर रहा है, कुछ समय बाद जल की पर्याप्त उपलब्धता सबसे बड़ी चुनौती होगी तो पानी एक बड़े युद्ध का कारण बन सकता है। जब प्रकृति पर खतरे मँडराने लगें तो सभ्यता पर भी खतरे मँडराने लगते हैं।

पेड़-पौधे, नदी, तालाब, पहाड़, बादल कुल मिलाकर प्रकृति, साहित्य के किसी भी काल खंड का अविभाज्य अंग रही है। कभी आलम्बन रूप में कभी उद्दीपन रूप में और

कभी उसका विध्वंसक रूप सामने आया। लेकिन जब हमारे नदी, पहाड़, तालाब, जंगलों, भाषा और संस्कृति पर भूमंडलीकरण का संकट मँडराने लगा तो उसका सामना करने की या इससे बचने की साहित्य में पहल कम दिखाई देती है। साहित्य का समाज से अटूट सम्बन्ध तो जरूर रहा है पर साहित्य में वह सभी कुछ नहीं लिखा जा रहा है जिसकी जरूरत है। यह तो दिख रहा है, हम अपनी भाषा खो रहे हैं, संस्कृति खो रहे हैं, अस्मिता खो रहे हैं पर उससे बचने का कोई प्रभावकारी वैचारिक पक्ष सामने नहीं आया, साहित्य दलित विमर्श, स्त्री विमर्श और आदिवासी विमर्श में जैसे विषयों में सिमट कर रहा गया। बहुत अधिक हुआ तो हमने शोषण और आधुनिकता का रोना रो लिया। इन सभी पर भी लिखा जाना जरूरी था लेकिन उसके लिए कुछ ठोस कदम उठाने की जरूरत थी। उसके लिए वैचारिक धरातल चाहिए था कि यह सब क्यों और कैसे हो रहा है, तथा इसका समाधान क्या है। पर्यावरण, जलवायु संकट, ग्लोबल वार्मिंग जब आज की ज्वलन्त समस्याएँ हैं तो इनकी तो यह कहकर कि यह साहित्य का विषय नहीं है कतई अनदेखी नहीं की जा सकती थी।

इन्हीं अर्थों में अनुपम मिश्र महत्त्वपूर्ण लेखक हैं। उन्होंने इन सारी समस्याओं को न सिर्फ वैचारिक आधार दिया बल्कि उन्होंने अपने जीवन का एक बड़ा हिस्सा जल की परम्परागत और सामाजिक व्यवस्था को समझने में लगा दिया। उन्होंने वह प्रायोगिक आधार उपलब्ध कराया, जिससे बहुत कम वर्षा वाले क्षेत्र या जहाँ पानी न के बराबर था वहाँ भी पानी की कोई कमी न रहे। उन्होंने राजस्थान, मध्य प्रदेश, महाराष्ट्र, उत्तर प्रदेश जाकर हमारे पूर्वजों के जल-प्रबन्धन को देखा, समझा, सीखा है। उन्होंने पाया कि हमारे पूर्वज हमसे बेहतर जल संरक्षण के बारे में जानते थे। हम परम्परागत जल संरक्षण को ही अपनाकर जल संसाधनों का संरक्षण, रख-रखाव, तालाबों के जल प्रबन्धन तथा वर्षा-जल संचयन अभियान को सफल बना सकते हैं। उनकी किताब आज भी खरे हैं तालाब जल-संरक्षण के उन परम्परागत तरीकों पर प्रकाश डालती है जिनके जरिये रेगिस्तानी इलाकों में हमारे पूर्वजों ने सफलता पूर्वक जल संरक्षण किया था। इस किताब की उपयोगिता और प्रसिद्धि इस बात से उजागर होती है कि 'आज भी खरे हैं तालाब' की नेशनल बुक ट्रस्ट ने भी 30 हज़ार से अधिक प्रतियाँ छापी हैं। आज भी खरे हैं तालाब के 35 से अधिक संस्करण आ चुके हैं। यह किताब ब्रेल लिपि सहित आठ भाषाओं में प्रकाशित चुकी है और अब तक दो लाख से ऊपर इसकी प्रतियाँ पाठकों के हाथ में हैं। इस किताब के अतिरिक्त उन्होंने कुल मिलाकर छोटी-बड़ी लगभग 20 किताबें और लिखी हैं, जिनमें राजस्थान की रजत बूँदें, सफ़ेद माथे का समाज आदि प्रमुख हैं। किसी भी किताब पर उनका कोई कॉपीराइट नहीं रहा है। वह ऐसा मानते हैं कि यदि उनके लिखे से समाज का कुछ भला हो जाता है, पर्यावरण, नदी, तालाब के प्रति अगर किसी के मन में थोड़ी सजगता आ जाती है तो यही उनकी रायल्टी है। उनका स्पष्ट मानना है कि जल संरक्षण में आम आदमी की सक्रिय भागीदारी होना आवश्यक है। सिर्फ सरकार की नीतियों और योजनाओं के भरोसे यह

काम लगभग असम्भव है। अनुपम मिश्र के पानी और तालाबों पर शोध कार्य और उनके दिखाए रास्ते पर चलकर बहुत से लोगों ने अपने क्षेत्र की पानी की कमी खुद ही दूर कर अनुपम उदाहरण प्रस्तुत किये। जहाँ सरकार अनेक नीतियों और पैसा पानी की तरह बहाने पर भी पानी की कमी नहीं दूर कर पाई थी, वहाँ उन्होंने राजस्थान, मध्य प्रदेश, महाराष्ट्र, उत्तर प्रदेश में जाकर कुँओं, तालाबों, बावड़ियों और नदियों के संरक्षण में अपना योगदान दिया। वे मिट्टी बचाओ अभियान, चिपको आन्दोलन, बाँधो की गलतियाँ रेखांकित करने के साथ-साथ नर्मदा से भी जुड़े रहे। इतना ही नहीं उत्तराखंड के चिपको आन्दोलन में जंगलों को बचाने में अपना बहुमूल्य सहयोग दिया। उत्तराखंड और राजस्थान के लापोड़िया में परम्परागत जलस्रोतों के पुनर्जीवन की दिशा में उन्होंने महत्त्वपूर्ण कार्य किया। राजस्थान के अलवर जिले में राजेन्द्रसिंह के तरुण भारत संघ संस्था द्वारा प्रारम्भ किये गये जल सरंक्षण कार्य को सफल बनाने में अनुपम मिश्र की किताब 'आज भी खरे हैं तालाब' का बहुत बड़ा हाथ रहा है। अनुपम मिश्र उस संस्था के अध्यक्ष भी रहे। वहाँ पानी का ऐसा वैकल्पिक आधार खड़ा किया गया जो आज भी लोगों के सामने एक अनुकरणीय उदाहरण है। इस किताब के ही कारण सागर जिले के अनेक तालाबों ने फिर से जीवन प्राप्त किया। राजस्थान के प्रत्येक कोने में पुस्तक के प्रभाव के कारण सैकड़ों जल-यात्राओं के साथ-साथ हज़ारों पुरातन जल-स्रोत सँभाले गये।

जयपुर जिले के ही सालों से अकालग्रस्त लापोड़िया गाँव के लक्ष्मणसिंह जी ने इस पुस्तक से प्रेरणा पाकर न केवल अपने गाँव का गोचर बचाया बल्कि जल-जंगल- संरक्षण के कारण वे शहरों की तरफ विस्थापित होने से भी बच गये।

उत्तरांचल के पौड़ी-गढ़वाल के उफरेंखाल क्षेत्र के दूधातोली लोक विकास संस्थान के श्री सच्चिदानन्द भारती ने पुस्तक से प्रेरणा पाकर चाल और खाल को पुनर्जीवित करने का काम शुरू किया। इस दौरान पिछले 25 सालों में उन्होंने ऐसे कोई 35 हज़ार चाल बनाई हैं।

गैर हिन्दी भाषी राज्य कर्नाटक में इस पुस्तक के प्रभाव से कर्नाटक सरकार ने तालाब बचाने का काम सीधे अपने ही हाथ में ले लिया और वहाँ एक 'जल संवर्धन योजना संघ' बनाया गया तथा विश्व बैंक की मदद से पूरे राज्य के तालाब बचाने की योजना तैयार की गयी थी। इसी तरह पंजाब, बंगाल, गुजरात और महाराष्ट्र भी इस किताब से लाभ पाकर पानी पाने में पीछे नहीं रहे।

अनुपम जी की दूसरी पुस्तक राजस्थान की रजत बूँदें को फ्रेंच लेखिका आनी मोंतों ने अफ्रीका के रेगिस्तानी देशों के लिए उपयुक्त समझा और फ्रेंच में इसका अनुवाद किया। पिछले तीन वर्षों से अफ्रीका के मोरक्को देश में इसके अनुवाद के कारण जलसंग्रह का नया काम बड़े पैमाने पर प्रारम्भ हुआ है।

अनुपम जी ने सन् 2009 में टेड (टेक्नोलॉजी, एंटरटेनमेंट एंड डिज़ाइन) सम्मेलन

को सम्बोधित किया जहाँ बोलने के लिए विश्व के प्रमुख विचारकों को आमन्त्रित किया जाता है। 18 मिनट के इस भाषण को अब तक कोई सात लाख लोग देख चुके हैं और कोई बीस भाषाओं में टेड के इस भाषण का अनुवाद किया गया है।

लगातार पानी को बचाने नदी तालाबों के लिए संघर्षरत रहने के कारण अनुपम मिश्र का परिचय प्रख्यात पर्यावरणविद् या जल योद्धा कहकर दिया जाता है,लेकिन यह उनके ज्ञान को किसी विशेष खाँचे में गढ़ने जैसी बात होगी। एक तरह से उनके प्रति अन्याय होगा। उनकी गहन दृष्टि, उनकी पकड़, उनकी संवेदनशीलता सिर्फ पर्यावरण तक सीमित न हो कर अनन्त विस्तार लिए हुए है। साथ ही उनकी दृष्टि उस सामाजिक और वैचारिक जड़ता का विरोध करती है, जिसके कारण समाज अपना विवेक खोकर अपनी ही संस्कृति, अपनी भाषा और अपनी प्राकृतिक सम्पदा को नष्ट करने पर तुला है।

प्रस्तुत संकलन अनुपम मिश्र द्वारा समय-समय पर विभिन्न संस्थाओं तथा सम्मेलनों में दिए गये भाषणों का संकलन है, जिन्हें एक साथ विषयानुसार क्रम में रखकर पाठकों से साझा करने का प्रयास किया गया है। उनके व्याख्यान उनकी असाधारण भाषण प्रतिभा के परिचायक होने के साथ, विकास की अँधी दौड़ में हमारे चारों तरफ बढ़ते अँधेरे के बीच रोशनी दिखाने का सार्थक उपक्रम भी हैं। अनुपम मिश्र ने अपने एक भाषण में विनोबा भावे के एक बहुत सुन्दर कथन का उद्धरण दिया है, 'कि पानी तो निकलता है बहता जाता है। वह अपने सामने जीवन का कोई महान उद्देश्य नहीं रखता। उसे तो महासागर में मिलना है—ऐसा नहीं सोचता। रास्ते में एक छोटा-सा गड्ढा आ जाए तो पहले उसे भरता है, फिर आगे बढ़ सके तो ठीक नहीं तो उतने में ही सन्तोष पा लेता है। वह किसी से शिकायत नहीं करता, कभी ऐसा नहीं सोचता अरे मुझे तो समुद्र तक जाने का महान उद्देश्य, एक महान लक्ष्य, एक महान सपना पूरा करना था।' अनुपम मिश्र ने ठीक यही कार्य किया।

उनके इन सभी भाषणों में चाहे वह शिक्षा कितना सर्जन कितना विसर्जन, भाषा और पर्यावरण हो, पुरखों से संवाद हो या जीवन का अर्थ हो सभी में समाज के प्रति असीमित प्रेम मिलता है। दरअसल अनुपम मिश्र ने जो कुछ लिखा वह समाज के प्रति अपनी प्रतिबद्धता के कारण लिखा। उनकी दृष्टि में शब्दों की सजावट का तभी कोई अर्थ हो सकता है जब उससे सभी का हित सधता हो। जीवन को ऊपर उठाता हो और हमारी आनेवाली पीढ़ियों को कुछ परोसता हो उनका मार्ग-दर्शन करता हो। उनकी किताबें, उनके लेख या उनके भाषण कहीं भी स्वान्त:सुखाय न होकर समाज सुखाय का लक्ष्य दृष्टिगोचर होता है। उनके इस सामाजिक चिन्तन में, प्रकृति भी है, पर्यावरण भी है, भाषा भी है, शिक्षा भी है, तकनीक भी है, अभिनय भी है, पर्यटन भी है सिनेमा भी है और जीवन जीने का अर्थ भी है। और नि:सन्देह सम्पूर्ण मानवता तथा वह शिक्षा, ज्ञान, शिष्टाचार जिसकी सीढ़ियाँ-दर-सीढ़ियाँ चढ़ते हुए हमने वनमानुष से मानव तक की यात्रा की, समाज का निर्माण किया और सभ्य कहलाये।

वे व्यक्ति को कहीं भी परिवार, समाज, परिवेश, प्रकृति से काटकर उसको धर्म.

जाति, और स्त्री-पुरुष में बाँटकर या उसमें किसी तरह का आर्थिक भेद-भाव करके नहीं देखते बल्कि उसको सम्पूर्ण इकाई के रूप में देखते हैं। इस अर्थ में वे पूरी तरह से भारतीयता के समर्थक हैं। क्योंकि हर देश की अपनी सामाजिक, एवं सांस्कृतिक सीमा होती है जैसे हर देश का अपना भूगोल होता है। (यहाँ पर देश और सीमाओं को संकीर्ण अर्थ में न समझ कर उस व्यापक अर्थ में लेना चाहिए जैसे हर परिवार का रहन-सहन अलग-अलग होता है वैसे हर क्षेत्र का।) वैसे ही वहाँ की भाषा, वहाँ का समाज और वहाँ की जरूरतें भी अलग-अलग होती है। उनका स्पष्ट मानना है कि किसी भी संस्कृति का अन्धानुकरण करके हम विकास नहीं कर सकते। विकास का अर्थ यह नहीं होता की जो कुछ भी बीच में आये उसको हम काट कर फेंक दे बल्कि उनको सँजोते हुए उसके बीच से रास्ता निकालना होता है। भारतीय की भारतीयता भी उतनी ही मूल्यवान है जितना कुछ और, जिसे हम विकास या प्रगति का नाम दे सकते हैं और इस भारतीयता पर ही सबसे अधिक संकट है। पेड़ बड़ा होता है, ऊपर बढ़ता है, लेकिन अपनी जड़ों को नहीं छोड़ देता है अगर वह जड़ें ही छोड़ देगा तो कितने दिन हरा-भरा रह पायेगा। विकास को इस अर्थ में ही समझना चाहिए। इस अर्थ में अनुपम मिश्र पूरी तरह से गाँधी जी के स्वदेशी सिद्धान्त के संवाहक हैं और उससे भी अधिक उनके जन भागीदारी सिद्धान्त के। किसी भी व्यवस्था को बनाये रखने की जितनी जिम्मेदारी वहाँ की सरकार, वहाँ के शिक्षण संस्थानों, वहाँ के अन्य सामाजिक संगठनों की होती है उससे कहीं अधिक परिवार, समाज और अन्य सम्बन्धों की होती है। हमने गाँधी जी के सिद्धान्तों को उनके दिखाए मार्ग को यह कहकर तो भुला दिया कि अब वे प्रासंगिक नहीं रहे लेकिन जैसे ही हम आगे बढ़े थे हमारे नीचे की जमीन खिसक गयी क्योंकि हमने अपने पैर हवा में लटका लिए। हवा में लटकने का आनन्द हमने ठीक से लिया भी नहीं था कि हम अपनी जड़ों को तलाशने लग गये। 'हमने गुलामी की जंजीरों को तोड़ने की कोशिश के साथ ही अपने को दुनिया की चालू परिभाषा के हिसाब से आधुनिक बनाने का भी रास्ता पकड़ने के लिए परिश्रम शुरू कर दिया था। आजाद होने के बाद तो इस कोशिश में हमने पंख ही लगा ही दिए थे। हमने पंख खोले पर शायद आँखें मूँद लीं। हम चले तेजी से, पर हमने दिशा नहीं देखी। अब एक लम्बी उड़ान शायद पूरी हो चली है और हमें वे सब शब्द याद आने लगे हैं, जिनसे हम पीछा छुड़ा कर उड़ चले थे। अभी हम जमीन पर उतरे भी नहीं हैं लेकिन हम तड़पने लगे हैं, अपनी जड़ों को तलाशने।' (जड़ें)

आगे बढ़ना जितना जरूरी था उतना ही जरूरी पांवों का यथार्थ की ठोस भूमि पर टिके रहना भी था। क्योंकि हमारी गति तो जमीन पर ही थी। जितना ही हमारे जानने के साधन बढ़ गये उतना ही हम अजनबी हो गये हैं। अकेले हो गये हैं। पहाड़ काट दिए, जंगल खत्म कर दिए, नदियों को बाँध बना कर रोक दिया विकास के नाम पर, बड़ी-बड़ी इमारतें खड़ी कर दीं बाद में पता चला यहाँ पानी तो है ही नहीं। फिर हमने नदियों को साफ करने, पेड़ लगाने जैसी योजनाओं पर काम करना शुरू किया, लेकिन जो करना था वह नहीं किया। अन्य

शब्दों में हमने पहले तो अपने पैर पर खुद ही कुल्हाड़ी मारी अब उसका इलाज ढूँढ़ते फिर रहे हैं। भारतीय संस्कृति आज एक ऐसी स्थिति में पहुँच गयी है जिसने अपनी सर्जनात्मकता खो दी है। हजारों साल के अनुभवों के बाद हमारे पुरखों और मनीषियों ने जो शिक्षा, ज्ञान और अनुभव हमारे लिए छोड़े थे उसके प्रति हमने आस्था खो दी और कोई नयी जीवन दृष्टि विकसित नहीं की। सिर्फ मतवाद और तन्त्र रह गया है।

उनका दृढ़ विश्वास है कि आज के जीवन में जो निराशा, कुंठा, सन्त्राश उससे केवल हमारी आदिम सुगन्ध ही हमें बचा सकती है। अनुपम मिश्र इस आदिम सुगन्ध के प्रबल समर्थक हैं। उनका मानना है, कि हमारे पुरखों ने हमसे बेहतर जीवन जिया है वे हमसे बेहतर जानते थे। उनकी तकनीक वर्तमान तकनीक से अधिक विकसित थी हालाँकि उस समय तकनीक जैसा कोई शब्द ही नहीं था। लेकिन उनका प्रौद्योगिकी ज्ञान, इंजीनियरिंग विद्यालयों से प्राप्त डिग्री पर आधारित नहीं था बल्कि लाखों और करोड़ों सालों से जो चीज़ें प्रकृति ने तय की थीं उसके आधार पर अनुभव से प्राप्त ज्ञान था। तालाब बनाना उन्होंने किसी स्कूल में नहीं सीखा होगा। जो ज्ञान सहज हमें प्राप्त था उसको आधुनिकता का आवरण पहनाकर भारी–भरकम किताबों से दिया जा रहा है स्कूल और कारावास में कोई अन्तर नहीं रह गया है। अनुपम मिश्र ने परिवार और समाज में आये इस परिवर्तन के प्रति अत्यन्त खेद व्यक्त किया है कि आजकल यह समझ हो गयी है कि सभी शिक्षा संस्कारों के केन्द्र में स्कूल होने चहिये। समाज, परिवार या सम्बन्धों की भूमिका लगभग खत्म हो गयी है। शिक्षा की दुनिया में भी शिक्षण एक बड़ा बाजार बन का रहा गया है। जो आनन्द का विषय होना चाहिए था वह सजा बनकर रह गयी है। यह बात सिर्फ शिक्षा के क्षेत्र पर ही लागू नहीं होती कुछ मुट्ठी भर लोग हैं जो देश के हर अंग के विकास के लिए तत्पर हैं वह चाहे महिला विकास, बाल विकास, महिला सशक्तिकरण, बन्धुआ मुक्ति, महाजन मुक्ति, बाल श्रमिक, सभी कुछ है लेकिन बिना अपने को, अपने समाज को समझे जिसके कारण उसके खराब परिणाम सबके सामने है। हम पढ़ तो गये पर कढ़ नहीं पाए। शिक्षित तो हो गये पर अपनी भाषा नहीं पा पाए। 'भाषा यानी केवल जीभ नहीं। भाषा यानी मन और माथा भी। एक का नहीं, एक बड़े समुदाय का मन और माथा, जो अपने आस–पास के और दूर के भी संसार को देखने–परखने–बरतने का संस्कार अपने में सहज सँजो लेता है। ये संस्कार बहुत कुछ उस समाज के मिट्टी, पानी, हवा में अंकुरित होते हैं, पलते–बढ़ते हैं और यदि उन में से कुछ मुरझाते भी हैं तो उनकी सूखी पत्तियाँ वहीं गिरती हैं, उसी मिट्टी में खाद बनाती हैं। इस खाद यानी असफलता की ठोकरों के अनुभव से भी समाज नया कुछ सीखता है।' (भाषा और पर्यावरण)

'वास्तव में आधुनिक दौर में, अपनी जड़ों से कट कर हमने जो विकास किया, उसके बुरे नतीजे तो चारों तरफ बिखरे पड़े हैं। स्थूल अर्थों में भी और सूक्ष्म अर्थों में भी। ढँका हुआ भूजल, खुला बहता नदियों, तालाबों का पानी और समुद्र तक बुरी तरह गन्दा हो चुका है। विशाल समुद्रों में हमारी नयी सभ्यता ने इतना कचरा फेंका है कि अब अन्तरिक्ष से

टोह लेने वाले कैमरों ने अमेरिका के नक्शे बराबर प्लास्टिक के कचरे के एक बड़े ढेर के चित्र लिए हैं। विकास करने से पहले अपने समाज को अच्छी तरह से देखने परखने की जरूरत थी। नहीं तो यह विकास की कीमत लोगों को अपनी जान देकर चुकानी पड़ती है।' (प्रलय का शिलालेख) यह जड़ों से तो काटता ही है हमें जड़ भी बन देता है। हमारा सबसे अधिक नुकसान इसी जड़ता ने किया है अनुपम एक बात बार-बार कहते हैं कि, 'अकाल कभी अकेले नहीं आता। उससे बहुत पहले अच्छे विचारों का अकाल पड़ने लगता है। अच्छे विचारों का अर्थ है अच्छी योजनाएँ और अच्छे काम।

लेकिन ऐसा नहीं है कि आशा बची नहीं है। आशा है अगर हम अपने को पहचाने, अपने समाज को जानने की कोशिश करें और विकास की जो इच्छा है उसकी ठीक जांच कर सकें।

यह किताब इसी अर्थ में महत्त्वपूर्ण हैं क्योंकि इसमें अनुपम मिश्र द्वारा अपने समाज को जानने और पहचानने का प्रयास किया गया है। उनके भाषण इस अर्थ में महत्त्वपूर्ण नहीं हैं कि उनमें बड़ी-बड़ी किताबों का सार है। कुछ ऐसा ज्ञान है या मन्त्र है जिससे दुनिया एक मिनट में बदल जाएगी या जैसी हम चाहते हैं वैसी हो जाएगी। उसमें लोक-जीवन की साधना और सरलता है। इनमें वह शिक्षा है, जो सिर्फ स्कूल और कॉलेज में बैठकर नहीं प्राप्त होती बल्कि लोगों के बीच जाकर उनके बीच काम करके अपने परिवेश और बाप-दादाओं बुआ नानी से प्राप्त होती है। जिससे हम लगातार कटते जा रहे हैं और अपने पुरखों का ज्ञान खोते जा रहे हैं। सम्भवत: एक तरह से प्रयोगात्मक शिक्षा है, जो हमारे समाज और संस्कृति के अनुकूल है।

आज के समय में जब हम बहुत सारे संकटों से जूझ रहे हैं। फिर वह चाहे पर्यावरण के रूप में हो या बाजारवाद के रूप में हो, कथित आधुनिकता के रूप में हो या चारों तरफ फैली हिंसा के रूप में या राजनीतिक महत्त्वाकांक्षा के रूप में हो। इन संकटों के कारण अँधेरे बढ़ते ही जा रहे हैं और जीने का कोई मार्ग नहीं दिखाई दे रहा है। दिन-प्रतिदिन हम अकेले और अकेले होते जा रहे हैं। सामाजिकता का तो लोप हुआ ही है हमारी वैयक्तिकता और निजता का भी लोप हुआ है। इस बात का पूरा आभास अनुपम मिश्र के वक्तव्यों में मिलता है। 'जीवित लोगों का जीवित लोगों से संवाद दूर हो चला है। आज के समाज में अपने आस-पास को न जानना ज्ञान की नयी कसौटी है। यह घरों से लेकर देशों पर लागू हो चली है। हम जीना भूल गये हैं, इसलिए हमें अब जीवन जीने की कला सिखाने वालों की शरण में आँखें मूँद कर जाना पड़ रहा है।'

इसी अज्ञानता और जड़ता से समाज को मुक्त कराने की छटपटाहट उनके विचारों में दिखाई देती है। हालाँकि हम पतन के मार्ग पर बढ़ते जा रहे हैं लेकिन अभी भी इतनी देर नहीं हुई है कि वापस न आ सकें। इस अर्थ में अनुपम मिश्र की यह किताब उन सभी धुँधली तस्वीरों को साफ करती है जिनको हम देख नहीं पा रहे हैं उसमें हमारा बीता हुआ कल भी

है और आने वाला कल भी है। उनके भाषणों की संवाद क्षमता विचारों के अकाल को दूर करने का प्रयास करती है। विशेषता यह है कि उनकी वैचारिकता कहीं भी शुष्क, नीरस और जटिल नहीं होने पाती है। उनका गद्य सरलता, संयम और सादगी के सौन्दर्य से अनुप्राणित है। बोल–चाल की सरलतम भाषा में गम्भीर से गम्भीर बात कह देना तथा विचारों की पर्त खोलते जाना उनके लेखन का गुण है। इस सन्दर्भ में अनुपम कहते हैं कोई भी ज्ञान, जितना सहज और सम्प्रेषणीय होगा उतना ही अधिक लोगों तक पहुँचेगा। इसलिए ब्रह्मज्ञान सबसे पहले कबीर का लोकप्रिय हुआ। नालन्दा और तक्षशिला की खराब दशा सिर्फ इसलिए हुई क्योंकि भारी–भरकम संस्कृत किताबों का उन पर बोझ था। उसके बोझ तले दब गये। जो काम दो पैरों पर चल कर हो सकता है उसके लिए दो हाथों पर किसलिए चलना।

अनुपम मिश्र ने जो कुछ लिखा है या सभाओं में बोला है वह समाज को दिशा देने और उसको आशान्वित करने के लिए पर्याप्त है। ऐसा नहीं है कि ये सभी भाषण पहली बार प्रकाशित हो रहे हैं, उनका लगभग हर भाषण किसी न किसी पत्रिका या किसी न किसी अखबार में छप चुका है। लेकिन इन सभी को एक साथ पढ़ने का अपना अलग सौन्दर्य और महत्त्व है। अनुपम मिश्र को यह मोह है, उन्हें कोई न जाने और उनके बारे में कोई न लिखे लेकिन उन्होंने ज्ञान के जिस उच्चतम धरातल पर परम्परागत पर्यावरण और परम्परागत जीवन की समझ विकसित की है वह कम से कम हमें जानने की जरूरत है और उसे जानने का मोह अवश्य होना चाहिए क्योंकि सीखना तो साधना है, हर कोई साधक नहीं हो सकता।

—राकी गर्ग

एक लेखक की तरफ से उदार पाठक समाज का अभिनन्दन

अपनी भाषा में सोचना और कुछ काम करना एक सहज-सी बात होनी चाहिए। इसी में जरूरतभर का लिखना भी उतना सहज मानता रहा हूँ। इसलिए गद्य कोई विधा है—ऐसा मुझे कभी लगा नहीं। लिखना मेरे लिए एक ऐसा माध्यम बन गया जिससे मैं आप सभी तक, पढ़े-लिखों तक और जो नहीं पढ़ पाते ऐसे विवेकी लोगों तक भी पहुँच सका।

बहुत सारा लिखा नहीं, एकदम नियमित भी नहीं लिखा। काम का हिस्सा जितना होना चाहिए-बस उतना ही लिखा। बहुत विविध भी नहीं लिखा। लेकिन इतनी कंजूसी से लिखा गया भी समाज ने खूब उदारता के साथ न सिर्फ पढ़ा, उससे अपना काम भी बढ़ाया। लिखा हुआ अक्षर जिस दौर में तेजी से अपनी प्रामाणिकता खोता जा रहा है, उस दौर में वह बराबर काम आ रहा है—इसकी सूचनाएँ मिलती हैं तो आनन्द आता है। साथ ही यह जानकर अच्छा लगता है कि हिन्दी में लिखी गयी ये बातें अन्य भाषाओं में भी पाठकों ने अपने आप आगे बढ़ाई हैं। इस तरह भाषाओं की विविधता में भी अच्छे विचारों की एकता का पाठ सिखाया है इन पाठकों ने।

इसलिए एक कंजूस लेखक की तरफ से इतने उदार पाठक समाज का अभिनन्दन।

—अनुपम मिश्र

एक लेखक की तरफ से उदार पाठक समाज का अभिनन्दन

अपनी भाषा में सोचना और कुछ काम करना एक सहज-सी बात होनी चाहिए। इसी में जरूरतभर का लिखना भी उतना सहज मानता रहा हूँ। इसलिए गद्य कोई विधा है—ऐसा मुझे कभी लगा नहीं। लिखना मेरे लिए एक ऐसा माध्यम बन गया जिससे मैं आप सभी तक, पढ़े-लिखों तक और जो नहीं पढ़ पाते ऐसे विवेकी लोगों तक भी पहुँच सका।

बहुत सारा लिखा नहीं, एकदम नियमित भी नहीं लिखा। काम का हिस्सा जितना होना चाहिए-बस उतना ही लिखा। बहुत विविध भी नहीं लिखा। लेकिन इतनी कंजूसी से लिखा गया भी समाज ने ख़ूब उदारता के साथ न सिर्फ पढ़ा, उससे अपना काम भी बढ़ाया। लिखा हुआ अक्षर जिस दौर में तेजी से अपनी प्रामाणिकता खोता जा रहा है, उस दौर में वह बराबर काम आ रहा है—इसकी सूचनाएँ मिलती हैं तो आनन्द आता है। साथ ही यह जानकर अच्छा लगता है कि हिन्दी में लिखी गयी ये बातें अन्य भाषाओं में भी पाठकों ने अपने आप आगे बढ़ाई हैं। इस तरह भाषाओं की विविधता में भी अच्छे विचारों की एकता का पाठ सिखाया है इन पाठकों ने।

इसलिए एक कंजूस लेखक की तरफ से इतने उदार पाठक समाज का अभिनन्दन।

—अनुपम मिश्र

अनुक्रम

भाषा और पर्यावरण

हमारी भाषा नीरस हो रही है क्योंकि हमारा माथा बदल रहा है। पर्यावरण की भाषा भी बची नहीं है। वह हिन्दी भी है यह कहते हुए डर लगता है। पिछले 50-60 बरस में नए शब्दों की एक पूरी बारात आई है। बरातिये एक से एक हैं, पर इस भाषाई बारात का दूल्हा है विकास। एक लेख, थोड़ा पुराना।

किसी समाज का पर्यावरण पहले बिगड़ना शुरू होता है या उसकी भाषा? हम इसे समझ कर सँभल सकने के दौर से तो अभी आगे बढ़ गये हैं। हम विकसित हो गये हैं।

भाषा यानी केवल जीभ नहीं। भाषा यानी मन और माथा भी। एक का नहीं, एक बड़े समुदाय का मन और माथा, जो अपने आस-पास के और दूर के भी संसार को देखने-परखने-बरतने का संस्कार अपने में सहज सँजो लेता है। ये संस्कार बहुत कुछ उस समाज के मिट्टी, पानी, हवा में अंकुरित होते हैं, पलते-बढ़ते हैं और यदि उन में से कुछ मुरझाते भी हैं तो उनकी सूखी पत्तियाँ वहीं गिरती हैं, उसी मिट्टी में खाद बनाती हैं। इस खाद यानी असफलता की ठोकरों के अनुभव से भी समाज नया कुछ सीखता है।

लेकिन कभी-कभी समाज के कुछ लोगों का माथा थोड़ा बदलने लगता है। यह माथा फिर अपनी भाषा भी बदलता है। यह सब इतने चुपचाप होता है कि समाज के सजग माने गये लोगों के भी कान खड़े नहीं हो पाते। इसका विश्लेषण, इसकी आलोचना तो दूर, इसे कोई क्लर्क या मुंशी की तरह भी दर्ज नहीं कर पाता।

इस बदले हुए माथे के कारण हिन्दी भाषा में 50-60 बरस में नये शब्दों की एक पूरी बारात आई है। बरातिये एक से एक हैं पर पहले तो दूल्हे राजा को ही देखें। दूल्हा है विकास नामक शब्द। ठीक इतिहास तो नहीं मालूम है कि यह शब्द हिन्दी में कब पहली बार आज के अर्थ में शामिल हुआ होगा। पर जितना अनर्थ इस शब्द

ने पर्यावरण के साथ किया है, उतना शायद ही किसी और शब्द ने पर्यावरण के साथ किया हो।

विकास शब्द ने माथा बदला और फिर उसने समाज के अनगिनत अंगों की थिरकन को थामा। अँग्रेजों के आने से ठीक पहले तक समाज के जिन अंगों के बाकायदा राज थे, वे लोग इस भिन्न विकास की अवधारणा के कारण आदिवासी कहलाने लगे। नए माथे ने देश के विकास का जो नया नक्शा बनाया, उसमें ऐसे ज्यादातर इलाके पिछड़े शब्द के रंग से ऐसे रंगे गये, जो कई पंचवर्षीय योजनाओं के झाड़-पोंछे से भी हल्के नहीं पड़ पा रहे। अब यह हम भूल भी चुके हैं कि ऐसे ही पिछड़े इलाकों की सम्पन्नता से, वनों से, खनिजों, लौह-अयस्क से देश के अगुआ मान लिए गये हिस्से कुछ टिके से दिखते हैं।

कुछ मुट्ठी भर लोग पूरे देश की देह का, उसके हर अंग का विकास करने में जुट गये हैं। ग्राम विकास तो ठीक, बाल विकास, महिला विकास सब कुछ लाईन में है।

अपने को, अपने समाज को समझे बिना उसके विकास की इस विचित्र उतावली में ग़ज़ब की सर्वसम्मति है। सभी राजनीतिक दल, सभी सरकारें फिर चाहे वे मिशन वाली हों या वर्ग संघर्ष वाली, गर्व से विकास के काम में लगी हैं। विकास की इस नयी अमीर भाषा ने एक नयी रेखा भी खींची है—गरीबी की रेखा। लेकिन इस रेखा को खींचनेवाले सम्पन्न लोगों की गरीबी तो देखिए कि उनकी तमाम कोशिशें रेखा के नीचे रहनेवालों की संख्या में कमी लाने के बदले उसे लगातार बढ़ाती जा रही हैं।

पर्यावरण की भाषा इस सामाजिक-राजनीतिक भाषा से रत्ती-भर अलग नहीं है। वह हिन्दी भी है यह कहते हुए डर लगता है। बहुत हुआ तो आज के पर्यावरण की ज्यादातर भाषा देवनागरी कही जा सकती है। लिपि के कारण राजधानी में पर्यावरण मन्त्रालय से लेकर हिन्दी राज्यों के कस्बों, गाँवों तक के लिए बनी पर्यावरण संस्थाओं की भाषा कभी पढ़ कर तो देखें। ऐसा पूरा साहित्य, लेखन, रिपोर्ट सबकुछ एक अटपटी हिन्दी से पटा पड़ा है।

कचरा शब्दों का और उनसे बनी विचित्र योजनाओं का ढेर लगा है। इस ढेर को पुनर्चक्रित भी नहीं किया जा सकता। दो-चार नमूने देखें। सन् 1980 से आठ-दस बरस तक पूरे देश में सामाजिक वानिकी नामक योजना चली। किसी ने भी नहीं पूछा कि पहले यह तो बता दो कि असामाजिक वानिकी क्या है? यदि इस शब्द का, योजना का सम्बन्ध समाज के वन से है, गाँव के वन से है, तो हर राज्य के गाँवों में ऐसे विशिष्ट ग्रामवन, पंचायती वनों के लिए एक भरा पूरा शब्द भंडार, विचार और व्यवहार का संगठन काफी समय तक रहा है।

कहीं उस पर थोड़ी धूल चढ़ गयी थी तो कहीं वह मुरझा गया था, पर वह मरा तो नहीं था। उस दौर में कोई संस्था आगे नहीं आई इन बातों को लेकर। मरु प्रदेश में आज भी मौजूद हैं ओरण, एक शब्द जो 'अरण्य' से बना है। ये गाँवों के वन, मन्दिर, देवी के नाम पर छोड़े जाते हैं। कहीं कहीं तो मीलों फैले हैं ऐसे जंगल। इनके विस्तार की, संख्या की कोई व्यवस्थित जानकारी नहीं है। वन विभाग कल्पना भी नहीं कर सकता कि लोग ओरणों से एक तिनका भी नहीं उठाते।

अकाल के समय में ही इनको खोला जाता है। वैसे ये खुले ही रहते हैं, न कँटीले तारों का घेरा है, न दीवारबन्दी ही। श्रद्धा, विश्वास का घेरा इन वनों की रखवाली करता रहा है। हजार-बारह सौ बरस पुराने ओरण भी यहाँ मिल जाएँगे। जिसे कहते हैं बच्चे-बच्चे की जबान पर ओरण शब्द रहा है। पर राजस्थान में अभी कुछ ही बरस पहले तक सामाजिक संस्थाएँ ही नहीं, श्रेष्ठ वन विशेषज्ञ भी या तो इस परम्परा से अपरिचित थे या अगर जानते थे तो कुछ कुतूहल भरे, शोध वाले अन्दाज में। ममत्व नहीं था, यह हमारी परम्परा है ऐसा भाव नहीं था उस जानकारी में।

ऐसी हिन्दी की सूची लम्बी है, शर्मनाक है। एक योजना देश की बंजर भूमि के विकास की आई थी। उसकी सारी भाषा बंजर ही थी। सरकार ने कोई 300 करोड़ रुपया लगाया होगा पर यह भूमि बंजर की बंजर ही रही। फिर योजना ही समेट ली गयी। और अब सबसे ताजी योजना है जलागम क्षेत्र विकास की। यह अँग्रेजी के वॉटरशेड डेवलपमेंट का हिन्दी अनुवाद है। इससे जिनको लाभ मिलेगा, वे लाभार्थी कहलाते हैं, कहीं हितग्राही भी हैं।

'यूजर्स ग्रुप' का सीधा अनुवाद उपयोगकर्ता समूह भी यहाँ है। तो एक तरफ साधन सम्पन्न योजनाएँ हैं, लेकिन समाज से कटी हुई। जन-भागीदारी का दावा करती हैं पर जन इससे भागते नजर आते हैं, तो दूसरी तरफ मिट्टी और पानी के खेल को कुछ हजार बरस से समझने वाला समाज है। उसने इस खेल में शामिल होने के लिए कुछ आनन्ददायी नियम, परम्पराएँ और संस्थाएँ बनाई थीं। किसी अपरिचित शब्दावली के बदले एक बिल्कुल आत्मीय ढाँचा खड़ा किया था। चेरापूँजी, जहाँ पानी कुछ गज भर गिरता है, वहाँ से लेकर जैसलमेर तक जहाँ कुल पाँच-आठ इंच वर्षा हो जाए तो भी आनन्द बरस गया—ऐसा वातावरण बनाया।

हिमपात से लेकर रेतीली आँधी में पानी का काम, तालाब में काम करनेवाले गजधरों का कितना बड़ा संगठन खड़ा किया गया होगा। कोई चार-पाँच लाख गाँवों में काम करनेवाले उस संगठन का आकार इतना बड़ा था कि वह सचमुच निराकार हो गया। आज पानी का, पर्यावरण का काम करनेवाली बड़ी से बड़ी संस्थाएँ उस संगठन की कल्पना तो करके देखें। लेकिन वॉटरशेड, जलागम क्षेत्र विकास का काम कर रही संस्थाएँ, सरकारें, उस निराकार संगठन को देख ही नहीं पातीं। उस संगठन

के लिए तालाब एक वॉटर बॉडी नहीं था। वह उसकी रतन तलाई थी। झुमरी तलैया थी, जिसकी लहरों में वह अपने पुरखों की छवि देखता था। लेकिन आज की भाषा जलागम क्षेत्र को मत्स्य पालन से होनेवाली आमदनी में बदलती है।

इसी तरह अब नदियाँ यदि घर में बिजली का बल्ब न जला पाएँ तो माना जाता है कि वे 'व्यर्थ में पानी समुद्र में बहा रही हैं'। बिजली जरूर बने, पर समुद्र में पानी बहाना भी नदी का एक बड़ा काम है। इसे हमारी नयी भाषा भूल रही है। जब समुद्रतटीय क्षेत्रों में भूजल बड़े पैमाने पर खारा होने लगेगा तब हमें नदी की इस भूमिका का पता चलेगा।

लेकिन आज तो हमारी भाषा ही खारी हो चली है। जिन सरल, सजल शब्दों की धारणाओं से वह मीठा बनती थी उन धाराओं को बिल्कुल नीरस, बनावटी, पर्यावरणीय, पारिस्थितिक जैसे शब्दों से बाँधा जा रहा है। अपनी भाषा, अपने ही आँगन में विस्थापित हो रही है। वह अपने ही आँगन में पराई बन रही है।

महासागर से मिलने की शिक्षा

पहले दो शब्द आज के इस भव्य और पुनीत समारोह के बारे में।

और फिर दो शब्द हमारे आसपास बन गयी, खड़ी हो रही एक नयी-सी दुनिया के बारे में।

इस दुनिया से तो न तो हम ठीक से जुड़ पा रहे हैं और न इससे पूरी तरह अलग हो पाते हैं। हम त्रिशंकु की तरह अधर में लटके रह जाते हैं। अधर की यह अटकन हमें बहुत सालती है, तंग करती रहती है। इसलिए इसे भी थोड़ा समझने की कोशिश करेंगे।

तो इस तरह दो-दो और दो कुल छह शब्द ही तो होंगे। पर होंगे कुछ हजार शब्द! यह कैसा जोड़ है? यह कैसा गणित है? यह गणित थोड़ी-सी नयी पढ़ाई पढ़ गये संसार का गणित है और उसे यह गणित खूब भाता है, पसन्द आता है। वह अपने छोटे-छोटे प्राय:ओछे-ओछे कामों का बखान खूब जोर-शोर से करता है और अपनी छोटी-सी दुनिया के अलावा जो एक बहुत बड़ा संसार है, उसके बड़े-बड़े कामों को एक तो जोड़ता तक नहीं, जोड़े भी तो जोड़ का परिणाम बहुत कम कर के आँकता है। यह गणित गाँधी जी को जरा भी पसन्द नहीं था।

तो पहले दो शब्द अपने बारे में। वह भी इसलिए नहीं कि मुझे अपना कुछ बखान बढ़ा-चढ़ाकर करना है। एकदम साधारण जीवन। न तो आज की आधुनिक पढ़ाई पढ़ी और बुनियादी तालीम से कुछ सीखने-समझने का मौका मिला। मामूली-सी उपाधि, डिग्री। वह भी साधारण से नम्बरोंवाली। इतनी मामूली कि उसे दीक्षान्त समारोह में जाकर लेने की भी हिम्मत नहीं हुई। वह उसी विश्वविद्यालय में कहीं सुरक्षित रखी होगी या क्या पता अब तक कूड़े में, पस्ती में, रद्दी में बेच दी होगी।

अब दो शब्द आपके इस पुनीत समारोह के बारे में। आज का यह उत्सव आपके जीवन का एक नया मोड़ है। दीक्षान्त यानी दीक्षा का अन्त। लेकिन मेरा विनम्र निवेदन है कि वास्तव में आज से आपकी दीक्षा का प्रारम्भ होने जा रहा है। इसलिए इस दीक्षान्त समारोह को अब दीक्षारम्भ समारोह मानें। गुजराती में इसका

नाम बहुत अच्छा है पदवीदान। वैसे देखा जाए तो आपको यह पदवीदान में नहीं मिल रही। इसे तो आपने अपने श्रम से, बौद्धिक श्रम से अर्जित किया है। पर मैं पदवीदान का शाब्दिक अर्थ नहीं ले रहा। उसका एक अर्थ यह भी है कि जो पदवी आपने अर्जित की है, अब आज यहाँ से बाहर निकलने पर पदवी का आप समाज में दान करें। यानी जो ज्ञान आपने अर्जित किया है, अब उसे आप समाज में उनके बीच बाँटने निकलें, जो कई कारणों से ऐसा ज्ञान अर्जित नहीं कर सकते थे। यह ज्ञान आपके लिए ऐसा रामरतन बन जाना चाहिए कि जिसका जितना उपयोग आप करेंगे, वह उतना ही बढ़ता जाए, कभी कहीं भी कम न हो।

विद्यापीठ की स्थापना के समय सन् 1920 में गाँधी जी ने यहीं पर जो पहला भाषण दिया था, उसमें उन्होंने कहा था कि ''इसकी स्थापना का हेतु केवल विद्यादान नहीं है, विद्या देना नहीं है। विद्यार्थी के लिए गुजारे का साधन जुटाना भी एक उद्देश्य है।'' इस वाक्य को पूरा करते ही उन्होंने आगे के वाक्य में कहा था कि, ''इसके लिए मैं जब इस विद्यापीठ की तुलना दूसरी शिक्षण संस्थाओं से करता हूँ तो मैं चकरा जाता हूँ।'' उन्होंने इस विद्यापीठ की तुलना उस समय के बड़े माने गये, बड़े बताए गये दूसरे विद्यालयों से करते हुए एक भिन्न अर्थ में इसे अणु विद्यालय, एक लघु, यानी छोटा-सा विद्यालय कहा था। यहाँ के मुकाबले दूसरी संस्थाओं में ईंट-पत्थर, चूना कहीं ज्यादा लगा था। ऐसा भी तब गाँधी जी ने कहा था। लेकिन इस मौके पर हम यह दुहरा लें कि अणु दिखता छोटा-सा ही है, पर उसके भीतर ताकत तो अपार होती है।

लेकिन अभी उस अणु की शक्ति और ईंट-पत्थर, चूने की बात यहीं छोड़ें। वापस लौटें गुजारे के साधन पर। तब गाँधी जी चकरा गये थे। आज होते तो वे न जाने कितना ज्यादा चकरा जाते। आज तो इसी शहर में ऐसी अनेक शिक्षण संस्थाएँ हैं, जिनमें पदवी दान से पहले ही, उपाधि हाथ में आने से पहले ही 2-5 लाख रुपये की पगार हर महीने मिल सके ऐसी नौकरी उन छात्रों की गोद में डाल दी जाती है। ऐसी वैभवशाली नौकरियों की तरफ लालच भरी निगाह से देखेंगे, और पता चलेगा कि वैसी पगार तो हमें मिलनेवाली नहीं तो हमें निराशा हो सकती है। एक आशंका यही है कि ये अँगूर हमें 'खट्टे' लगें। पर एक तीसरा रास्ता है। वैसी नौकरियों और उससे जुड़े एक छोटे-से संसार का पूरा विवेक के साथ विश्लेषण करें, अच्छी तरह से उसकी पड़ताल करें तो हममें सबको न सही, कुछ को तो यह लगेगा ही कि यह सुनहरा-सा दिखनेवाला रास्ता जरूरी नहीं कि हमें खूब सुख और खूब सन्तोष की तरफ ले जाए।

यह रास्ता पश्चिम के देशों, अमीर मान लिए गये जिन देशों के जिस मिट्टी, पत्थर और डामर से बना है, उसकी मजबूती की कोई पक्की गारंटी नहीं है। पिछले

दो-पाँच वर्षों में आप सबने देखा ही है कि समृद्धि की सबसे आकर्षक चमक दिखानेवाले अमेरिका जैसे देश भी भयानक मन्दी के शिकार हुए हैं और वहाँ भी इस अर्थव्यवस्था ने ग़ज़ब की तबाही मचाई है। अमेरिका के बाद ग्रीस, स्पेन भी भयानक मन्दी में डूबे हैं। उधारी की अर्थव्यवस्था में डूबे इन सभी देशों को तारने के लिए किफायत की लाइफ जैकेट नहीं फेंकी गयी है। उन्हें तो विश्वबैंक, अन्तर्राष्ट्रीय मुद्रा कोष जैसे बड़े महाजनों ने और उधार देकर बचाना चाहा है।

हम सब प्रायः यहाँ साधारण घरों से ही आते हैं। हमारे माँ-पिता ने बड़ी मुश्किल से कुछ पैसे बचाए होंगे, ताकि हम पढ़-लिखकर कुछ बन जाएँ और उनके कन्धों पर जो घर का बड़ा भार टिका है, उसे थोड़ा ही सही हल्का करें इसलिए यहाँ से निकलकर कोई ठीक नौकरी मिले तो अच्छा ही होगा। पर मैं आप सबसे एक छोटा-सा निवेदन करूँगा, इस विषय में। हिन्दी में और गुजराती में भी दो शब्द हैं। एक नौकरी दूसरा शब्द है चाकरी। नौकरी कीजिए आप जीविका के लिए। जो भी काम करें उसमें अपना मन ऐसा उड़ेल दें कि वह काम आपका खुद का काम बन जाए। किसी दूसरे के लिए किया जाने वाला काम नहीं बने। नौकरी में चाकरी का भाव जितना सध सकेगा आपसे, उतना आनन्द आने लगेगा और तब आप उसे केवल पैसे के तराजू पर तोलने के बदले सन्तोष के तराजू पर तोलने लगेंगे। यह साधना थोड़ी-सी आगे बढ़ी नहीं किफिर आपको इस तराजू की भी जरूरत नहीं रह जाएगी। आप तोलने वाले सारे बाँट भी फेंक देंगे। विद्यापीठ बनी सन् 1920 में। इस तरह यह आज हमें काफी पुरानी लगेगी। पर देश में दो और पुरानी विद्यापीठों का मैं कुछ उल्लेख आपके सामने करना चाहूँगा। उनकी उमर देखेंगे तो यह विद्यापीठ एकदम ताजी, आज की लगेगी।

हमारे बताए गये सुनहरे इतिहास में एक विद्यापीठ थी नालन्दा और दूसरी थी तक्षशिला। संस्कृत के विद्वान इनके नामों का जो भी अर्थ निकालें, वे जानें। पर इन विद्यापीठों के आसपास रहनेवालों ने इनके नामों को अपने हिसाब से सरल बना दिया था—ना अलम दा। यानी कम मत देना। ज्ञान कम मत देना। हम तुम्हारी इस विद्यापीठ नालंदा में आए हैं तो हमें खूब ज्यादा से ज्यादा ज्ञान देना। दूसरी विद्यापीठ का अर्थ है तक्ष यानी तराशना, शिला यानी पत्थर,या चट्टान। अनगढ़ पत्थर में से यानी साधारण से दिखने वाले पत्थर में से, शिक्षक, अध्यापक अपने सधे हाथों से, औजारों से एक सुन्दर मूर्ति तराशकर निकालें। मामूली से छात्र को एक उपयोगी, संवेदनशील नागरिक के रूप में तराशकर उसके परिवार और समाज को वापस करें। इन दो नामों के साथ छात्र शब्द की भी एक व्याख्या देखें। जो गुरु के दोषों को एक छत्र की तरह ढँक दे। वह है छात्र। तो इन नामों का यह सुन्दर खेल कुछ हजार बरस पहले चला था और हमें आज भी कुछ प्रेरणा दे सकता है। पर हमें यह भी नहीं

भूलना चाहिए कि नालन्दा और तक्षशिला जैसी इतनी बड़ी-बड़ी विद्यापीठ आज तो खंडहर बन गयी हैं और बहुत हुआ तो पर्यटकों के काम आती हैं। उनकी ईंट से ईंट बज चुकी है। तो इससे हमें यह समझ आना चाहिए कि संस्थाएँ, खास कर शिक्षण संस्थाएँ केवल ईंट-पत्थर, गारे, चूने से नहीं बनतीं वे गुरु और छात्रों के सबसे अच्छे संयोग से बनती हैं, उसी से बढ़ती हैं और उसी से टिकती भी हैं। यह बारीक संयोग जब तक वहाँ बना रहा, ये प्रसिद्ध शिक्षण संस्थान भी चलते रहे। आप सब जानते ही हैं कि इनमें से कैसे-कैसे बड़े नाम उस काल में निकले। कैसे-कैसे बड़े-बड़े प्राध्यापक वहाँ पढ़ाते थे, चाणक्य जैसी विभूतियाँ वहाँ थीं, जिनका लिखा लोग इतने सैकड़ों बरस पहले भी पढ़ते थे और उनके लिखे वे सारे अक्षर आज भी क्षर नहीं हुए हैं, आज भी मिटे नहीं हैं। लोग उन्हें आज भी पढ़ते हैं। नालन्दा और तक्षशिला को राज्याश्राय भी खूब था, पर वह राज ही नहीं बचा तो आश्रय कहाँ बचता।

इसलिए आज यहाँ से उपाधि लेकर समाज में बाहर निकलते हुए मन में आप किसी तरह की हीन भावना न आने दें। आप बहुत भाग्यशाली हैं कि आपको एक ऐसे विद्यापीठ में प्रवेश का संयोग मिला जिसे खुद गाँधी जी ने बनाया था, जो खुद सन् 1920 से अपनी आखिरी साँस तक इसके कुलपति रहे और जिन्होंने उस बेहद कठिन दौर में देश की आजादी से लेकर बीमार की सेवा तक के हजारों कामों को करते हुए भी इस विद्यापीठ का पूरा ध्यान रखा। उन्हें इसके भविष्य के बारे में बहुत आशा थी। उन्होंने इसी आँगन में एक बार कहा था कि, ''मैं खुद तो बूढ़ा हूँ, पका हुआ पत्ता हूँ। दूसरे कामों में फँसा हुआ हूँ। मेरे जैसा पका हुआ पत्ता अगर झड़ जाए तो उससे (इस) पेड़ को कोई आँच नहीं आएगी। आचार्य और अध्यापक भी इसी पेड़ के पत्ते ही हैं, हालाँकि वे अभी कोमल, मुलायम हैं। कुछ समय बाद वे भी पके पत्ते बन कर शायद झड़ जाएँगे। लेकिन विद्यार्थी इस सुन्दर पेड़ की डालियाँ हैं और इन डालियों से भविष्य में आचार्य और अध्यापकों के रूप में पत्ते फूटनेवाले हैं।''

देश की सभी उच्च शिक्षण संस्थाओं में नियमित पढ़ाई-लिखाई के अलावा शोध का काम भी चलता है। यहाँ भी शोध होता ही है। मैं आप सबके बीच एक तरह से पहली बार ही आया हूँ, इसलिए यहाँ शोध की व्यवस्था के बारे में ठीक-ठीक जानकारी नहीं है मुझे। फिर भी बहुत डरते-डरते,बहुत संकोच के साथ यह निवेदन करना चाहता हूँ कि शोध में यदि श्रद्धा का भाव नहीं जुड़ेगा तो वह कितना ही अच्छा हो, हमें एक डिग्री जरूर देगा, पर हमारे समाज को उससे कुछ ज्यादा नहीं मिलेगा। हर वर्ष यहाँ से होनेवाले शोध अध्ययनों में से एक दो तो ऐसे होने ही चाहिए, इस दर्जे के होने ही चाहिए कि वे पूरे देश में अपना झंडा फहरा दें। आखिर आप किसी मामूली विद्यापीठ से नहीं हैं इसके पीछे वो झंडा है, गाँधी का झंडा है, जिसने उस अँग्रेज साम्राज्य का झंडा झुकवा दिया था, जहाँ कभी सूर्यास्त ही नहीं

होता था।

मुझे यह बताते हुए अटपटा ही लग रहा है, अच्छा नहीं लग रहा। पूरे देश में गाँधी विचार के शोध में कोई चमक, उत्साह, आनन्द नहीं दिखता। गाँधी अध्ययन केन्द्रों की संख्या खूब बढ़ गयी है और वहाँ से शोध कर उपाधि पाए शोधार्थियों की संख्या भी खूब है। इन आँकड़ों पर हमें गर्व भी हो सकता है, पर क्या हम सचमुच कह सकते हैं कि ये शोध, ये शोधार्थी समाज के कुछ काम आ सकेंगे? गुजराती में एक शब्द है बेदिया ढोर। हम ऐसे ढोर न बनें, ऐसे गधे न बनें, जिसकी पीठ पर कुछ वेद रखे हैं। गाँधी का वेद बहुत वजनी है। उसे निरर्थक नहीं ढोना है। वैसा करेंगे तो हमारे पैर भी लड़खड़ाएँगे और दुनिया भी हमें पूछेगी नहीं, शायद हँसेगी ही हम पर। तो गाँधी के विचार तो ऐसे हों जो हमें भी तारे और हमारे समाज को भी तारे। हम दोनों को वह इस प्रलय से बचाकर ले जाए। आज हमारे अखबार, टेलीविजन के सात दिन-चौबीस घंटे चलने वाले एक-दो नहीं सौ चैनल अमंगलकारी समाचारों से भरे पड़े हैं। तो क्या हम सचमुच ऐसे अनिष्टकारी युग में जी रहे हैं? मुझे तो ऐसा नहीं लगता। गाँधी ने हिन्द स्वराज में जैसा कहा था यह ठीक वैसा ही है। यह तो किनारे की मैल है। बीच बड़ी धारा तो साफ है। समाज के उस बड़े हिस्से के बारे में गाँधी जी ने सौ बरस पहले बड़े विश्वास से कहा था कि, इस पर न तो अँग्रेज राज करते हैं और न आप राज कर सकेंगे। हाँ आज वह लगातार उपेक्षित रखे जाने पर शायद थोड़ा टूट गया है, पर अभी भी अपनी धुरी पर कायम है। तो अपनी धुरी से न हटे समाज पर हमारा शोध कितना है? यह हमारी कसौटी बननी चाहिए।

थोड़े पहले विद्यापीठ के वर्णन में जिस पेड़, पत्तियों का वर्णन हुआ था, उस रूपक में जड़ों का उल्लेख छूट-सा गया था। जड़ों की मजबूती से ही पूरे पेड़ की मजबूती होती है। अब विद्यापीठ की जड़ें कहाँ होंगी? कौन-सी होंगी? उत्तर हमें गाँधी जी से ही मिल सकता है। एक ऐसे ही भाषण में, इसी विद्यापीठ में बोलते हुए उन्होंने कहा था कि "हिन्दुस्तान का हर एक घर विद्यापीठ है, माता-पिता आचार्य हैं। यह बात अलग है कि घर ने, माता-पिता ने आज अपनी वह विशिष्ट भूमिका खो दी है। लेकिन यहाँ से बाहर निकल जब आप अपना नया घर बनाएँ तो उसमें इस विचार की, विद्यापीठ के विचार की जड़ें ज़रूर पनपने दें।"

मेरी पढ़ाई-लिखाई, जैसा कि मैंने शुरू में कहा था, साधारण-सी ही हुई है। अँग्रेजी का अभ्यास भी ज्यादा नहीं है। पर उस भाषा का एक शब्द मुझे बहुत छूता है, बहुत ही आकर्षक लगता है। वह शब्द है—पिगमेलियन।

यह एक बड़ा विचित्र अर्थ लिए हुए है। हम जो हैं नहीं, पर कोई प्यार से कह दे कि तुम तो ये हो तो हमारा मन हमें वैसा ही बना देना चाहता है। इस शब्द को शीर्षक बनाकर अँग्रेजी के एक बहुत ही बड़े लेखक बर्नाड शॉ ने एक बहुत ही सुन्दर

नाटक लिखा था और फिर बाद में हालीवुड ने इसी नाटक को आधार बनाकर एक बहुत ही सुन्दर फ़िल्म भी बनाई थी। फिल्म का नाम था 'माई फेयर लेडी' और नाटक का नाम तो पिगमेलियन ही था। विनोबा ने इसी से मिलती-जुलती एक और बहुत सुन्दर बात बताई थी। हमें सभी बताते हैं कि हम दूसरों के पहाड़ जैसे दोषों को तिल की तरह छोटा बनाकर देखें। अपने तिल जैसे दोषों को पहाड़ जितना बड़ा करके देखें। पर विनोबा ने कहा, यह सब तो बहुत हो गया। अब दूसरों के भी गुण देखो और दूसरों से भी आगे बढ़ अपने भी गुण देखो। इसे उन्होंने गुण दर्शन नाम दिया है। हम अपने साथियों में गुण देखें, अपने में भी गुण देखें। जो गुण नहीं भी होंगे, उन्हें भी 'देखें' तो वे हम में धीरे-धीरे आने भी लगेंगे।

जब यह विद्यापीठ बना था, तब हम गुलाम थे। इसलिए कुलपति के नाते गाँधीजी जो भी भाषण यहाँ देते थे, उसमें प्राय: सरकार से असहयोग की बात भी करते ही थे। आज हम आजाद हैं पर यह आजादी बड़ी विचित्र हैं। हम, हमारा समाज इस आजादी को ठीक से समझ ही नहीं पा रहे हैं। इसलिए आज जो ज्ञान हमने यहाँ अर्जित किया है, जो विशिष्ट उपाधि हमने यहाँ से कमाई है, उसे यहाँ से बाहर निकल समाज में बाँटने के काम में हम लग सकें तो अच्छा होगा। तब सरकार से असहयोग था आज समाज से सहयोग का रास्ता आप बनाएँ। नौकरी जरूर करें पर चाकरी इस समाज की करें। इस कठिन समय में अपने गुण दर्शन करें, उन्हें बढ़ाएँ और समाज के गुणों को भी देखना प्रारम्भ करें। अनगिनत गुण आपको दिखने लगेंगे। तब समाज के हर अंग में आप को तिल-तिल गाँधी दिखने लगेंगे।

उन तिलों को एकत्र करते जाएँ। पौराणिक किस्सा बताता है कि ब्रह्माजी ने सृष्टि की उत्तमोत्तम चीज़ों से तिल-तिल जमाकर तिलोत्तमा नामक एक पात्र की रचना की थी। उसी तरह आप समाज में से उत्तमोत्तम तिल एकत्र कर तिलोत्तम बनें। ऐसी हम सब की शुभकामनाएँ हैं। इन्हें स्वीकार करें। आज के इस पुनीत अवसर पर मुझे आप सब ने क्या सोचकर बुलाया होगा। मैं ठीक से जानता नहीं। यह आदरणीय नारायणभाई का, सुदर्शन भाई का, खीमानी जी का स्नेह, अतिशय उदारता ही दिखती है। जिस किसी बड़े उद्देश्य को ध्यान में रख आपने बुलाया था, मुझे मालूम है कि मैं उसे पूरा कर पाने योग्य नहीं हूँ। एक अच्छे छात्र की तरह अपने छत्र से मेरी कमियाँ, अवगुण आप सब ढँक कर रखना।

अन्त में मैं इस पावन प्रसंग को दो वाक्यों से समेटना चाहूँगा कि हम बहना शुरू करें। जीवन की यात्रा में बहुत छोटे-छोटे गड्ढे मिलेंगे, उन्हें भरते चलें। उसी को यहाँ के अच्छे शिक्षण का एक उम्दा परिणाम मानें। इतनी विनम्रता हमें यहाँ की शिक्षा, विद्यापीठ से मिली शिक्षा अगर सिखा सके तो शायद हम समुद्र तक जाने की शक्ति भी बटोर लेंगे।

शिक्षा : कितना सर्जन कितना विसर्जन

सेंट्रल इंस्टीट्यूट ऑफ एजूकेशन के 67वें स्थापना दिवस के अवसर पर दिनांक 19 दिसम्बर 2014 को दिया गया भाषण

कोई एक सौ पचासी बरस पहले की बात है। सन् 1829 की। कोलकाता के शोभाबाजार नाम की एक जगह में एक पाठशाला की, एक स्कूल की स्थापना हुई थी। यह स्कूल बहुत विशिष्ट था। इसकी विशिष्टता आज एक विशेष व्यक्ति से ही सुनें हम। विनोबा इस स्कूल में 21 जून, सन् 1963 में गये थे। उन्होंने यहाँ शिक्षा को लेकर कुछ सुन्दर बातचीत की थी। उसके कुछ हिस्से हम आज यहाँ दुहरा लें और फिर आगे की बातचीत इसी किस्से से बढ़ सकेगी।

विनोबा कहते हैं कि इस स्कूल से कई महान विद्यार्थी निकले हैं। इनमें पहला स्थान शायद रवीन्द्रनाथ का है। उनकी स्मृति में इस स्कूल में एक शिलापट्ट भी लगाया गया है। स्कूल इस पट्ट में बहुत गौरव से बताता है कि यहाँ रवीन्द्रनाथ पढ़ते थे। यह बात अलग है कि उस समय रवीन्द्रनाथ को भी मालूम नहीं था कि वे ही 'रवीन्द्रनाथ' हैं। और न स्कूल वालों को, उनके संचालकों को मालूम था कि वे आगे चल कर 'रवीन्द्रनाथ' होंगे।

यह स्कूल गुरुदेव का आदरपूर्वक स्मरण करता है। लेकिन गुरुदेव भी उस स्कूल का वैसे ही आदर के साथ स्मरण करते हों इसका कोई ठीक प्रमाण मिलता नहीं। हाँ, एक जगह उन्होंने यह जरूर लिखा है कि, "मैं पाठशाला के कारावास से मुक्त हुआ, स्कूल छोड़ कर चला गया।" यानी इस स्कूल में उनका मन लगा नहीं। चित्त नहीं लगा। पर स्कूलवालों ने तो अपना चित्त उन पर लगा ही दिया था।

विनोबा फिर इस प्रसंग को स्कूल से बिलकुल अलग एक और संस्था से जोड़ते हैं। स्कूल संस्था है गुणों के सर्जन की तो यह दूसरी संस्था है दुर्गुणों के विसर्जन की। जीवन में कुछ भयानक गलतियाँ, भूलें हो जाएँ तो ऐसा माना जाता है कि उन भूलों को, गलतियों को मिटाने का काम इस संस्था में होता है। यह संस्था है कारावास, जेल। इसमें सामान्य अपराधियों के अलावा सरकारें, सत्ताएँ, तानाशाह आदि कई बार ऐसे लोगों को भी जेल के भीतर रखते हैं जो उस दौर की सत्ता के हिसाब से कुछ गलत काम करते माने जाते हैं। पर बाद में तो समाज उन्हें अपने मन

में एक बड़ा दर्जा भी दे देता है।

विनोबा कहते हैं कि जिस किसी कारावास में बड़े-बड़े लोग बन्दी बना कर रखे जाते हैं, बाद में उन लोगों के नाम भी वहाँ एक पत्थर पर, एक बोर्ड पर लिख दिए जाते हैं। वे यहाँ थे—इस पर कारावास को बड़ा गौरव का अनुभव होता है और वह उसे अब सार्वजनिक भी कर देना चाहता है। नैनी जेल में नेहरूजी, यरवदा जेल में गाँधीजी और मैंडले में लोकमान्य तिलक। फिर दक्षिण अफ्रीका की ऐसी ही किसी जेल में नेलसन मंडेला का नाम पत्थर पर उत्कीर्ण मिल जाएगा।

स्कूल और कारागार तो एक-दूसरे से नितान्त भिन्न, एकदम अलग-अलग संस्थाएँ होनी चाहिए। एकदम अलग-अलग स्वभाव की व्यवस्थाएँ होनी चाहिए दोनों में। इन्हें चलानेवाली बातें भी अलग होनी चाहिए। कारागार की समस्याएँ भी पूरी दुनिया में लगभग एक-सी हैं और स्कूल की समस्याएँ भी लगभग एक-सी। कारागार में सुधार होना चाहिए ऐसा कहते सब हैं, मानते सब हैं। पर कभी एकाध किरण चमक जाए, दो-चार योगासन सिखा दिए जाएँ, हॉलीवुड और उसी की तर्ज पर बॉलीवुड भी एकाध फिल्म बना दे—इससे ज्यादा कुछ हो नहीं पाता है।

कारागार सुधर नहीं पाते और कभी तो लगता है कि हमारे स्कूल तक वैसे बनने लगते हैं। किसी भी महीने के अखबार पलट लें, स्कूलों में क्या-क्या नहीं हो रहा। रवीन्द्रनाथ ने तो 'सदोष और तंग तालीम' के कारण अपने स्कूल को कारावास कहा था। लेकिन विनोबा पूछते हैं : ''इन स्कूलों में यदि आज भी ऐसी ही तालीम दी जाती है तो सोचने की बात है आखिर इनका सुधार कब होगा। स्कूल ऐसा होना चाहिए जहाँ बच्चे मुक्त मन से सीखें।''

तो इसी कठिन काम में, स्कूलों को कारागार न बनने देने में आप सब लोग जुटे हैं। न जाने कब से लगे हैं। यह संस्था, सी.आई.ई., शिक्षण के विराट संसार में अभिनव प्रयोगों को प्रोत्साहन देने के लिए ही बनी थी। इसके उद्‌घाटन के अवसर पर मौलाना आज़ाद का दिया गया भाषण अभी भी हमारी धरोहर की तरह है। पढ़ना, पढ़ाना और पढ़ाने वालों को पढ़ाना—ऐसी तीन स्तर की स्कूल व्यवस्था में क्या अच्छा है, क्या बुरा है, क्या कमी है, क्या अच्छाई है यह तो आप सब मुझसे बेहतर ही जानते हैं।

मैं उस काम के लिए यों भी अयोग्य ही साबित होऊँगा। खुद पढ़ने में, पढ़ाने में मेरी कोई ख़ास गति नहीं थी। पुराने किस्से-कहानियों में नचिकेता का किस्सा मुझे बचपन में बहुत भा गया था। नचिकेता की मृत्यु विषयक जिज्ञासा, यम से उस बालक का संवाद आदि बातों से मेरा कोई लेना-देना नहीं था।

उस कहानी में एक जगह नचिकेता, जिसे स्वगत भाषण कहते हैं, वैसे कुछ बुदबुदाता है। उसी बुदबुदाहट में यह पता चलता है कि नचिकेता कोई बहुत

होशियार छात्र नहीं रहा है। न वह अगली पंक्ति का छात्र था और न कोई पिछली पंक्ति का। जरा औसत किस्म का छात्र था वह। मैं भी ऐसा ही औसत दर्जे का छात्र रहा, पढ़ाई के अपने पूरे दौर में।

इस औसत दर्जे पर मैंने और आगे सोचा। कोई अध्ययन जैसा, निष्कर्ष जैसा काम तो नहीं किया पर इसे दूसरी पीढ़ी को भी सौंपने का काम सहज ही कर लिया था मैंने।

प्राथमिक शिक्षा के दौर में अपने जीवन की जब पहली परीक्षा देकर मेरा बेटा कुछ चिन्तित-सा घर लौटा तो मैंने पूछ ही लिया था कि क्या बात है ऐसी। उत्तर था, पर्चा अच्छा नहीं हुआ। वह और आगे कुछ बताता, उससे पहले ही मैंने पूछा कि तुम्हारी कक्षा में और कितने साथी हैं। उत्तर था—चालीस। तब तो किसी-न-किसी को चालीसवाँ नम्बर पर भी आना पड़ेगा। वह तुम भी हो सकते हो। मुझे इससे कोई परेशानी नहीं होगी और तुम्हें भी नहीं होनी चाहिए। यह जो नम्बर गेम चल पड़ा है, इसका कोई अन्त नहीं है। कृष्ण कुमारजी ने बहुत पहले एक सुन्दर लेख लिखा था, शायद आज से कोई छह बरस पहले। शीर्षक था 'जीरो सम गेम'। इस खेल में किसी को कोई लाभ नहीं हो रहा, लेकिन हमारी एक-दो पीढ़ियों को तो इसमें झोंक ही दिया गया है।

घर का कचरा तो कभी-कभी दरी के नीचे भी डाल कर छिपा दिया जाता है। पर समाज में यदि यह भावना बढ़ती गयी कि 90 प्रतिशत से नीचे का कोई अर्थ नहीं तो हर वर्ष हमारी शिक्षण संस्थाओं से निकले इतने सारे, असफल बता दिए गये छात्र, कहाँ जाएँगे? कितनी बड़ी दरी चाहिए 90 प्रतिशत से कम वाले इस नये कचरे को छिपाने के लिए? मीटरों नहीं, किलोमीटरों लम्बी-चौड़ी दरी। लगभग पूरा देश ढँक जाए इतनी बड़ी दरी बनानी पड़ेगी। फिर दरी के नीचे छिपे 90 के नीचे वाले भला कब तक शान्त बैठेंगे? दरी में वे जगह-जगह छेद करेंगे, उसे फाड़ कर ऊपर झाँकेंगे।

मैंने तय किया था कि आज आप सबके बीच में दो ऐसे स्कूलों का किस्सा रखूँगा जो इस 90-99 के फेर से बचे रहे हैं। इनमें से एक तो ऐसा बचा कि उसने 90-99 के फेर को अपने आसपास के लोगों तक को ठीक से समझाया। एक ऐसा काम कर दिखाया जो हम ख़ुद भी नहीं कर पाए। उसने समाज में अच्छी शिक्षा के दरवाज़े खोले, मगर अपने दरवाजे बन्द कर दिए।

99 का फेर हमारे बच्चों में अपूर्णता की ग्लानि भरता है। वह उन्हें जताता रहता है कि इससे कम नम्बर आने पर तुम न अपने काम के हो, न अपने घर के काम के, और न समाज के ही काम के। फिर वे खुद ऐसा मानने लगते हैं, उनके माता-पिता भी उन्हें इसी तरह देखने लगते हैं। फिर ये तीनों विभाजन एक ही रूप में समा जाते

हैं। वह रूप है रोज-रोज बढ़ता बाजार। तुम बाजार के काम के नहीं। तुम पूरे नहीं हो, पूर्ण नहीं। अपूर्ण हो। निहायत बेवकूफ हो। खुद पर भी बोझा हो, हम पर भी बोझा।

हर साल ऐसे उदाहरणों की कमी नहीं जो बताते हैं कि 99 न आ पाने का, अपूर्णता का बोझा कितना भारी हो जाता है कि उस बोझ को उठाकर जीवन जीने के बदले इन कोमल बच्चों को, किशोर छात्रों को अपनी जान दे देना, आत्महत्या करना ज्यादा ठीक लगता है।

उन स्कूलों पर आने से पहले एक बार फिर विनोबा का सहारा ले लें। वे रवीन्द्रनाथ के स्कूल वाले प्रसंग में ही एक बहुत ऊँची बात कहते हैं। वे बच्चों को भी उतना ही पूर्ण मानते हैं, जितने पूर्ण उनके माता-पिता हैं। वे ईशउपनिषद के पूर्णमदः पूर्णमिदम का उल्लेख करते हैं। यह भी पूर्ण, वह भी पूर्ण। माँ-बाप भी पूर्ण, बच्चे भी पूर्ण और उनके शिक्षक भी पूर्ण। यदि माँ-बाप की अपूर्णता देख कर बच्चे को शिक्षा दोगे तो पहले तो छात्र अपूर्ण दिखेगा और फिर माँ-बाप शिक्षक में भी अपूर्णता देखने लगेंगे।

यह जरा कठिन-सी बात लगती है, पूर्णता और अपूर्णता की। लेकिन बच्चे को पूर्ण समझ कर तालीम देने लगें तो कल शिक्षण का ढंग ही बदल जाएगा। विनोबा कहते हैं इसके लिए बच्चे के आसपास की सारी सृष्टि आनन्दमय होनी चाहिए। स्कूल भी आनन्दमय होना चाहिए। तब स्कूल में छुट्टी का सवाल ही नहीं उठता, क्योंकि वह कोई सजा तो नहीं है। वह तो आनन्द का विषय है।

ऐसी बातें 'दूर की कौड़ी' लगेंगी। पर समय-समय पर अनेक शिक्षाविदों ने, शिक्षा शास्त्रियों ने, क्रान्तिकारियों तक ने, उन सबने जिनने समाज की शिक्षा पर कुछ सोचा-समझा था—उनने आकाशकुसुम जैसी कल्पनाएँ की तो हैं। उनके नाम देसी भी हैं, विदेशी भी। पढ़ाने का पूरा शास्त्र जानने वाले आप सब उन नामों से मुझसे कहीं ज्यादा परिचित हैं। और इसमें भी शक नहीं कि निराशा के एक लम्बे दौर में साँस लेते हममें से ज्यादातर को लगेगा कि ऐसा होता नहीं है।

लेकिन दून या ऋषि जैसे परिचित नामों से अलग हट कर पहले हम एक गुमनाम स्कूल की यात्रा करेंगे आज। स्कूल का नाम नहीं पर वहाँ पहुँचने के लिए कुछ तो छोर पकड़ना पड़ेगा ना। इसलिए गाँव के नाम से शुरू करते हैं यह यात्रा। गाँव है—लापोड़िया। जयपुर जिले में अजमेर के रास्ते मुख्य सड़क छोड़कर कोई 20-22 किलोमीटर बाएँ हाथ पर। यहाँ नवयुवकों की एक छोटी-सी टोली कुछ सामाजिक कामों में, खेलकूद में, भजन गाने में लगी थी।

गाँव में एक सरकारी स्कूल था। पर सब बच्चे उसमें जाते नहीं थे। शायद तब सरकार को भी 'सर्व शिक्षा अभियान' सूझा नहीं था। गाँव में पुरखों के बने तीन बड़े

तालाब थे, पर वे न जाने कब से टूटे पड़े थे। बरसात होती थी पर इन तालाबों में पानी नहीं टिकता था। अगल-बगल से बह जाता था। इन्हें सुधारे कौन। पंचायत तो ग्राम विकास की योजनाएँ बनाती थीं! और उन योजनाओं में यह सब तो आता नहीं था।

गाँव में पशु काफी थे—बकरी, गाय, बैल। और चराने के लिए ग्वाले थे। ग्वाले ज्यादातर बच्चे ही थे, किशोर, जिन्हें आप सब शायद 'दूसरा दशक' के नाम से भी जानते हैं। गोचर था जरूर पर हर गाँव की तरह इस पर कई तरह के कब्जे थे। घास-चारा था नहीं वहाँ। इसलिए ये ग्वाले पशुओं को दूर-दूर चराने ले जाते थे। नवयुवकों की छोटी-सी टोली इन्हीं बच्चों में घूमती थी। किसी पेड़ के नीचे बैठ उन्हें भजन सिखाती, गीत गवाती।

इस टोली के नायक लक्ष्मणसिंह जी से आप पूछेंगे तो वे बड़े ही सहज ढंग से बताते हैं कि कोई बड़ा ऊँचा विचार नहीं था हमारे पास। न हम नयी तालीम जानते थे, न पुरानी तालीम और न किसी तरह की सरकारी तालीम। शिक्षा का कहने लायक कोई विचार हमें पता नहीं था।

यह किस्सा है सन् 1977 का। दिन भर ऐसे ही गाते-बजाते पशु चराते। एक साथी थे गोपाल टेलर। इतनी अँग्रेजी आ गयी थी कि दर्जी के बदले टेलर शब्द ज्यादा वजन रखता है, बस। तो गोपाल टेलर को लगा कि दिन में तो ये सब काम होते ही हैं, रात को एक लालटेन जला कर कुछ लिखना-पढ़ना भी तो सीखना चाहिए। सरकारी स्कूल था पर उसमें तो भरती होना पड़ता था, रोज दिन को जाना पड़ता था। रात को कोई क्यों पढ़ाएगा?

सरकारी शाला के समानान्तर कोई रात्रि शाला खोलने जैसी भी कोई कल्पना नहीं थी। सरकार के टक्कर पर कोई प्राइवेट स्कूल भी खोलने की न तो इच्छा थी, न हैसियत। लक्ष्मण सिंह जी बताते हैं कि अच्छे विचारों को उतारने में समय लगता है, मेहनत लगती है, साधन लगते हैं—यह सब भी हमें कुछ पता नहीं था। नहीं तो हम तो इस सबसे घबरा जाते और फिर कुछ हो नहीं पाता। हमारे पास तो बस दो चीजें थीं—धीरज और आनन्द।

गाँव को पता भी नहीं चला और गाँव में सरकारी स्कूल के रहते हुए एक 'और' स्कूल खुल गया। हमें भी नहीं पता चला कि यह कब खुल गया। स्कूल खुल ही गया तो हमें पता चले उसके गुण। कौन से गुण, और क्या ये सचमुच गुण ही थे। यह सूची बहुत लम्बी है। आप जैसे शिक्षाविद् इन पर काम करेंगे तो हमें इन गुणों को और भी समझने का मौका मिलेगा। किससे करवाते उद्घाटन, क्यों करवाते उद्घाटन जब पता ही नहीं कि यह स्कूल कब खुल गया? स्कूल का नाम भी नहीं रखा था, नाम तो तब रखते जब होश रहता कि कोई स्कूल खुलने जा रहा

है। जब बिना नाम का स्कूल खुल ही गया तो फिर तो यही सोचने लगे कि स्कूल का नाम क्यों रखना। क्या यह भी कोई जरूरी चीज है? नेताओं के नाम पर बने स्कूलों की कमी नहीं, क्रान्तिकारियों, शहीदों, सन्तों, मुनियों, ऋतुओं, ऋषियों और तो और जात-बिरादरी के ऊँचे और छुटभैये नेताओं के नाम पर भी सब तरफ स्कूल हैं ही।

पर सचमुच अगर पूरे देश में हर गाँव में स्कूल खोलने हों तो कोई पाँच-सात लाख नामों की जरूरत पड़ेगी। नया क्या हो पाएगा तो कुछ मत करो। गुमनाम स्कूल चल पड़ा। बच्चों से कहाँ जा रहे हो जैसे प्रश्न पूछने वाले लोग थे ही नहीं। न पोशाक थी न वर्दी थी, बस्ता बोझ वाला भी नहीं था, बिना बोझ वाला बस्ता भी नहीं था। स्कूल जैसा कुछ था नहीं तो नाम किसका रखते! भवन नहीं था, न अच्छा, न गिरता-पड़ता।

चलता-फिरता स्कूल था। आज यहाँ, कल वहाँ। गर्मी के मौसम में बड़े बरगद के नीचे, ठंड के दिनों में खुले में धूप के साथ। प्रश्न पूछने वालों की क्या कमी। कोई पूछ ही बैठे कि बरसात के दिनों में कहाँ लगाओगे स्कूल? तो उत्तर मिलता कि सब बच्चे तो किसान-परिवार से हैं। बरसात में वे सब अपने खेतों में काम करते हैं। यानी तब अनध्याय, छुट्टी रखी जाएगी क्या? उत्तर मिलता कि नहीं। उन दिनों हमारे बच्चे गुणा-भाग सीखते हैं।

गुणा-भाग कैसा? भगवान का गुणा-भाग। एक मुट्ठी गेहूँ बोने से जो पौधे उगेंगे, उनकी बाली गिन कर तो देखो। प्रकृति का विराट गुणा-भाग समझने का इतना सुन्दर मौका कब मिलेगा। सारे सरल और कठिन गुणा-भाग, दो दूनी चार जैसे सारे पहाड़ों का पहाड़, गणित का पहाड़ भी खेती के गुणा-भाग से छोटा ही, बौना ही होगा। यह नया बीज-गणित, बीजों का गणित जीवन के शिक्षण का भाग है।

कक्षाओं का शुरू में विभाजन नहीं था पर धीरे-धीरे पहली टोली के बच्चे आगे बढ़े तो, वे अपने आप दूसरी कक्षा में आ गये। वे अपने पीछे जो खाली जगह कर आए थे, उसमें अब उत्साह से एक नयी जमात आ गयी। पर पहली कक्षा में पढ़ा क्या? कौन-सा पाठ्यक्रम? कोई बना-बनाया ढाँचा नहीं रखा गया था। जो अक्षरज्ञान सरकारी स्कूल में पढ़ाया जाता था, या कहें नहीं पढ़ाया जाता था, उसे यहाँ बिना डाँटे-फटकारे पढ़ा दिया था। और साथ में अनगिनत नयी बातें, जानकारियाँ पाठ्यक्रम के अलावा भी। कुछ पचास पेड़-पौधों के नाम तो उन्हें आते ही थे, लेकिन अब उन नामों को लिखना भी आ गया था।

पहली से दूसरी कक्षा के बीच यों कोई दीवार तो नहीं थी, भवन ही नहीं था फिर भी बच्चों को लगा कि स्कूलों में परीक्षा होती है तो हमारी परीक्षा कब होगी?

नवयुवकों की टोली खुद कोई बड़ी पढ़ी-लिखी तो थी नहीं। आपस में बैठ दो-चार तरह के प्रश्न बना लिए—भाषा, अक्षरज्ञान, गिनती आदि के। एकाध वर्ष इस तरह से पर्चे बने, पर्चे जाँचे भी गये और पास-फेल बताने के बदले बच्चों को बुलाकर उनकी गलतियाँ वगैरह जो थीं, वो सब समझा दीं और उन्हें अगली कक्षा में भेज दिया।

फिर इस टोली को लगा कि जीवन में प्रश्न पूछना भी तो आना चाहिए बच्चों को। क्यों न हम उन्हें अभी से प्रश्न पूछना सिखाने लगें। इससे हम भी कुछ नया सीखेंगे, वे भी। तय हुआ कि हर एक छात्र एक प्रश्न पत्र खुद बनाएगा। बीस छात्रों की कक्षा में एक ही विषय पर बीस प्रश्न पत्र तैयार हो गये। यह भी निर्णय किया गया कि उन्हें आपस में पत्तों की तरह फेंट कर एक दूसरे में बाँट दिया जाए। देखा गया कि सभी प्रश्न पत्र ठीक-ठाक बने थे, न बड़े सरल न बहुत कठिन।

उत्तरों की जाँच टोली के सदस्यों ने ही की। एकाध वर्ष इसी तरह चला। फिर यह बात भी ध्यान में आई कि प्रश्न जब बच्चे बना ही रहे हैं तो उत्तर पुस्तिका की जाँच हम क्यों करें! यह काम भी बच्चों पर डाल कर देखना चाहिए। आखिर जीवन में अपना खुद का मूल्यांकन सन्तुलित ढंग से करना भी आना चाहिए। न अपने को कोई तीसमारखाँ समझे और न दूसरों से गया गुजरा। सहज आत्मविश्वास से बच्चों का मन खुलना और खिलना चाहिए।

प्रश्न भी तुम्हीं पूछो, उत्तरों की जाँच-पड़ताल भी तुम्हीं करो अब। टोली की जरूरत पड़े तो मदद ली जा सकती है। निष्पक्षता दूसरों के प्रति और अपने प्रति भी सीखनी चाहिए। अपना हाथ जगन्नाथ जैसे मुहावरे पढ़ तो लो पर उन्हें अपने से दूर ही रखो।

इस गुमनाम स्कूल का कोई संचालक मंडल नहीं था। अध्यक्ष, सदस्य, मन्त्री, प्रधानाचार्य, कोषाध्यक्ष जैसा कोई पद नहीं था। महीने में कुल जितना खर्च होता, उतना चन्दा माता-पिता से मिल जाए तो फीस क्यों लेना। कई बार कोई कहता कि फसल कटने पर हम कुछ दे पाएँगे, अभी तो है नहीं। स्कूल में कोई रजिस्टर नहीं था, इसलिए फीस, हाजरी, किसने दिया पैसा, किसने नहीं—ऐसा कुछ भी रिकार्ड नहीं रखा गया।

बच्चे पढ़ रहे थे, खेल रहे थे, आनन्द कर रहे थे। गाँव में इन नवयुवकों की टोली की एक संस्था भी थी—ग्राम विकास नवयुवक मंडल। उसमें कई तरह के मेहमान आते थे। कभी आसपास से तो कभी दूर-दूर से भी। टोली उन मेहमानों से भी कहती कि थोड़ा समय निकालें और हमारे बच्चों से भी बातें करें।

क्या बातें? कुछ भी बताएँ जो आपको ठीक लगे। एक वर्ष में 25-30 विज़िटिंग फैकल्टी। तरह-तरह की जानकारियाँ। स्कूल चल पड़ा मजे-मजे में।

इधर इन बच्चों के चेहरों पर सचमुच ज्ञान की एक चमक-सी दिखने लगी थी। जो परिवार अपने बच्चों को सरकारी स्कूल भेज रहे थे, वे भी अब कभी-कभी इस विचित्र स्कूल में आने लगे थे। उन्हें भी यहाँ का वातावरण खुला-खुला-सा दिखा। डाँट-फटकार, मारा-पीटी कुछ नहीं। बच्चे महकते-से, चहकते-से दिखते थे।

कुछ परिवारों ने अपने बच्चों को सरकारी स्कूल से निकाल कर इस स्कूल में डाल दिया। नवयुवकों की टोली को लगा कि एक ही गाँव में कम-से-कम शिक्षा को लेकर होड़ नहीं मचनी चाहिए। लक्ष्मणसिंह जी एक दिन सरकारी स्कूल चले गये। प्रधान मास्टरजी से मिले। बड़ी विनम्रता से उन्हें भी अपने स्कूल आने का निमन्त्रण दिया। कहा ये भी आपके ही बच्चे हैं, आपका ही स्कूल है। यहाँ थोड़ी भीड़ ज्यादा हो गयी थी तो वहाँ कुछ कर लिया है।

धीरे-धीरे वहाँ के एकाध मास्टर इधर भी आने लगे। वे यहाँ के बच्चों में ज्यादा रमने लगे। एक बड़ा अन्तर तो समझदारी का था। उधम यहाँ बिलकुल नहीं था। बचपन था, बचपना नहीं था। उमर में सयाने हुए बिना बच्चे व्यवहार में कितने सयाने हो सकते हैं इसका कुछ चित्र उभरने लगा था।

इस बीच गाँव के तीनों टूटे तालाब भी नवयुवकों की टोली और उनकी संस्था को बाहर से मिली कुछ मदद से बन गये थे। यहाँ पानी कम ही बरसता है। कोई 24 इंच। पर अब जितना भी बरसता उसे रोकने का पूरा प्रबन्ध हो गया था। तब आई बारी गाँव के गोचर को ठीक करने की, कब्जे हटाने की। फिर इस आन्दोलन में इस स्कूल के सभी बच्चों ने भाग लिया। कभी-कभी तो ठंड की रातें गोचर में रजाई ओढ़ कर पहरा देते हुए भी कटीं—अपने माता-पिता के साथ।

गाँव में सभी जातियों के परिवार हैं। चोरी-छिपे कई परिवार आसपास के हिरण, खरगोश का शिकार करते थे। गोचर उजड़ जाने से इनकी संख्या भी कम हो गयी थी। पर गोचर सुधरने लगा तो वन के ये छोटे पशु भी आने लगे। तब गाँव लापोड़िया ने सबकी बैठक कर शिकार न खेलने का संकल्प लिया। इसका स्कूल से यों कोई खास सम्बन्ध नहीं दिखेगा पर शहर के अपने बच्चे स्कूलों की तरफ से कभी-कभी चिड़ियाघर जाते हैं न। लापोड़िया गाँव ने अपने पूरे क्षेत्र को खुला चिड़ियाघर घोषित किया। सब की निगरानी से।

इसमें स्कूल ने भी साथ दिया—जगह-जगह वन्य प्राणियों के संरक्षण, संवर्धन के बोर्ड बना कर लगा दिए गये। और उस इबारत को लोगों के मन में भी उतारने की कोशिश की गयी। इस खुले चिड़ियाघर में शहरों के चिड़ियाघरों की तरह भले ही शेर, हाथी या जिराफ न हों लेकिन जो भी जानवर और पक्षी थे वे इस स्कूल की तरह ही खुले में घूमते थे और उनके बीच घूमते थे ये बच्चे।

स्कूल की कक्षाएँ आगे बढ़ती गयीं। पहली दूसरी हो गयी, दूसरी तीसरी। इस

तरह जब पहली बार सातवीं कक्षा आठवीं बनी तो आठवीं की बोर्ड की ऊँची दीवार बच्चों के सामने खड़ी थी। सन् 1985 की बात होगी। अब तक तो वे खुद अपनी परीक्षा लेते थे, खुद ही प्रश्न बनाते थे, खुद ही अपने उत्तरों को सावधानी से जाँचते थे। अब उन्हें दूसरों के बनाए प्रश्न-पत्र मिलनेवाले थे। उनके उत्तर भी कोई और जाँचने वाले थे। लेकिन बच्चों को, इस टोली को और उनके माता-पिता को भी इसकी कोई खास चिन्ता नहीं थी।

बोर्ड की परीक्षा के अदृश्य डर से यह स्कूल मुक्त था। पूरी तैयारी थी पहली बार आठवीं की इस अपरिचित बाधा से मिलने की। सब बच्चों के फॉर्म राज्य शिक्षा बोर्ड में प्राइवेट छात्र की तरह जमा कराए गये। वहीं के सरकारी स्कूल में उन्हें परीक्षा में बैठने की अनुमति मिली। अपने स्कूल में परीक्षा भी अपनी ही थी। तुरन्त परिणाम आ जाता था। यहाँ शिक्षा मंडल का विशाल संगठन था। पूरे राज्य में फैला हुआ। इसलिए परिणाम आने में लम्बा इन्तजार करना पड़ा। पर जो बच्चे परीक्षा दे चुके थे, उन्होंने इस बीच में स्कूल आना बन्द नहीं किया। वे हमेशा की तरह आते रहे। नयी-नयी चीजें करते रहे, अपने से छोटे बच्चों को पढ़ाते भी रहे।

परिणाम आया। इस गुमनाम स्कूल की पूरी कक्षा इस दीवार को मजे में फाँद गयी थी। परिणाम शत-प्रतिशत था। बच्चों की संख्या भी बढ़ चली थी, इसलिए शिक्षकों की जरूरत भी पड़ी। पर यह संख्या दो या तीन से ज्यादा कभी नहीं हो पाई। बाकी पढ़ाई बच्चे मिल कर करते। बड़ी कक्षा के बच्चे छोटी कक्षा को पढ़ाते। अँग्रेजी, विज्ञान और गणित में थोड़ा अभ्यास रखनेवाले रामनारायण बुनकर और किसी और शहर से विवाह कर गाँव में आई राजेशकँवर ने मदद दी।

पर ये भी बच्चों को पढ़ाने की कोई डिग्री नहीं रखते थे। पढ़ाते-पढ़ाते सीखते गये, सिखाते गये। बच्चे सन् 1985 के बाद हर साल आठवीं की एक दीवार कूदते-फाँदते रहे। हाँ स्कूल की इमारत तो कभी-भी नहीं बनी, पर कुछ वर्ष बाद पाठ्यक्रम की किताबें बढ़ने लगीं। तो कुछ नयी खरीद करनी पड़ी। इन किताबों-कापियों को रोज-रोज घर से भारी बस्ते में लाना और फिर स्कूल से वापस घर ले जाने के नियम भी बड़े लचीले रखे गये। चाहो तो ले आओ, चाहो तो ले जाओ। एक घर में किसी कोने में बनी आलमारियों में सबके बस्ते रखने का इन्तजाम भी हो गया था।

जिसे होमवर्क कहा जाता है वह यहाँ नहीं था। यों भी घर में कोई कम काम होते हैं क्या? घर के ऐसे कामों में माता-पिता का हाथ बँटाना भी तो एक शिक्षण ही है। स्कूल में जब ठीक मानी गयी संख्या में शिक्षक ही नहीं थे तो चपरासी जैसा पद भी कहाँ होता। देश भर के, शायद दुनिया भर के स्कूलों में बजनेवाली घंटी यहाँ नहीं बजती थी। इसलिए दिन का समय अलग-अलग विषयों के घंटों में बाँटा नहीं जाता था।

आज भाषा पढ़ रहे हैं तो दो-चार दिन भाषा, व्याकरण, उच्चारण, विभक्तियाँ- सब कुछ अच्छे-से पढ़ समझ लो। फिर बारी गणित की आ गयी तो दो-चार दिन गुणा-भाग का मजा लो। कभी-कभी तो एक ही विषय पूरे हफ्ते चल जाता। पचास मिनट की तलवार किसी के सिर पर नहीं लटकती थी। न शिक्षक पर, न छात्र पर। फिर स्कूल में किसी घर से एक अखबार भी आने लगा। बड़े बच्चों को किताबों के अलावा अखबार पढ़ने की भी इच्छा हो तो वह पूरी की जानी चाहिए। सभी घरों में यों भी अखबार नहीं आता था। फिर बच्चों ने अखबार की खबरों पर टिप्पणी भी देना, अपनी पसन्द, नापसन्द भी बताना शुरू किया।

फिर वे थोड़ा आगे बढ़े। खुद हाथ का लिखा दो-चार पन्ने का एक अखबार भी निकालने लगे। स्कूल का नाम नहीं था, अखबार भी बिना नाम का। हफ्ते में एक बार। हाथ से गाँव की, स्कूल की, खेती-बाड़ी की, आसपास की खबरें, टिप्पणियाँ लिखी जातीं। गाँव से 20 किलोमीटर दूर जयपुर-अजमेर सड़क पर दूदू कस्बे में फोटोकॉपी मशीन थी। शहर आते-जाते किसी के हाथ से हस्त-लिखित सामग्री भेज दी जाती।

कोई सौ प्रतियाँ वापस आ जातीं। इसे बच्चों के अलावा गाँव के बड़े लोग भी खरीदते और चाय तक की दुकानों पर इसे पढ़ा जाने लगा था। आठ आना या एक रुपया दाम भी रखा गया ताकि फोटोकॉपी का खर्च निकल आए। कोशिश की जाती कि अधिक से अधिक बच्चे इसमें अपनी राय रखें, कुछ न कुछ सब लिखें। ऐसा स्कूल चला सकने वाली टोली, उसका गाँव अभी एक और विचित्र प्रयोग करने जा रहा था।

गाँव ने शिकार बन्द कर दिया था। वन्य प्राणियों का संरक्षण गाँव खुद कर रहा था। खुले चिड़ियाघर का जिक्र पहले आ ही चुका है। गाँव के तीनों तालाब ठीक होकर अब लबालब भरने लगे थे। एक तालाब पर चुग्गा भी रखा जाने लगा था। हर घर अपनी फसल से कुछ अनाज निकाल कर इस चुग्गा-घर में बनी एक कोठरी में जमा करने लगा था।

यहाँ से इसका एक अंश रोज निकाल कर एक विशेष बने चबूतरे पर डाल दिया जाता था। इस चबूतरे पर बिल्ली-कुत्ते झपट नहीं सकते थे। आसपास की कई तरह की चिड़ियों के झुंड यहाँ बेफिक्र आते और दाना चुगते थे। सुबह से शाम तक चहचहाहट बनी रहती थी।

चूहे कहाँ नहीं हैं? लापोड़िया में भी खूब थे। किसानों के घरों में कहीं न कहीं तो अनाज की बोरियाँ होंगी ही। एक दिन लक्ष्मणसिंह जी को लगा कि हम सब घरों में चूहों को पकड़ने के लिए पिंजरे रखते हैं। पकड़ते तो खुद हैं पर फिर बच्चों को पिंजरा पकड़ा कर कहते हैं, बाहर छोड़ कर आओ या मार दो। पेड़ बचा रहे हैं,

वन्य प्राणी बचा रहे हैं, लेकिन घर के प्राणी को मार रहे हैं।

इस चूहे ने हमारा भला ऐसा क्या बिगाड़ा है? बम्बई के सिद्धि विनायक मन्दिर में पूजा करने बड़े-बड़े प्रसिद्ध लोगों के जाने की खबरें छपती हैं, कैलेंडरों में तरह-तरह के गणेशजी मिलते हैं और उन्हीं के पास बैठा रहता है यह चूहा। पर हम उसे न जाने कब से मारे चले आ रहे हैं। न सन्त उसे बचाते हैं, न मुनि लोग, न सरकारें। अरे वो तो चूहा मारने के लिए इनाम भी देती हैं। अनाज का दुश्मन नम्बर एक मानती है सरकार चूहों को।

गाँव के कुछ लोग मिलकर बैठे। बातचीत चली कि इस पर क्या किया जा सकता है। सबने माना कि अनाज भी बचे और चूहा भी। प्रयोग के तौर पर गाँव की आबादी से दो-चार कदम की दूरी पर एक चूहा घर बनाने का निर्णय हुआ। न जीव दया का नारा, न अहिंसा को परमधर्म बताने का कोई ऊँचा झंडा। बस प्रकृति को समझकर अपना कर्तव्य निभाने की एक कोशिश भर करने की बात थी।

कोई दस बीघा जमीन इस काम के लिए निकाली गयी, इस चूहा घर के लिए। एक तरह की झाड़ी से बाड़ लगाई ताकि एकदम बिल्ली कुत्ते न घुस पाएँ। सबको बता दिया गया कि घरों में चूहों को पकड़ें तो मारे नहीं, इस चूहा घर में ला कर उन्हें छोड़ दें। घर के कोनों में दुबके चूहे जब यहाँ दस बीघा में छूटने लगे तो उन्हें कैसा लगा ये तो टी.वी. वाले उनसे कभी पूछ ही लेंगे। पर जो यहाँ आए उन्होंने अपने शानदार बिल बनाने शुरू कर दिए।

कुछ ही समय में चूहा घर आबाद हो गया, बस्ती बस गयी। गाँव में चील, उल्लू भी हैं, साँप भी, बिल्ली भी हैं, चूहे भी। प्रकृति में सब कुछ सबके सहारे मिल-जुलकर चलता है। गाँव में चूहा घर बना गया। वहाँ के पेड़ों पर जो चिड़ियाँ बैठतीं उनकी बीट से तरह-तरह की घास के बीज नीचे गिरते। चूहा घर में बिल बन गये, आसपास घास उग आई। उन्हें जितना भोजन चाहिए उतना मिल गया। जितनी सुरक्षा मिलनी चाहिए, घास के कारण उतनी सुरक्षा मिल गयी। और जितने चूहे इन चील, उल्लुओं को चाहिए, उतने उन्हें मिल ही जाते होंगे। चूहा घर बने अब दस वर्ष पूरे हो रहे हैं। गाँव में चूहों की आबादी नहीं बढ़ी है। प्रकृति सन्तुलन खुद रखती है। खुद चूहे आजादी का महत्त्व जानते हैं। शायद वे खुद अपनी आबादी पर नियन्त्रण रखे हैं।

तो क्या घरों में चूहे एकदम खतम हो गये हैं? क्या अब वे घरों में नहीं आते? लक्ष्मणसिंह जी बड़े ही सहज ढंग से उत्तर देते हैं कि देखिए आप भी कभी-कभी घर का खाना खाते-खाते अघा जाते हैं, तो किसी दिन होटल में, ढाबे में चले ही जाते हैं। इसी तरह एकाध बार ये चूहे भी अपना घर छोड़ कर हमारे घरों में आ कर हलवा-पूरी या कुछ तो भी खा जाते हैं पर अब प्राय: वे घरों के भीतर वैसे नहीं रहते

जैसे पहले रहते थे। अब उनके अपने घर हैं, आरामदेह बिल हैं—यह जीवन उनके लिए ज्यादा स्वाभाविक है, सहज है। शायद ज्यादा आनन्द का है। घर के कारागार से उनकी मुक्ति हुई है।

कारागार से फिर स्कूल को याद कर लें। लापोड़िया ने स्कूल को आनन्दधाम बनाया। फिर देखा कि गाँव का सरकारी स्कूल भी थोड़ा-थोड़ा सुधर चला है। नवयुवकों की इस टोली ने फिर सन् 2006 में तय किया कि हमें किसी की होड़ में तो स्कूल चलाना नहीं था। तो क्यों न इसे अब बन्द कर दें।

सृजन किया था जैसे चुपचाप, उसी तरह एक दिन उस स्कूल का विसर्जन कर दिया।

न नाम था, न भवन, न बैंक में कोई खाता था, न कोई संचालक मंडल, न ऐसे शिक्षक थे, जिन्हें स्कूल बन्द करने के बाद किसी तरह की बेरोजगारी का सामना करना पड़ता। या कि वे धरना देते दरवाजे पर। सबने मिल कर शुरू किया था। सबने मिल कर उसे सिरा दिया, उसका विसर्जन कर दिया।

विसर्जित होकर यह विचार पूरे गाँव में फैल गया है। लोग अच्छी बातें सीखने की कोशिश करते हैं, बुरी बातों को विसर्जित करने का प्रयास करते हैं। सब अच्छा सीख गये, सब बुरा मिटा दिया—ऐसा तो नहीं कह सकते पर इसी लम्बे दौर में इस क्षेत्र में नौ वर्ष का भयानक अकाल पड़ा था।

आधे से कम बरसात गिरी थी, पर गाँव में एक बूँद पानी की कमी नहीं थी। गाँव के तीनों तालाब ऊपर से सूख गये थे पर इन ने गाँव के भूजल को इतना सम्पन्न बना दिया था कि कोई सौ कुओं में से एक भी कुआँ सूखा नहीं था, नौ साल के अकाल में। पूरे दौर में ठीक-ठीक फसल होती रही हर खेत में। गाँव के बच्चों को दूध तक मिलता रहा, वहाँ के गोचर के कारण।

जयपुर की सरस डेयरी को भी इस अकालग्रस्त गाँव से सबसे पौष्टिक दूध मिला। सरकार ने उसका प्रमाणपत्र भी दिया था तब। फिर कोई चार साल पहले इस इलाके में इतना अधिक पानी गिरा कि जयपुर शहर में भी बाढ़ आ गयी। आसपास के कई गाँव डूबे थे तब। पर लापोड़िया बाढ़ में डूबा नहीं। उसके तालाबों ने फिर सारा अतिरिक्त पानी आने वाले दौर के लिए समेट लिया था।

लापोड़िया गाँव ने न तो सरकारी स्कूल की निन्दा की, न कोई निजी प्राइवेट स्कूल उसकी टक्कर पर खोला, न किसी कारपोरेट को, कम्पनी को उसकी सामाजिक जिम्मेदारी जता कर शिक्षा में सुधार की योजना बनाई। उसने ममत्व, यह तो मेरा है, मान कर एक गुमनाम स्कूल खोला, शिक्षण को कक्षा की दीवारों से उठा कर पूरे गाँव में फैलाने का विनम्र प्रयास किया, और फिर उसे चुपचाप समेट भी लिया। एक भी पुस्तिका या कोई लेख इस प्रयोग को अमर बनाने के लिए उसने

छापा नहीं।

शुरू में हमने दो स्कूलों की चर्चा करने की बात रखी थी। दूसरा स्कूल लापोड़िया गाँव से थोड़ा अलग स्वभाव का है। यह पंजाब के गुरुदासपुर जिले के तुगलवाला गाँव में चल रहा है। पर यह लापोड़िया की तरह गुमनाम नहीं है। शिक्षा के कड़वे दौर में इस मीठे स्कूल का नाम है—बाबा आयासिंह रियाड़की स्कूल। सन् 1925 में यहाँ के एक परोपकारी बाबा आयासिंह ने इसकी स्थापना 'पुत्री पाठशाला' के रूप में की थी। 'गुरुमुख परोपकार उमाहा' उनका घोष वाक्य था—यानी गुरू का सच्चा सेवक परोपकार भी बहुत चाव से, आनन्द से करे।

यह विद्यालय यों कोई 15 एकड़ में फैला हुआ है पर बहुत चाव से, आनन्द से काम करने के कारण आसपास के अनेक गाँवों के मनों में, उनके हृदय में इस स्कूल ने जो जगह बनाई है, उसका तो कोई हिसाब नहीं लगाया जा सकता। यहाँ प्राथमिक शाला यानी पहली कक्षा से एम.ए. तक की शिक्षा दी जाती है। छात्राओं की संख्या है लगभग 3,000। इसमें से कोई 1,000 छात्राएँ अपने पास के घरों से आती हैं। दूर के गाँवों की कोई 2,000 छात्राएँ यहाँ छात्रावास में रहती हैं।

पढ़ाई का खर्च महीने के हिसाब से नहीं, वर्ष के हिसाब से है। रोज आने-जाने वालों की फीस लगभग एक हजार रुपए सालाना है। जो यहीं रहती हैं उन्हें पढ़ाई, आवास और भोजन का खर्च लगभग 6,600 रुपये देना होता है। पूरे साल का। जिन परिवारों को यह मामूली-सी फीस भी ज्यादा लगे उनसे एक रुपया भी नहीं लिया जाता।

भरती होने के लिए आनेवाली किसी भी छात्रा को यहाँ वापस नहीं किया जाता। सचमुच, विद्यामन्दिर के दरवाजे हरेक के लिए खुले हैं। 3,000 छात्राओं वाले इस शिक्षण संस्थान में बहुत गिनती करें तो शायद दस-पाँच शिक्षक मिल जाएँगे। पढ़ाई का, पढ़ाने का सारा काम छात्राएँ ही करती हैं। बड़ी कक्षाओं की छात्राएँ अपने से छोटी कक्षाओं को पूरे उत्साह से पढ़ाती हैं। 'सेल्फ टीचिंग डे' हमारे स्कूलों में होता है पर यहाँ तो 'सैल्फ टीचिंग ईयर' है पूरा।

सिर्फ पढ़ाना ही नहीं, इतने बड़े शिक्षण संस्थान का पूरा प्रबन्ध छात्राओं के हाथ में ही है। यह काम दरवाजे पर होनेवाली चौकीदारी से लेकर प्रधान अध्यापक के कमरे तक जाता है। साफ-सफाई, बिजली-पानी, इतनी बड़ी संख्या में छात्राओं का नाश्ता, दो समय का भोजन, तीन-चार मंजिल की इमारतों की टूट-फूट, नया निर्माण सारे काम छात्राओं की टोलियाँ मिल-बाँट कर करती हैं।

संस्थान के रोजमर्रा के सब काम निपटाने के बाद इन्हीं छात्राओं की टोलियाँ जरूरत पड़ने पर आसपास के गाँवों में सामाजिक विषयों पर, कुरीतियों पर जन-जागरण के लिए पद यात्राओं पर भी निकल पड़ती हैं। भ्रूण हत्या, नशाखोरी जैसे

विषयों पर। यह एक ऐसा संस्थान माना जाता है जहाँ पंजाब के प्राय: सभी मुख्यमन्त्री, राज्यपाल वर्ष में एकाध बार माथा टेकने आ ही जाते हैं। पर इस संस्थान ने आज तक पंजाब सरकार से मान्यता नहीं माँगी है। सरकार ने मान्यता देने का प्रस्ताव अपनी तरफ से रखा तो भी स्कूल ने विनम्रता से मना किया है।

इसके संचालक श्री सरदार स्वरन सिंह विर्क का कहना है कि बच्चों की फीस से, खेती-बाड़ी, फल-सब्जी के बगीचों से इतना कुछ मिल जाता है कि विद्यालय को सरकार से मदद लेने की जरूरत नहीं पड़ती। फिर शासन की मान्यता का मतलब है शासन के तरह-तरह के नियमों का पालन। ज्यादातर नियम व्यवहार में उतारना कठिन होता है तो लोग उन्हें चुपचाप तोड़ देते हैं। फिर झूठ बोलना पड़ता है।

ना, यह सब यहाँ होता नहीं। इस स्कूल को इस इलाके में 'सच की पाठशाला' के नाम से भी जाना जाता है। यहाँ छात्राएँ बोर्ड और विश्वविद्यालय की परीक्षाएँ 'प्राइवेट' छात्रों की तरह देती हैं। पूरे देश में परीक्षाओं में नकल करने के तरह-तरह के नये तरीके, नयी तकनीकें खोजी जा रही हैं। पंजाब में परीक्षा में नकल एक बड़ी समस्या है। नकल रोकने के फ्लाइंग दस्ते तक हैं।

लेकिन गाँव तुगलवाला की यह संस्था नकल के बदले छात्राओं की अकल और उनके संस्कारों पर जोर देती है। यह बताते हुए थोड़ा अटपटा भी लगता है कि यहाँ नकल पकड़नेवाले को एक बड़ा इनाम दिए जाने का बोर्ड तक लगा है! शुरू में कहीं विनोबा की एक बात कही थी : छात्र भी पूर्ण, उसके माता-पिता भी पूर्ण, और शिक्षक भी पूर्ण।

यहाँ शिक्षण का काम तीन चरणों में होता है। पहले में एक शिक्षिका पचास छात्राओं को पढ़ाती है। फिर दस-दस के समूहों को पढ़ाया जाता है। इन समूहों में कोई छात्रा किसी कारण से कुछ कमजोर दिखे तो उसे अपूर्ण, मूर्ख नहीं माना जाता। तब उसे एक अलग शिक्षिका समय देती है और उसे कुछ ही दिनों में सबके साथ मिला दिया जाता है।

शिक्षा के स्वावलम्बन की ऐसी मिसाल कम ही जगह होंगी—केवल गेहूँ, धान ही पैदा नहीं होता। इतनी बड़ी रसोईशाला का पूरा आटा यहीं पिसता है, धान की भूसी यहीं निकाली जाती है। गन्ना पैदा होता है तो गुड़ भी यहीं पकता है। सौर ऊर्जा है, गोबर गैस है।

काम दे चुकी छोटी-से-छोटी चीज भी कचरे में नहीं फेंकी जाती। सब कुछ एक जगह इकट्ठा करनेवाली टोली है। फिर इस कबाड़ से क्या-क्या जुगाड़ बन सकता है इसे भी देखा जाता है। बची चीजें बाकायदा कबाड़ी को बेची जाती हैं और उसकी भी पूरी आमदनी का हिसाब रखा जाता है।

सर्व धर्म समभाव पर विशेष जोर देने की बात ही नहीं है। वह तो यहाँ के

वातावरण में ही है। दिन की शुरुआत सुबह गुरुवाणी के पाठ से होती है। परिसर की सफाई रोज नहीं होती। सप्ताह में एक बार। क्योंकि 3,000 की छात्र संख्या होने पर भी कोई कहीं कचरा नहीं फेंकता। स्वच्छता अभियान यहाँ बिना किसी नारे के बरसों से चल रहा है।

आप सभी शिक्षा के संसार में बाकी संसार की तरह आ रही गिरावट की चिन्ता कर रहे हैं, उसे अपने-अपने ढंग से सँभाल भी रहे हैं। आज सब चीजें, सुरीले से सुरीले विचार अन्त में जाकर बाजार का बाजा बजाने लग जा रहे हैं। शिक्षा की दुनिया में शिक्षण अपने आप में एक बड़ा बाजार बन गया है। पर जैसे बाजार में मुद्रास्फीति आई है ऐसे ही शिक्षा के बाजार में भी यह मुद्रास्फीति आ गयी है।

पहले सन्तरामजी बी.ए. से काम चला लेते थे। आज तो पीएच.डी. का दाम भी घट गया है। हम में से कई लोगों को इसी परिस्थिति में आगे काम करना है। जो पढ़ाई आज आप कर रहे हैं, वह आगे-पीछे आपको एक ठीक नौकरी देगी—पर शायद इसी बाजार में। प्रायः साधारण परिवारों से आए हम सबके लिए यह एक जरूरी काम बन जाता है।

इसलिए आप सबको एक छोटी-सी सलाह—नौकरी करें जीविका के लिए। लेकिन चाकरी करें समाज के लिए। हम अपनी नौकरी में जितना अंश चाकरी का मिलाते जाएँगे, उतना अधिक आनन्द आने लगेगा।

साध्य, साधन और साधना

अगर साध्य ऊँचा हो और उसके पीछे साधना हो,
तो सब साधन जुट सकते हैं

यह शीर्षक न तो अलंकार के लिए है, न अहंकार के लिए। सचमुच ऐसा लगता है कि समाज में काम कर रही छोटी-बड़ी संस्थाओं को, उनके कुशल संचालकों को, हम कार्यकर्ताओं को और इस सारे काम को ठीक से चलाने के लिए पैसा जुटाने वाली उदारमना, देशी-विदेशी अनुदान संस्थाओं को आगे-पीछे इन तीन शब्दों पर सोचना तो चाहिए ही।

साध्य और साधन पर तो कुछ बातचीत होती है, लेकिन इसमें साधना भी जुड़ना चाहिए।

साधन उसी गाँव, मोहल्ले, शहर में जुटाए जाएँ या कि सात समुन्दर पार से आएँ, इसे ले कर पर्याप्त मतभेद हो सकते हैं। पर कम से कम साध्य तो हमारे हों। कुछ अपवाद छोड़ दें तो प्राय: होता यही है कि साधनों की बात तो दूर, हम साध्य भी अपने नहीं देख पाते। यहाँ साध्य शब्द अपने सम्पूर्ण अर्थ में भी है और काम चलाऊ, हल्के अर्थ में भी। यानी काम, लक्ष्य, कार्यक्रम आदि।

पर्यावरण विषय के सीमित अनुभव से मैं कुछ कह सकता हूँ कि इस क्षेत्र में काम कर रही बहुत-सी संस्थाएँ साध्य, लक्ष्य के मामले में लगातार थपेड़े खाती रही हैं। लोग भूले नहीं होंगे जब पर्यावरण के शेयर बाजार में सबसे ऊँचा दाम था सामाजिक वानिकी का। हम सब उसमें जुट गये, बिना यह बहस किए कि असामाजिक वानिकी क्या हो सकती है।

वन विभाग ने अपने कन्धों पर पूरे देश के वन प्रबन्ध का बोझ कैसे उठाया, उस बोझ को लेकर वह कैसे लड़खड़ाया और उसकी उस लड़खड़ाहट की कितनी बड़ी कीमत पूरे देश के पर्यावरण ने चुकाई? ये वन समाज के किस हिस्से से, कितनी निर्ममता से छीने गये? और जब वनों का वह गर्वीला एकल वन प्रबन्ध सारे विदेशी अनुदानों के सहजे सँभाले नहीं सँभला, तो अचानक संयुक्त प्रबन्ध की याद

कैसे आई?

पल भर के लिए, झूठा ही सही, एकल वन प्रबन्धकों को सार्वजनिक रूप से कुछ पश्चाताप तो करना ही चाहिए था। क्षमा माँगनी चाहिए थी, और तब विनती करनी चाहिए थी कि अरे भाई यह तो बड़ा भारी बोझा है, हमारे अकेले के बस का नहीं, पिछली गलती माफ करो, जरा हाथ तो बँटाओ।

साधन और साध्य का यह विचित्र दौर पूरी तरह उदारीकरण कर रहा है। जो हालत पर्यावरण के सीमित विषय में रही है, वही समाज के अन्य महत्त्वपूर्ण विस्तृत क्षेत्रों में भी मिलेगी। महिला विकास, बाल विकास, महिला सशक्तीकरण, बन्धुआ मुक्ति, महाजन मुक्ति, बाल श्रमिक, लघु या अल्प बचत, प्रजनन स्वास्थ्य, गर्ल चाइल्ड सब तरह के कामों में शर्मनाक रूप दिखते हैं।

पर हम तो आँख मूँद कर इनको जपते जा रहे हैं।

यूरोप, अमेरिका की सामाजिक टकसाल से जो भी शब्द-सिक्का ढलता है, वहाँ वह चले या न चले, हमारे यहाँ वह दौड़ता है। यह भी सम्भव है कि इनमें से कुछ काम ऐसे महत्त्वपूर्ण हों जो करने ही चाहिए। तो भी इतना तो सोचना चाहिए कि हम सबका ध्यान इन कामों पर पहले क्यों नहीं जाता?

सामाजिक कामों के इस शेयर बाजार में सामाजिक संस्थाओं के साथ-साथ सरकारों की भी ग़ज़ब की भागीदारी है। केन्द्र समेत सभी राज्यों की, सभी तरह की विचारधाराओं वाले सभी दलों की सरकारों में इस मामले में ग़ज़ब की सर्वसम्मति है।

विश्व बैंक हर महीने कोई 200 पन्नों का एक बुलेटिन निकालता है। इसमें पिछले महीने में पारित सभी देशों के राज्यों की विभिन्न सरकारों को दिए जानेवाले ऋण का विस्तृत ब्यौरा रहता है। इसे देख लें। पक्का भरोसा हो जाएगा कि डॉलर विचार की करेन्सी में बदल गया है।

ऐसा नहीं कि सभी बिक गये हैं। इस वृत्ति से लड़ने वाले भी हैं। पर कई बार खलनायक से लड़ते-लड़ते हमारे नायक भी कुछ वैसे ही बन जाते हैं। आपातकाल को अभी एक पीढ़ी तो भूली नहीं है। उससे लड़कर, जीतकर सत्ता में आए हमारे श्रेष्ठ नायकों ने तब कोका-कोला जैसे लगभग सर्वव्यापी पेय को खदेड़ा था। बदले में उसी जैसे रंग का, वैसी ही बोतल में उतने ही प्रमाण का यानी चुल्लू-भर पानी बनाकर उसका नाम कोका-कोला के बदले 77 (सतहत्तर नहीं, डबल सेवन) रखा गया।

आपातकाल की स्मृति को समाज के मन में स्थायी रूप देने! यानी हमारे पास अपने कठिन दौर को याद रखने का इससे सरल कोई उपाय नहीं था। चलो यह भी स्वीकार है। कष्ट के दिनों को मनोरंजन के, शीतल पेय के माध्यम से ही याद रखते।

पर हम उसे भी टिका नहीं पाए। डबल सेवन डूब गया, वे नायक भी डूबे। फिर कोका-कोला वापस आ गया, पहले से भी ज्यादा जोश से और संयोग यह कि हमारे डूबे नायक भी फिर से वापस आ गये। सहअस्तित्व का सुन्दर उदाहरण है यह प्रसंग।

तो साधनों की बहस हमें वहाँ ले जाएगी जब हम साध्य, लक्ष्य, अपने सामने खड़े काम, कार्यक्रम ही नहीं खोज पाएँगे। एक बार साध्य समझ लें तो फिर बाहर का साधन भी कोई उस तरफ मोड़ सकता है। तब ज्यादा गुंजाइश वैसे इसी बात की होगी कि साध्य अपना होगा तो साधन भी फिर अपने सूझने लगते हैं।

इसका एक छोटा-सा उदाहरण जयपुर जिले के एक गाँव का है। वहाँ ग्राम के काम में लगी एक संस्था ने बाहर की मदद से गरीब गाँव में पानी जुटाने के लिए कोई 30,000 रुपए खर्च कर एक तालाब बनवाया। फिर धीरे-धीरे लोगों से उसकी थोड़ी आत्मीयता बढ़ी। बातचीत चली तो गाँव के एक बुजुर्ग ने कहा कि तालाब तो ठीक है, पर ये गाँव का नहीं, हमारा नहीं, सरकारी-सा दिखता है। पूछा गया कि यह अपना कैसे बनेगा।

सुझाव आया कि इस पर पत्थर की छतरी स्थापित होनी चाहिए। पर वह तो बहुत महँगी होती है। लागत का अन्दाज बिठाया तो उसकी कीमत तालाब की लागत से भी ज्यादा निकली। संस्था ने बताया कि हम तो यह काम नहीं करवा सकते। हमारे पास तो तालाब के लिए अनुदान है, छतरी के लिए नहीं।

गाँव ने जवाब दिया कि छतरी के लिए संस्था से माँग ही कौन रहा है। गरीब माने गये गाँव ने देखते ही देखते वह पहाड़-सी राशि चन्दे से जमा की, अपना श्रम लगाया और तालाब की पाल पर गाजे-बाजे, पूजा-अर्चना के साथ छतरी की स्थापना कर डाली।

कुछ को लगेगा कि यह तो फिजूलखर्ची है। पर यह मकान और घर का अन्तर है। समाज को पानी के केवल ढाँचे नहीं चाहिए। समाज को ममत्व भी चाहिए। छतरी लगाने से तालाब सरकारी या संस्था का तकनीक ढाँचा न रहकर एक आत्मिक ढाँचे में बदलता है। फिर उसकी रखवाली समाज करता है।

वैसे भी अँग्रेजों के आने से पहले देश के पाँच लाख गाँवों में, कुछ हजार कस्बे, शहरों में, राजधानियों में कोई बीस लाख तालाब समाज ने बिना किसी 'वॉटर मिशन' या 'वॉटर शेड डेवलपमेंट' के, अपने ही साधनों से बनाए थे। उनकी रखवाली, टूट-फूट का सुधार भी लोग खुद ही करते थे। जरा कल्पना तो करें हम उस ढाँचे के आकार की, प्रकार की, संख्या बल की, बुद्धि बल की, संगठन बल की, जो पूरे देश में पानी का प्रबन्ध करता था। वह भी एक ऐसे देश में जहाँ चेरापूँजी से जैसलमेर जैसी विचित्र परिस्थिति थी।

तालाबों का यह छोटा-सा किस्सा बताता है कि साध्य अपना हो तो साधन भी अपने जुटते जाते हैं। हाँ, उसके लिए साधना चाहिए। आज संस्थाएँ पूरी दुनिया से बात करने के लिए जितनी उतावली दिखती हैं, उसकी आधी उतावली भी वे समाज से बात करने में लगाएँ तो यह साधना अपना रंग दिखा सकती है। पर बात करने में और 'पार्टिसिपेटरी रिसर्च अप्रेज़ल' या 'पी.आर.ए.' करने में मूल अन्तर होता है।

बुन्देलखंड में एक कहावत है: चुटकी भर जीरे से ब्रह्मभोज। सिर्फ जीरा है, वह भी चुटकी भर। न सब्जी है, न दाल, न आटा। पर ब्रह्मभोज हो सकता है। साध्य ऊँचा हो, साधना हो, तो सब साधन जुट सकते हैं। हाँ चुटकी भर जीरे से 'पार्टी' नहीं हो सकेगी।

जड़ें

> जड़ों की तरफ मुड़ने से पहले हमें अपनी जड़ता की तरफ भी
> देखना होगा, झाँकना होगा। यह जड़ता आधुनिक है।
> इसकी झांकी इतनी मोहक है कि इसका
> वजन ढोना भी हमें सरल लगने लगता है।
> बजाय इसे उतार फेंकने के, हम इसे और ज्यादा
> लाद लेते हैं अपने ऊपर।

कुछ शब्द ऐसे हैं कि वे हमारा पीछा ही नहीं छोड़ते। क्या-क्या नहीं किया हमने उन शब्दों से पीछा छुड़ाने के लिए। तब तो हम गुलाम थे। फिर भी हमने गुलामी की जंजीरों को तोड़ने की कोशिश के साथ ही अपने को दुनिया की चालू परिभाषा के हिसाब से आधुनिक बनाने का भी रास्ता पकड़ने के लिए परिश्रम शुरू कर दिया था। आजाद होने के बाद तो इस कोशिश में हमने पंख ही लगा दिए थे। हमने पंख खोले पर शायद आँखें मूँद लीं। हम चले तेजी से, पर हमने दिशा नहीं देखी।

अब एक लम्बी उड़ान शायद पूरी हो चली है और हमें वे सब शब्द याद आने लगे हैं, जिनसे हम पीछा छुड़ा कर उड़ चले थे। अभी हम जमीन पर उतरे भी नहीं हैं लेकिन हम तड़पने लगे हैं, अपनी जड़ों को तलाशने।

यों जड़ें तलाशना, जड़ों की याद अनायास आना कोई बुरी बात नहीं है। लेकिन इस प्रयास और याद से पहले हमें इससे मिलते-जुलते एक शब्द की तरफ भी कुछ ध्यान देना होगा। यह शब्द है : जड़ता। जड़ों की तरफ मुड़ने से पहले हमें अपनी जड़ता की तरफ भी देखना होगा, झांकना होगा। यह जड़ता आधुनिक है। इसकी झाँकी इतनी मोहक है कि इसका वजन ढोना भी हमें सरल लगने लगता है। बजाय इसे उतार फेंकने के, हम इसे और ज्यादा लाद लेते हैं अपने ऊपर।

जड़ता हटे थोड़ी भी तो पता चले कि बात सिर्फ जड़ों की नहीं है। शायद तने की है, डालों, शाखाओं, पत्तियों तक की है। हमारा कुल जीवन, समाज यदि एक विशाल वृक्ष होता, उसका एक भाग होता, तो जड़ों से कटने का सवाल भी कहाँ

उठता। अपनी जड़ों से कटे तने, शाखाएँ, पत्तियाँ दो-चार दिनों में मुरझाने लगती हैं। पर हमारा आधुनिक विकसित होता जा रहा समाज तो अपनी जड़ों से कट कर एक दौर में पहले से भी ज्यादा हरा हो चला है। कम से कम उसे तो ऐसा लगता है। और फिर वह अपने इस नए हरेपन पर इतना ज्यादा इतराता है कि अपने आज के अलावा अपने कल को, सभी चीजों को उसने एकदम पिछड़ा, दकियानूस मान लिया है। कल की यह सूची बहुत लम्बी है। इसमें भाषा है, विचार है, परम्पराएँ हैं, पोशाक है, धर्म है, कर्म भी है।

सबसे पहले भाषा ही देखें।

भाषा में अगर हम किसी तरह की असावधानी दिखाते हैं तो हम व्यवहार में भी असावधान होने लगते हैं। भाषा की यह चर्चा हिन्दी विलाप-मिलाप की नहीं है। उदाहरण देखें—हिन्दी में उदार शब्द बड़े ही उदात्त अर्थ लिए है। शुभ शब्द है। लेकिन इस नयी व्यवस्था ने इस इतने बड़े शब्द को एक बेहद घटिया काम में झोंक दिया है। इसे आर्थिक व्यवस्था से जोड़कर अँग्रेज़ी के अनुवाद से एक नया शब्द बनाया गया है—उदारीकरण। जब मन उदार बन रहा है, सरकार उदार बन रही है, अर्थ-व्यवस्था उदार हो चली है तब काहे का डर भाई। मन में कैसा संशय?

उदार का विपरीत है, कंजूस, कृपण, झंझटी, संकीर्ण। तो क्या इस उदारीकरण से पहले की व्यवस्था कंजूसी की थी? संकीर्णता की थी? वह दौर किनका था? वह तो सबसे अच्छे माने गये नेतृत्व का दौर था: नेहरूजी, सरदार पटेल जैसे लोगों का था।

जड़ों की तलाश को निजी स्तर पर लेने से कोई व्यावहारिक हल हाथ लगेगा नहीं। समाज के, देश के, काल के स्तर पर जब सोचेंगे तो जड़ों की चिन्ता हमें उदारीकरण जैसी प्रवृत्तियों की तरफ ले जाएगी। हम उनके बारे में ठीक से सोचने लगेंगे और तब हम सचमुच सच के सामने खड़े हो पाएँगे।

यदि हम ऐसा नहीं कर पाते तो पाएँगे कि जड़ों की तलाश भी जारी रहेगी और हम अपनी जड़ें खुद काटते भी रहेंगे। अपने पैर पर कुल्हाड़ी मारना कहावत में यह भी जोड़ा जा सकता है कि हम खुद अपनी कुल्हाड़ी की धार चमका कर उसे और ज्यादा धारदार बनाकर गा बजा कर अपने पैरों पर मारते रहेंगे।

आधुनिक दौर में, अपनी जड़ों से कट कर हमने जो विकास किया, उसके बुरे नतीजे तो चारों तरफ बिखरे पड़े हैं। स्थूल अर्थों में भी और सूक्ष्म अर्थों में भी। ढँका हुआ भूजल, खुला बहता नदियों, तालाबों का पानी और समुद्र तक बुरी तरह गन्दा हो चुका है। विशाल समुद्रों में हमारी नयी सभ्यता ने इतना कचरा फेंका है कि अब अन्तरिक्ष से टोह लेनेवाले कैमरों ने अमेरिका के नक्शे बराबर प्लास्टिक के कचरे के एक बड़े ढेर के चित्र लिए हैं। लेकिन अभी इस स्थूल और सूक्ष्म संकेतों को यहीं

छोड़ वापस उदारीकरण की तरफ लौटें।

हमारे बीच जो भी नयी व्यवस्था या विचार आते हैं, वे हर पन्द्रह-बीस सालों में अपना मुँह किसी और दिशा में मोड़ लेते हैं। अभी कुछ ही बरस पहले तो दुनिया के किसी एक पक्ष ने हमें यह पाठ पढ़ाया कि राष्ट्रीयकरण बहुत ऊँची चीज है। हमने वह पाठ तोते की तरह पढ़ा, फिर रट लिया उसे। आगे-पीछे नहीं सोचा और देश में सब चीजों का राष्ट्रीयकरण कर दिया। हमने अपने खुद के तोतों से भी नहीं पूछा कि तुम भी कोई पाठ जानते हो क्या? अपनी डाल के ऊपर बैठे तोतों की तरफ देखा तक नहीं। राष्ट्रीयकरण में ऐसा कुछ नहीं था कि उसके नीचे जो कुछ भी डाला जाएगा, वह सब ठीक हो जाएगा। खूब प्रशंसा हुई, तालियाँ बजीं। कुछ नेता एकाध चुनाव भी जीत गये होंगे।

फिर इससे काम चला नहीं। समस्याएँ तो हल हुई नहीं तो फिर एक नयी दिशा पकड़ ली। सरकार की सब चीजें निजी हाथों में सौंप देने का दौर आ गया। पर इसे बाजारीकरण नहीं कहा गया। नाम रखा उदारीकरण। किसी ने भी यह नहीं कहा कि यह तो उधार में लिया गया हल है। इसका यदि कोई नाम ही रखना हो तो इसे उधारीकरण कहो न।

अपनी जड़ों से कटे इस नए विकास ने बहुत से चमत्कार कर दिखाए हैं। निस्सन्देह आज कुछ करोड़ हाथों में मोबाइल फोन हैं। लाखों कम्प्यूटर हैं, लोगों की टेबिलों पर और गोद में भी। अब तो हाथ में भी टेबलेट है। इन माध्यमों से पूरी दुनिया में तो बातें हो सकती है पर बगल में बैठे व्यक्ति से संवाद टूट गया है। सामाजिक कहे जाने वाला कम्प्यूटर नेटवर्क चाहे जब कुछ लाख लोगों को कुछ ही घंटों में बैंगलोर, चेन्नई, हैदराबाद से खदेड़कर उत्तर-पूर्व के प्रदेशों में जाने मजबूर कर देता है। इस विकास ने महाराष्ट्र में आधुनिक सिंचाई की योजनाओं पर सबसे ज्यादा राशि खर्च की है। आज उसी महाराष्ट्र में सबसे बुरा अकाल पड़ रहा है।

इस विकास ने बहुत से लोगों को अपने ही आँगन में पराया बनाया है। यह सूची भी बहुत बड़ी है और यह संख्या भी। अपने ही आँगन में पराए बनते जा रहे लोगों की संख्या उस बहु प्रचारित मोबाइल क्रान्ति से कम नहीं है। अपनी जड़ों से जुड़े अनगिनत लोग विकास के नाम पर काट कर फेंक दिए गये हैं।

बलि प्रथा, नर बलि प्रथा कभी रही होगी। आज तो विकास की बलि प्रथा है। कुछ लोगों को ज्यादा लोगों के कल्याण, विकास के लिए अपनी जान देनी पड़ रही है। और जिनके लिए ये सब होता है, उनमें से न जाने कितने लोगों को आज यह नया जीवन अपनी जड़ों से इतना ज्यादा काट देता है कि उन्हें जीवन जीने की कला सीखने अपनी महँगी नौकरियाँ छोड़ सन्तों के शिविरों में जाना पड़ता है।

एक हिस्सा गरीबी में अपनी जड़ों से कट कर विस्थापित होता है तो दूसरा

भाग अपनी अमीरी का बोझा ढोते हुए लड़खड़ाता दिखता है।

ऐसी विचित्र भगदड़ में फँसा समाज अपनी जड़ों को खोज पाएगा, उनसे जुड़ पाएगा, ऐसी उम्मीद रखना बड़ा कठिन काम है। लेकिन ये शब्द हमारा पीछा आसानी से नहीं छोड़नेवाले। जड़ें शायद छूटेंगी नहीं। दबी रहेंगी मिट्टी के भीतर। ठीक हवा पानी मिलने पर वे फिर से हरी हो सकेंगी और उनमें नए पीके भी फूट सकेंगे। हमें अपने को उस क्षण के लिए बचाकर रखना होगा।

पुरखों से संवाद

मृतकों से संवाद और पुरखों से संवाद, ये दो अलग बातें हैं।
इस अन्तर में जीवन के एक रस का भास भी होता है।

जो कल तक हमारे बीच थे, वे आज नहीं हैं। आज हम हैं और यह हमारा अनुभव है कि जो कल तक हमारे बीच थे, वे आज नहीं हैं। यह आज, कल और परसों भी आज के रूप में था और उससे भी जुड़े थे उसके कल और उसके परसों। बरसों से काल के ये रूप पीढ़ियों के मन में बसे हैं, रचे हैं। कल, आज और कल—ये तीन छोटे-छोटे शब्द कुछ लाख बरस का, लाख नहीं तो कुछ हजार बरसों का इतिहास, वर्तमान और भविष्य अपने में बड़ी सरलता से, तरलता से समेटे हुए हैं।

बहुत ही सरलता से जुड़े हैं ये कल, आज और कल। हमें इसके लिए कुछ करना नहीं पड़ता। बस हमें तो यहाँ होना पड़ता है। यह होना—या कहें न होना भी—हमारे बस में नहीं है। फिर इन तीनों कालों में एक सरल तरलता भी है। इन तीनों के बीच लोग, घटनाएँ, विचार, आचार, व्यवहार अदलते-बदलते रहते हैं।

इस अदला-बदली में जीवन और मृत्यु भी आते और जाते रहते हैं। सचमुच हम चाहें या न चाहें, जो कल तक हमारे बीच थे, वे आज नहीं हैं। किसी के होने का भाव न होने में बदल जाता है, एक क्षण में। फिर उस भाव के अभाव से हम सब दुखी हो जाते हैं। अपनों के इस अभाव से, हमारा यह भाव भी अभाव में बदल जाता है। दुख का अनुभव करनेवाला हमारा यह मन, यह शरीर भी न जाने कब उसी अभाव में जा मिलता है, जिसके भाव को याद कर दुखी हो जाता है।

तब स्मरण और विस्मरण शायद एक हो जाते हैं। बाकी क्या बचता है, बचा रह जाता है, यह मुझे तो मालूम नहीं। कभी इसे जानने-समझने का मौका ही नहीं मिला। जो कुछ भी सामने है, सामने आता जाता है, उसी को ज्यादातर मन से, एकाध बार शायद बेमन से भी, पर करता चला गया। इसलिए इसके बाद क्या होता है, जीवन का भाव जब विलीन होता है तो जो अभाव है, वह क्या है, मृत्यु का है? इस पर कभी सोचा ही नहीं।

जो उस खाने में जा बैठे हैं, जीवन के बाद के खाने में, मृत्यु के खाने में, उन मृतकों से मेरा कभी कोई संवाद नहीं हो पाया है। आज मैं कोई इकसठ बरस का हूँ। जो संवाद अभी तक नहीं हो पाया, वह बचे न जाने कितने छिन-दिन हैं, उसमें क्या हो पाएगा, यह भी ठीक से पता नहीं है।

मृतक और मृत्यु शायद दोनों ही संज्ञा हैं, पर बिलकुल अलग-अलग तरह की। मृतक को, मृतकों को, अपने आसपास से बिछड़ चुके लोगों को, अपनों को और तुपनों को भी मैं जानता हूँ। पहचानता भी हूँ। पर वे जिस मृत्यु के कारण मृतक बन गये हैं, उस मृत्यु को तो मैं जान ही नहीं पाया। सच कहूँ तो उसे जानने की जरूरत ही नहीं लगी। इच्छा भी नहीं हुई। इसलिए कोई ढंग की कोशिश भी नहीं की।

नचिकेता की कहानी तो बचपन में ही पढ़ी थी। जिसे जवानी कहते हैं, उसी उमर में फिर से पढ़ी थी यह कहानी। तब पढ़ते समय यह लगा था कि चलो मृत्यु से बिना मिले उस जवानी में ही अपने को फोकट में वह ज्ञान मिल जाने वाला है, जिसे जान लेने की इच्छा में न जाने कितने बड़े लोगों ने, तपस्वियों, सन्तों ने न जाने कैसी-कैसी यातनाएँ अपने शरीर को दी थीं।

लेकिन नचिकेता ने कोई तप नहीं किया था। अपने पिता के क्रोध के कारण वह यम के दरवाजे पर भूखा-प्यासा दो-तीन दिन जरूर बैठा रहा था। क्या पता उसने यम के दरवाजे पर आने से पहले अपने पिता के घर में हुए उत्सव में एक बालक के नाते थोड़ा ज्यादा ही पूरी-हलवा खा लिया हो!

यम जितने भयानक बताए जाते हैं, उस समय तो वैसे थे नहीं। हमारा मृत्यु का यह देवता तो तीन-दिन के भूखे-प्यासे बैठे बच्चे से घबरा गया! आज तो मुख्यमन्त्री, प्रधानमन्त्री आदि तीस-चालीस दिनों के झूठे तो छोड़िए, सच्चे अनशनकारियों से भी नहीं घबराते।

यम उसे पूरी दुनिया की दौलत, सारी सुख-सुविधाएँ देने को तैयार थे, ऐसी भी चीजें, जिनकी शायद यम को जरूरत हो पर उस बालक को तो थी ही नहीं। कीमती हीरे, मोती, अप्सराएँ आदि लेकर वह बालक करता क्या? यह भी बड़ा अचरज है कि नचिकेता वायदों के इन तमाम पहाड़ों को ठुकराता जाता है। वह डिगता नहीं, बस एक ही रट लगाता रहता है कि मुझे तो वह ज्ञान दो जिसमें मैं मृत्यु का रहस्य जान जाऊँ।

सच पूछें तो मैं उस किस्से को इसी आशा में पढ़ता गया कि लो अब मिलने वाला है वह ब्रह्मज्ञान। यह उपनिषद् कुछ हजार बरस पुराना माना गया है। श्रद्धा भाव है तो फिर इसे 'अपौरुषेय' भी माना गया है। तब तो इसके लिखने का समय और भी पीछे खिसक जाएगा। तब से यह उपनिषद् बराबर पढ़ा और पढ़ाया भी जाता

रहा है।

कितनों को इससे मृत्यु का ज्ञान मिल गया होगा, मुझे नहीं मालूम। पर यह कठोपनिषद् मेरे लिए तो बहुत ही कठोर निकला। मैं इससे मृत्यु को जान नहीं पाया। मृतकों को तब भी जाना था और आज तो उस सूची में, उस ज्ञान में वृद्धि भी होती जा रही है। फिर इतना तो पता है किसी एक छिन या दिन इस सुन्दर सूची में मुझे भी शामिल हो जाना है। उस सुन्दर सूची को पढ़ने के लिए तब मैं नहीं रहूँगा। फिर वह सूची मेरे बाद भी बढ़ती जाएगी। यह सूची मेरे जन्म से पहले से न जाने कब से लिखी, पढ़ी और फिर अपढ़ी बन जाती है।

इस सुन्दर सूची को लिखनेवालों में और सूची में शामिल किये गये लोगों के बीच क्या कुछ बातचीत, संवाद हो पाता है? होता है तो कैसा? आज के टी.वी. चैनलों जैसा? 'जब आपको मृत्यु मिली तो आपको कैसा लगा?' ऐसा तो शायद नहीं!

जीवन से परे ही तो होगी मृत्यु। मुझे ब्रह्म का कोई ज्ञान नहीं है। फिर भी यह तो कह ही सकता हूँ कि जीवन में वह मृत्यु है। पर मृत्यु में यह जीवन नहीं है। मृत्यु में यदि जीवन होगा भी तो जो जीवन हम जानते हैं, जिसे हम मृत्यु तक जीते हैं, वैसा जीवन तो वह होगा नहीं। यदि वैसा ही जीवन है मृत्यु के पार तो फिर इन दो जीवनों के बीच मृत्यु भला काहे को आती। ऐसे में जीवन और मृत्यु का, आज के जीवितों का, कल के मृतकों से संवाद कैसा होता होगा, कैसे होता होगा? मैं कुछ कह नहीं सकता।

दुनिया के बहुत से समाजों में नीचे गिने गये कई तरह के जादू-टोनों से लेकर बहुत ऊपर बताए गये आधुनिक ज्ञान-विज्ञान, अध्यात्म की गूढ़ चर्चाएँ इस संवाद के तार जोड़ने की बात करती हैं। इसके अलावा साधारण गृहस्थों के भी खूब सारे अनुभव हैं। खासकर संकट के मौकों पर लोग बताते हैं कि दादा ने, काकी ने, नानी ने सपने में आकर ऐसा बताया, वगैरह। पर ये अनुभव प्रायः एकतरफा होते हैं— 'उनने बताया' बस।

उसमें 'हमने पूछा या कहा' प्रायः नहीं होता। फिर भी यदि यह संवाद है तो चलता चले। मृतकों से मिली शिक्षा से जीवितों का कुछ लाभ हो जाए तो अच्छा ही होगा। पर यदि यही संवाद है तो फिर यह एक तरह से स्वार्थ को पूरा करने का ही तरीका निकला। ऐसा संवाद तो जीवित का जीवित से भी हो सकता है। पर आज एक बड़ी दिक्कत है।

जीवित लोगों का जीवितों से ही संवाद टूट चला है। शहरों में ऐसा दृश्य कभी भी देखने को मिल जाएगा! रेलवे स्टेशनों पर, बस अड्डों पर, हवाई अड्डों पर तो खासकर, चार-पाँच लोग कान में मोबाइल फोन लगाए कहीं दूर, दो-पाँच सौ

किलोमीटर दूर किसी से बातचीत कर रहे हैं। पर उनका आपस में कोई संवाद नहीं हो पाता। ये चार-पाँच जिन दूर के चार-पाँच से बात करते हैं, वहाँ भी इनमें से हरेक संवादी के आसपास ऐसे ही चार-पाँच संवादी होंगे, जिनका आपस में कोई संवाद नहीं हो पाता।

इस तरह आज के समाज में अपने आसपास को न जानना, अपने पड़ोसी को न जानना ज्ञान की नयी कसौटी है। यह घरों से लेकर देशों तक पर लागू हो चली है। हम जीना भूल गये हैं, इसलिए हमें अब जीवन जीने की कला सिखाने वालों की शरण में आँख मूँद कर जाना पड़ रहा है।

लेकिन जहाँ इस नये संवाद के तार या कहें बेतार नहीं बिछ पाए हैं, उन इलाकों में आज भी अपने मृतकों से हर क्षण संवाद बना हुआ है। आज की सरकार और आज के बाजार से अछूता एक बड़ा भाग आज भी ऐसा है, जहाँ आज का जीवित और जीवन्त समाज, उसका हर सदस्य अपनी पीढ़ी के लिए, आगे आनेवाली पीढ़ी के लिए वही सब करता चला जा रहा है, जो उसके पहले की पीढ़ियों ने किया था।

जैसलमेर जैसे मरुप्रदेश का उदाहरण देखें। वहाँ आज नए समाज के सबसे श्रेष्ठ माने गये लोगों ने पोखरण में अणु बम का विस्फोट किया है। पर उसके पास के गाँव खेतोलाई को जरा देखें। वहाँ का सारा भूजल खारा है, पीने योग्य नहीं है। वहाँ लोग आज भी अपने खेत में छोटी-सी तलाई बनाते हैं। जहाँ सैकड़ों वर्षों से देश की सबसे कम वर्षा होती है, वहाँ लोग बम नहीं फोड़ते, वर्षा का मीठा जल जोड़ते हैं। तालाब बनाते हैं। क्यों, कोई पूछे उनसे, तो उनका जवाब होगा, हमारे पुरखों ने बताया था कि तालाब बनाते जाना। जो बने हैं, उनकी रखवाली करते जाना।

पुरखों से उनका शायद संवाद नहीं होता। पर पुरखों ने बताया है, इसलिए वे तालाब बना रहे हैं। समाज के लिए तरह-तरह के छोटे-बड़े काम कर रहे हैं। उनके मन में, उनके तन में, उनके खून में, उनकी कुदाल-फावड़े में पुरखे बसे हैं। वे उन्हें गीतों में, मुहावरों में, आचार में, व्यवहार में बताते चलते हैं। ये अपने पुरखों की बताई बातों को सुनते, और उससे भी ज्यादा करते चलते हैं।

यहाँ मृतकों से नहीं, पुरखों से संवाद होता है। मृतक हमें मृत्यु तक ले जाते हैं। फिर वहाँ संवाद नहीं रह जाता। पुरखे हमें जीवन में वापस लाते हैं। हमारे जीवन को पहले से बेहतर बनाते हैं।

तकनीक कोई अलग विषय नहीं है

[कला सम्पदा एवं वैचारिकी द्वारा नागपुर में आयोजित सम्मेलन में दिया गया भाषण, दिसम्बर दो हजार सात]

मेरा जो परिचय आपने सुना उसमें कोई तकनीक शिक्षा का आपको आभास नहीं मिलेगा। फिर भी मुझे तकनीक महत्त्व पर कुछ बोलना है। जो कुछ भी मैंने समाज से सीखा, मोटे तौर पर वो आपके सामने रखने की कोशिश करूँगा। अगर बातचीत रुचिकर लगने लगेगी तो आप लोग बाद में प्रश्न भी पूछ सकते हैं। मानवीय समाज में तकनीक का महत्त्व अलग से कुछ हो ऐसा मुझे नहीं लगता। मानवीय समाज में क्यों दानवी समाज में भी तकनीक का महत्त्व अलग से नहीं हो सकता है। किसी भी समाज में, वनस्पति समाज में भी तकनीक का महत्त्व है। लाखों-करोड़ों साल में चीजें तय की हैं प्रकृति ने। लेकिन मैं इसको एक विषय की तरह नहीं देखता। इसमें समाज का पूरा जीवन, सब तरह के विषय आने चाहिए। जब हम तकनीक को एक अलग विषय मानते हैं जो शायद उन्नीसवीं शताब्दी से माना जाने लगा, उसके बाद से ये दो टुकड़ों में टूटा। इसलिए कुछ छोटी-मोटी बातचीत करके आपके सामने हिन्दुस्तान में आज जिसको तकनीक माना जाता है, उसका बहुत संक्षिप्त इतिहास रखना चाहूँगा।

समाज से भिन्न तकनीक कोई अलग से अंग नहीं है। और उसमें जो पुराना उपनिषद् का श्लोक है कि यह पूर्ण है, यह पूर्ण रहेगा यदि इसमें से पूर्ण निकाल लें इसमें पूर्ण जोड़ दें—कोई अन्तर नहीं पड़ता। मैं ऐसा मानता हूँ कि समाज और तकनीक का ऐसा सम्बन्ध रहा था ज्यादातर समाजों में। उसको एक कौशल की हद तक अगर परिभाषा ही देनी हो तो कहा जा सकता है कि यह एक ऐसा कोई विषय है, जो हमारे कष्ट को या दुख को थोड़ा कम करे और सुख को थोड़ा बढ़ा सके। लेकिन पूरे कष्ट हट जाएँ और पूरा सुख आ जाए ऐसी जिम्मेदारी कभी लोगों ने तकनीक को सौंपी नहीं थी। आपको दूर जाना है तो कोई ऐसा वाहन बन जाए कि थोड़ा आपका समय बचे, आपकी मेहनत बचे। फसल पैदा करनी है, आपको जमीन पर रेखाएँ खींचनी है उसमें कौन-सा हल लगे, कितना गहरा उसका फल होना चाहिए, यह सब वहाँ की जमीन पर निर्भर करेगा। वहाँ की वर्षा पर निर्भर करेगा।

लोगों ने इन सब चीजों का विकास अपने अनुभव के आधार पर अलग-अलग समय में किया। उसमें से जो टिकने लायक चीजें थीं उनको ज्यों-का-त्यों टिकाया, जिसमें परिवर्तन करना था उनमें परिवर्तन किया। उन्नीसवीं शताब्दी के प्रारम्भ में कोई एक अँग्रेज यहाँ की खेती पर रिपोर्ट बनाने के लिए आए थे। उन्होंने बड़े आश्चर्य के साथ लिखा कि पिछले पाँच सौ सालों में इनके हल का डिज़ाइन जरा भी बदला नहीं है। आप इसको एक कमजोर वाक्य की तरह ले सकते हैं। कमजोर दोनों अर्थों में कि हमारे किसान इतने नासमझ थे कि उन्होंने अपने हल तक में परिवर्तन नहीं किया। वे इतने पिछड़े थे कि पाँच सौ साल से एक-सा हल चला रहे हैं। दूसरा इसका एक पक्ष यह हो सकता है कि अगर उस इलाके की मिट्टी नहीं बदली, वर्षा का आँकड़ा नहीं बदला, फसल नहीं बदली तो हल बार-बार क्यों बदलना। हल कोई फैशन नहीं है जो किसी और जगह से संचालित होगा और आपको उसमें परिवर्तन करना है। इन सब चीजों को अगर आप देखेंगे तो इसको समाज ने एक सांस्कृतिक रूप दिया। इसमें जो कला और सम्पदा और इस पर प्रकाशित जो पत्रिका 'क' जिसके कारण हम सब इकट्ठे हुए हैं, तकनीक को कला से जोड़ा। हर एक चीज से जोड़ा और उसको एक अलग स्वतन्त्र विषय की तरह नहीं देखा गया और तभी उसका महत्त्व समाज में एक-सा बड़ा बना रहा।

मैं आपके सामने एक किस्सा शुरू में रख देना चाहता हूँ कि जब हम लोग थोड़े-से भटक जाते हैं तो फिर हमें बहुत सारे बाहर के विचार भी कभी-कभी ऐसे लगते हैं कि जब हम डूबेंगे तो ये तिनके का सहारा होगा। जब तकनीक के आज के स्वरूप से कुछ समाज, कुछ लोग, कुछ मित्र, कुछ हिस्से दुनिया में परेशान होने लगे तब आप सब को याद होगा, चूँकि हम लोग एक सर्वोदय से सम्बन्धित संस्था में भी बैठे हैं कि इंग्लैंड के एक विचारक का एक प्रसिद्ध वाक्य बहुत चला पूरी दुनिया में। उनकी किताब का शीर्षक था—'स्मॉल इज़ ब्यूटीफुल' हम सबने भी उसको अच्छी तरह से अपना लिया। शूमाखर साहब बहुत सहृदय व्यक्ति थे। सिर्फ विद्वान ही नहीं चीजों को बहुत बारीकी से देखते थे और उन्होंने दुनिया में चलनेवाले अर्थशास्त्र की भी ठीक-ठाक आलोचना की। लेकिन मेरा आप से विनम्र निवेदन है कि तकनीक के बारे में ऐसा कोई नारा आप बिना सोचे-समझे नहीं अपना सकते। यह जरूरी नहीं कि तकनीक के स्केल से उसका स्वभाव तय होगा। बड़े का कुछ नुकसान देखा गया होगा लेकिन तकनीक हमेशा छोटी-से-छोटी होगी उसी से सब चीजें सुधर जाएँगी, ये बहुत भोली अवधारणा होगी हमारी। समाज अपनी आस-पास की प्रकृति से सीखता है। प्रकृति में हमारे यहाँ नागपुर में बहने वाली नाग नदी भी होगी, कितने किलोमीटर होगी नाग नदी? जहाँ से निकलती है और जहाँ जाकर दूसरी नदी में मिलती है। नाग नदी की क्या लम्बाई है? आपमें से कोई बताए। 40

किलोमीटर और नर्मदा 1,312 किलोमीटर है। प्रकृति ने अगर शूमाखर साहब का वाक्य पढ़ा होता तो शायद वो 40 किलोमीटर से बड़ी नदियाँ बनाते हुए डरती। ब्रह्मपुत्र दो-तीन देशों से गुजरती हुई, रौंदती हुई, हल्ला मचाते हुए आखिर में बंगाल की खाड़ी में गिरती है तब उसका सीना समुद्र जैसा दिखने लगता है। मुझे लगता है बड़े या छोटे का उतना डर मन में नहीं रखें। जो हमारे काम का है और जिस पर समाज का नियन्त्रण समता मूलक ढंग से रह सकता हो, उतनी हद तक वह चाहे जिस आकार में रहे, मुझे लगता है कि ये सारी बहस थोड़ी ठीक हो सकती है।

आज हम लोग जिन परिवारों से हैं, हम सबकी इच्छा अपने परिवार में अपने बेटे-बेटी को, अपने छोटे भाई को कुछ-न-कुछ पैसा बचाकर इंजीनियर बनाने की होती है। न बन पाए तो थोड़ी हमें तकलीफ भी होती है। कोशिश यह है कि डॉक्टर बन जाए, इंजीनियर बन जाए। तो मैं आपके सामने ये इंजीनियर बनने वाली प्रवृत्ति रखूँगा कि ये सब कैसे शुरू हुई। हमारे एक वक्ता नागपुर इंस्टीट्यूट से हैं। ये कब खुली होगी नागपुर में, 1942 में। कभी इस इंस्टीट्यूट में पढ़ने और पढ़ाने वालों के मन में ये प्रश्न आया कि नागपुर में एक इंजीनियरिंग कॉलेज खुला तो इससे पहले हिन्दुस्तान में सबसे पहले ऐसा कॉलेज कहाँ खुला होगा। नागपुर के कॉलेज से लगभग सौ साल पहले आपको जाना पड़ेगा पीछे। नागपुर तब भी एक अच्छा शहर था विदर्भ का, या सी.पी.बरार का। लेकिन 1847, तब हमारे यहाँ अँग्रेजी सरकार नहीं बनी थी। उससे पहले का जो संस्करण या अवतार था ईस्ट इंडिया कम्पनी, उसके हाथ में कारोबार था। आप सब लोग जानते हैं, सामाजिक चीजों में इतने गम्भीर रूप से जुड़े हुए हैं कि ईस्ट इंडिया कम्पनी यहाँ व्यापार के लिए आई थी। उच्च शिक्षा की झलक आपको देने के लिए उसकी कोई नैतिक जिम्मेदारी नहीं थी। वो यहाँ के बच्चों को पढ़ा-लिखा कर कुछ सभ्य नहीं बनाना चाहती थी। वो सब बाद का एजेंडा है उसकी जब सरकार बनी और जो नाम हम लोग अकसर सुनते हैं मैकाले साहब का। तब तक मैकाले भी नहीं है। 1847 में ईस्ट इंडिया कम्पनी ने दिल्ली, बम्बई, चेन्नई, नागपुर ये सब शहर देख लिए थे। लेकिन इनमें से किसी भी जगह उसने कॉलेज नहीं खोला। क्योंकि उसको कॉलेज खोलने की कोई गरज नहीं थी। पहला इंजीनियरिंग कॉलेज 1847 में एक बहुत छोटे से गाँव में खुला। उस गाँव की तब की आबादी किसी भी हालत में पाँच हजार, सात हजार से अधिक नहीं थी। उस गाँव का नाम है रुड़की। हरिद्वार-दिल्ली के बीच में।

आप सब के मन में यह प्रश्न आना चाहिए कि रुड़की जैसे छोटे-से गाँव में ईस्ट इंडिया कम्पनी को काहे को जाकर एक कॉलेज खोलने की जरूरत पड़ी। यह हिन्दुस्तान का पहला कॉलेज है इंजीनियरिंग का। इसका नाम रुड़की कॉलेज ऑफ सिविल इंजीनियरिंग रखा गया। हममें से चूँकि ज्यादातर लोग विजय शंकरजी के

निमित्त यहाँ इकट्ठे हुए हैं तो सब लोग सामाजिक चीजों से कोई-न-कोई सम्बन्ध रखते हैं। पिछले कुछ सौ-दो-सौ वर्षों से हमने भाषा के मामले में असावधानी का रुख अपनाया है। कोई नया शब्द हमारे जीवन में आता है तो हम उसको उलट-पुलट कर देखते नहीं हैं। ज्यों का त्यों स्वीकार कर लेते हैं। सिविल इंजीनियरिंग ऐसा ही शब्द है। अगर यह सुनकर हमारे ध्यान में कोई न कोई खटका आता तो, हमें इसका इतिहास ढूँढ़ना फिर कठिन नहीं होता। पर खटका कभी आया नहीं, इसलिए हम इसके इतिहास में पड़े नहीं। और सब विद्याओं के आगे सिविल नहीं लगता। इंजीनियरिंग के आगे सिविल क्यों लगाना पड़ा? क्योंकि हिन्दुस्तान में सिविल इंजीनियरिंग नाम की कोई चीज थी ही नहीं। जो कुछ भी ईस्ट इंडिया कम्पनी के साथ आया था वो मिलिट्री इंजीनियरिंग के लिए आया था। कैसे इस देश पर कब्जा करें, कैसे इस देश को गुलाम बनाएँ? अगर आजादी के दीवाने कोई पुल तोड़ दें तो हम उस पुल को कैसे रातोंरात दुरुस्त करें इसके लिए उनके विभाग में चार-पाँच नौकर-चाकर रखे जाते थे। वो सब इंग्लैंड से ही आते थे। उनको सिविल कहलाने वाले कामों में पड़ने की कोई दिलचस्पी नहीं थी।

इससे पहले हिन्दुस्तान में सिविल का कोई काम नहीं होता हो, ऐसी बात नहीं है। काम बहुत होता था लेकिन उसको सिविल इंजीनियरिंग कहा ही नहीं जाता था। अलग-अलग राज्यों में उस काम को करने वाले अलग-अलग लोग थे। जिसको अँग्रेजी में 'वाटरबॉडी' कहने से हम लोगों को अच्छा लगता है तो मैं वाटरबॉडी भी कह सकता हूँ। तालाब नाम थोड़ा पिछड़ा लगता होगा। यहाँ नहीं लगेगा, लेकिन ज्यादातर जगहों पर पुल थे, सड़कें थीं, ये सब कौन बनाता था। कभी हमने इसके बारे में सोचा नहीं। जो लोग बनाते थे वे लोग इंजीनियर नहीं कहलाते थे क्योंकि इंजीनियर शब्द ही नहीं था। इतनी बड़ी संस्था का कौन अध्यक्ष था, कौन मन्त्री था, कहाँ उसका मुख्यालय रहा होगा। कितने लोगों की वह फौज इकट्ठी करता था जो कन्याकुमारी से कश्मीर तक पानी का काम, सिविल इंजीनियरिंग का काम करते थे, उसका नाम जानने की हम आज इच्छा तक रखते। क्योंकि हम उस समाज से धीरे-धीरे कटते चले गये। इतना बड़ा भरा-पूरा ढाँचा था, आकार में इतना बड़ा कि मैं अकसर कहता हूँ हिन्दी में भी और मराठी में भी दो शब्द हैं आकार और निराकार। इतना बड़ा आकार था उस ढाँचे का कि वह निराकार हो गया था। कहीं वह दिखायी नहीं देता था कि उसकी लाल बत्ती की गाड़ी में उसका अध्यक्ष जा रहा है तो कन्याकुमारी से कश्मीर तक लाखों पानी का, तालाबों का काम करने वाले ढाँचे के लोगों को हम जानते नहीं थे। ऐसा निराकार संगठन का रूप था।

इसमें तीन तरह से, तीन स्तर का काम करता था समाज। तकनीक के महत्त्व को जानते हुए, बिना उसका नया और अलग विभाग बनाए, पृथक विभाग बनाए या

उसको अपने समाज का एक हिस्सा मानकर कोई स्पेशल प्राइस टैग न लगाकर उस काम को करते-करते उसने तीन स्तर बनाए थे। जहाँ जरूरत है लोगों के कष्ट को कम करने, सुख को थोड़ा-सा बढ़ाने में सिविल इंजीनियरिंग की, वहाँ उसकी प्लानिंग हो सके। प्लानिंग के बाद उसको अमल में लाया जा सके। उसके लिए साधन इकट्ठे किए जा सकें। किसी काम में एक लाख लगेगा किसी में चार लाख लगेगा उसका पैसा कहाँ से आएगा? सोलहवीं शताब्दी में उन दिनों में कोई विश्व बैंक नहीं था जो उधार देने के लिए उदार बैठा हो। ये सारी चीजें आपके सामने, मन में आनी चाहिए। तीसरा बन जाने के बाद उसकी देख-रेख कौन करेगा, उसकी दुरुस्ती? रखरखाव का काम कौन करेगा? आज जो नागपुर के भी तालाब हैं अगर आप इनकी दुर्दशा का इतिहास देखेंगे तो शायद पचास साल पुराना इतिहास होगा, पिटने का या मिटने का। उससे पहले तीन सौ साल तक उनको कौन-सा ढाँचा बनाकर रखता था, ऐसे कौन-से तीज और त्यौहार समाज ने तैयार किए थे, जिनमें उसके इर्द-गिर्द समाज की देख-रेख होती रहती थी काम चलता था पूरा का पूरा।

इस ढाँचे के पीछे बहुत कुछ समाज का जो अपने मन, तन और धन ये तीनों चीजें लगती थीं। इसका उसने एक बड़ा व्यवस्थित ढाँचा बना लिया था। कब कितने लोगों की, कितने हाथ की जरूरत है, कितने पैसे की है तो वो सारा काम उसमें से बखूबी करते थे। लेकिन आप अँग्रेजी राज के विस्तार का इतिहास देखें तो जैसे-जैसे उनके जहाँ-जहाँ पैर पड़े वहाँ-वहाँ उन्होंने इस ढाँचे को नष्ट हो जाने दिया। और उसी के साथ हम पाते हैं कि अकाल पहले भी आते थे लेकिन उस दौर में हमारे देश में सबसे भयानक अकाल आए हैं, अठारहवीं शताब्दी के दौर में। कहीं-कहीं तो इसमें एक तिहाई लोग मारे गये कुछ राज्यों में। यह सब देखकर कुछ सहृदय अँग्रेज अधिकारियों ने ईस्ट इंडिया कम्पनी के सामने एक प्रस्ताव रखा कि पश्चिम उत्तर प्रदेश का जो आज हिस्सा है हरिद्वार से दिल्ली के बीच का, इसमें अकाल से पिछले पाँच-छः साल में इतने-इतने लोग मरे हैं, अगर गंगा से एक नहर निकाली जाए तो उसमें आपका इतने पौंड का खर्च होगा और उसमें इतने सारे लाखों लोगों का जीवन बच सकेगा। ईस्ट इंडिया कम्पनी को लोगों का जीवन बचाने में कोई दिलचस्पी नहीं थी। एक डिस्पैच है शायद मैंने कहीं लिख कर रखा होगा नहीं तो मैं मौखिक बताउँगा। ईस्ट इंडिया कम्पनी के एक अधिकारी ने ऐसी सब बातचीत को समेटने की कोशिश में जवाब दिया था कि कहीं कुछ करो मत, कहीं किसी को कुछ करने मत दो और होता है तो रोको। ये तीन वाक्य उन्होंने हाथ से लिख कर भेजे थे। लोग मरते हैं तो मर जाने दो। ईस्ट इंडिया कम्पनी की कोई दिलचस्पी नहीं उनको बचाने में। लेकिन अगर उनके मन में बचाने की कोई योजना आई तो उसके पीछे भी उनका स्वार्थ था।

इंग्लैंड में उपनिवेश स्थापित हो जाने के बाद औद्योगिक क्रान्तियों का दौर भी चल निकला था। लोग मर जाएँ, यहाँ पर भारत में कष्ट हो। इसमें उनकी दिलचस्पी नहीं थी। लेकिन अपने उद्योगों को चलाने के लिए कच्चा माल चाहिए था। कच्चे माल के लिए उत्पादन चाहिए उनको। और अकाल, पानी के पुराने ढाँचे के टूटने के कारण उत्पादन पर असर पड़ने लगा था। इसलिए उनका फिर से उत्पादन ठीक कर के ज्यादा से ज्यादा राजस्व कमाना एक लक्ष्य दिखा। ऐसे में जो जेम्स थॉमसन नाम के एक अँग्रेज सज्जन थे जो इस इलाके में काम करते थे, बाद में वो लेफ्टिनेंट गवर्नर बनाए गये। नॉर्थ-वेस्ट प्रॉविन्स कहलाता था दिल्ली के आसपास का ये इलाका। उन्होंने एक और अपने डिस्पैच में, पत्र में लिखा है कि लोग मरते हैं इसमें आपकी दिलचस्पी नहीं है। लेकिन अगर ये नहर बनेगी तो आपको पानी का कर इतने-इतने पौंड मिल सकेगा। इसलिए इसको बनवाइए। तो फिर इस पर काम शुरू करने की इज़ाज़त दी गयी। उस समय हिन्दुस्तान में, एक बार फिर मैं याद दिला दूँ कि आज की तरह कभी नागपुर की इंस्टीट्यूट या रुड़की की इंस्टीट्यूट नहीं थी। कोई इंजीनियरिंग कॉलेज नहीं था। लेकिन गंगा का काम शुरू हुआ और रुड़की के किनारे उसको एक विशेष करतब दिखाना था। वो नहर हरिद्वार से चल कर मेरठ तक आने वाली थी। लेकिन रुड़की गाँव के किनारे एक नदी पड़ती है, उसका नाम है सोनाली। उसके ऊपर से नहर को निकालना था, जिसको आज हम इंजीनियरिंग की परिभाषा में अक्वाडक कहते हैं, वह बनानी थी। एक ऐसा पुल बनाना था जो पानी लेकर आगे जाएगा, उसके अलावा उसका कोई रूट बनता नहीं था, मेरठ तक आने के लिए।

एक बार फिर आपको याद दिला दूँ कि 1830-35 के आस-पास देश में कहीं भी बिजली नहीं है। किसी भी जगह बिजली आई नहीं है और इसलिए सीमेंट भी नहीं है। क्योंकि सीमेंट अन्ततः बिजली से चक्की चलाकर पत्थर पीसने से बनती है और कोई नयी चीज नहीं है। सारा काम चूने-पत्थर से होता था। आपको नागपुर की पुरानी इमारतों से लेकर यूरोप की सब इमारतें भी उसी से बनी मिलेंगी, उसी तकनीक से, तो अक्वाडक को डिज़ाइन करना था। इसी पत्थर और चूने से। तब अँग्रेजों को लगा, ईस्ट इंडिया कम्पनी को लगा किये काम तो सम्भव नहीं होगा और ये नहर यहीं पर आकर रुक जाएगी। जो लोग हैं बनाने वाले उनमें से किसी के पास कोई डिग्री नहीं है।

लेकिन लोगों ने कहा कि ये काम हम करना जानते हैं इसकी आप चिन्ता नहीं कीजिए। और बहुत बड़ी नहर उन्होंने उसके ऊपर से निकाली जो सोनाली अक्वाडट कहलायी। नहर बन जाने के बाद छोटा-सा एक और प्रसंग आता है जिसका सम्बन्ध कला और संस्कृति से है। और मैं तो मानता हूँ कि तकनीक से भी है। लोगों ने

उनसे कहा कि जब इस नदी पर नहर प्रवेश करेगी, नदी के ऊपर से निकलने पर वहाँ दो शेर इसका स्वागत करेंगे। और जब ये नदी नहर को पार कर लेगी तो दो शेर इस तरफ बिठाएँगे और दो शेर उस तरफ उसको विदा देंगे। अँग्रेजों ने पूछा कि ये स्वागत और विदा हमको समझ में नहीं आता। कितनी बड़ी मूर्तियाँ बनानी हैं, तो उन्होंने कहा सोलह-सत्रह फुट की ऊँची मूर्तियाँ बनेंगी पत्थर की। कितना खर्च आएगा तो उन्होंने बताया। उन्होंने कहा ये तो फिजूलखर्ची है तो लोगों ने कहा, नहीं। पानी के काम की रखवाली हमारे समाज का हिस्सा है और उसको जब तक ऐसी कोई सुन्दर चीज से बाँधेंगे नहीं, उसकी प्राण-प्रतिष्ठा नहीं करेंगे तो हमारा काम पूरा नहीं हुआ, अधूरा माना जाएगा। कट्ले नाम के कोई एक सज्जन थे अँग्रेज अधिकारी जो इसके सुपरिटेंडेंट इंजीनियर थे। उनको शक हुआ कि ये काम तो करने लायक नहीं है तो भी उन्होंने, क्योंकि काम इतना अच्छा हुआ था इंजीनियरिंग के नाते तो उन्होंने कहा चलो एकाध मूर्ति-वूर्ति भी बनाने दो इनको। जो हमारे कलाकार मित्र बैठे हैं उनको यह सुनकर अच्छा लगेगा कि इंजीनियरिंग के काम में मूर्ति के शिल्प को जोड़ा गया इनके आग्रह से। लेकिन इतना आसान नहीं था, उन्होंने कहा कि एक नमूना बनाकर बताओ कि तुम कैसी मूर्ति बनाओगे? तो एक शेर बनाया उसी साइज़ का, पत्थर का, वो कट्ले साहब को इतना पसन्द आया कि उन्होंने कहा कि ये तो आप हमारी कोठी के आगे रख दीजिए और चार और बनाइए। तो जो चार की योजना थी वो पाँच शेरों में पूरी हुई। ये लोग बिल्कुल शेर की तरह लड़ते रहे कि ये शेर की मूर्तियाँ स्थापित किए बिना नहर का उद्घाटन नहीं होने वाला। तो ये बनीं। आप में से बहुत सारे लोगों को कभी यूरोप जाने का मौका मिला हो तो लन्दन में एक प्रसिद्ध चौराहा है—ट्रेफ्लगर स्क्वायर। उसमें काले शेर की मूर्तियाँ रखी गयी हैं। ये रुड़की की प्रेरणा से उसके सत्रह साल बाद बनाई गयीं। एक विज्ञापन आता है मयूर सूटिंग्स का, उसमें ये मूर्तियाँ दिखाई जाती हैं, छोटी-सी झलक है तीन-चार सेकेंड की। शायद सहवाग नाम के क्रिकेटर उसके सामने एक चक्कर लगाते हैं। वो शेर तो बहुत साफ-सुथरे रखे हैं। हमारे यहाँ दुर्भाग्य से वो सब चीजें पिट गयीं और वो मूर्तियाँ थोड़ी खंडित भी हुई हैं।

कोठी पर एक शेर बिठाया गया और चार नहर पर बिठाए गये। इस काम को पूरा होते देखकर थॉमसन ने फिर से ईस्ट इंडिया कम्पनी के मालिकों को लिखा कि ये बच्चे इतना अच्छा काम करना जानते हैं इंजीनियरिंग का। आज हमारे यहाँ आरक्षण की बहस होती है कि किसको इंजीनियरिंग पढ़ाई जाए किसको नहीं। ये तो बिना पढ़े इंजीनियर थे हमारे समाज में। क्योंकि वे पैतृक गुरु-शिष्य परम्परा से सीखते थे और घर का छोटा-मोटा कुआँ बनाने की बात नहीं, सबसे बड़ी नहर अँग्रेजों के लिए बनाकर उन्होंने दिखाई थी। और सबसे कम लागत में और

अक्वाडक से क्रॉस कराया था। तो इन लोगों को कुछ थोड़ा-सा गुणा भाग सिखा दिया जाए इसलिए आपको एक कॉलेज खोलना चाहिए। ये उन्होंने प्रस्ताव रखा। कुछ दिनों उसके पीछे लगे रहे वे। थॉमसन साहब की एक विशिष्ट इज्जत भी बन गयी थी। उस पूरे ढाँचे में। तो ये पहली बार 25 नवम्बर, 1847 को यह कॉलेज खोला गया रुड़की में, जहाँ की आबादी मैंने बताया पाँच-सात हजार थी।

इस नहर के बारे में एक और छोटी-सी चीज़ बताऊँ जिससे यह समझ में आएगा कि कैसे समाज में एक ऐसी कठिन मानी गयी तकनीक कण-कण में फैल जाती थी। गारे-चूने और पत्थर से बनी इस अक्वाडक का इंस्पेक्शन करने के लिए जब पहली बार ईस्ट इंडिया कम्पनी की टीम गयी, अफसरों की तो उसमें से कुछ-कुछ पानी टपक रहा था। इन्होंने घबराकर कहा ये अभी तो शुरू भी नहीं हुआ और इसमें पानी गिरने लगा है। तो एक गजधर ने जवाब दिया, वहाँ उनको उस समय लाला कहते थे। जो इंजीनियर्स अपने समाज के इस काम को कर रहे थे, लाला यानि विशिष्ट व्यक्ति। लाला ने उनको उत्तर दिया कि ये लीक नहीं कर री। ये अक्वाडक साँस ले रही है। इसमें जान है। उसको उन्होंने निर्जीव वस्तु नहीं माना। उन्होंने कहा हमने जो ढाँचा बनाया है वह साँस ले रहा है और जिस दिन इसमें से ये एक-एक बूँद पानी गिरना बन्द हो जाए उस दिन आप समझना कि ये खतरे की घंटी है और ये नहर गिरने वाली है।

मैं आपको बताता हूँ कि मैं तीन साल पहले अक्वाडक का दर्शन करने दुबारा गया था और मैंने नीचे जाकर देखा उसमें से अभी भी पानी गिरता है। एक-एक दो-दो बूँद थोड़ी-थोड़ी देर में। उसके किनारे पर एक मुस्लिम सज्जन, अच्छी दाढ़ी उनकी, तहमत पहने खीरा बेच रहे थे। मैं नहर का चित्र लेना चाहता था थोड़ा संकोच हो रहा था, कोई अधिकारी से अनुमति नहीं लेकिन वहाँ के समाज की तो अनुमति होनी चाहिए। तो मैंने खीरे वाले से कहा ये बहुत सुन्दर काम किया पुराने लोगों ने, क्या मैं इसका चित्र ले लूँ। तो उन्होंने कहा—हाँ-हाँ लीजिए। ये तो हमारे पुराने लोगों का बहुत सुन्दर काम था और आज भी इसको लोग देखते हैं लेकिन इसका महत्त्व नहीं समझते। फिर उसने वह वाक्य कहा जो आज से डेढ़-सौ साल पहले हमारे इंजीनियर ने कहा था। उसने कहा आप नीचे जाएँ तो देखना ये साँस लेती है हर वक्त, इसमें से एक-एक बूँद पानी गिरता है। नए लोग सोचेंगे यह तो कहाँ खीरा बेचनेवाला और कहाँ डेढ़-सौ साल पहले उसको डिज़ाइन करनेवाला इंजीनियर, दोनों के मन का तार कितना जुड़ा है अपनी तकनीक के मामले में इससे आपको अन्दाज़ लगेगा।

खैर ये कॉलेज खुला। आज तो हमको गली-गली में इंग्लिश मीडियम स्कूल दिखते हैं। उसमें सेंट थॉमस से लेकर सेंट हनुमान पब्लिक स्कूल भी मिल जाएँगे।

लेकिन 1847 में तो हिन्दी माध्यम के स्कूल भी नहीं थे। अँग्रेजी का तो कोई सवाल ही नहीं था। तो इस इंस्टीट्यूट में जो देश का पहला इंजीनियरिंग कॉलेज माना गया कौन भर्ती होगा, उसकी योग्यता क्या होगी, एंट्रेंस एग्ज़ाम क्या होगा, उसके लिए कोचिंग क्लासेस लगेंगी या नहीं लगेंगी इसके बारे में भी आपको सोचना चाहिए। पुराने दस्तावेज ये बताते हैं कि एडमीशन की योग्यता भी लिखी थी। इस कॉलेज के स्थापकों ने जो कागज बनाया, उसमें था कि बच्चों को हिन्दी और उर्दू का सामान्य ज्ञान होना चाहिए। थोड़ा गणित आता हो और पानी के काम में रुचि हो बस। प्रिंसिपल बातचीत करके उनको भर्ती करेगा। इस आधार पर पहला बैच तो शायद बीस लोगों का वहाँ पर भर्ती हुआ। इस तरह 1847 में भारत का पहला इंजीनियरिंग कॉलेज एक गाँव में खुला, तब तक एशिया में कहीं भी इंजीनियरिंग कॉलेज नहीं था। एशिया से और आगे चलें तो खुद इंग्लैंड के पास ऐसा इंजीनियरिंग कॉलेज नहीं था। क्यों? क्योंकि तब तक इंग्लैंड का समाज ऐसे काम को घटिया कारीगर का काम मानता था। उसकी नोबिलिटी के लोग, उसके सम्पन्न परिवारों के लोग, आज जैसे हम अपने बच्चों को चाबुक मार कर इंजीनियर, डॉक्टर बनाना चाहते हैं, उस समय उसमें कोई रुचि नहीं थी। उस समय के समाज में वहाँ का सम्पन्न वर्ग अपने बच्चों को शायद अच्छा संगीत सिखाना चाहता था, शेक्सपियर पढ़ाना चाहता था, राजा बनाना चाहता था, दरबार में लाना चाहता था। उसको इंजीनियर बनाने में कोई दिलचस्पी नहीं थी उसकी। इसलिए इंजीनियरिंग इंस्टीट्यूट इंग्लैंड में भी नहीं था। बीच में युद्ध के समय में पंजाब में कुछ गड़बड़ी हुई है तो कुछ समय के लिए ये बन्द रहा इंजीनियरिंग कॉलेज, रुड़की और जब दुबारा खुला तो इसमें ओवरसीज यानी इंग्लैंड से भी पाँच या सात बच्चों को लाने का कोई रिज़र्वेशन रखा गया था कि वहाँ के भी कुछ बच्चों को औपचारिक इंजीनियरिंग की शिक्षा देनी हो तो यहाँ आ सकें। हमारे यहाँ आकर रुड़की में पढ़ सकें।

एक दौर तो ऐसा था कि एशिया में आपको कोई भी इंजीनियर मिलेगा सन् साठ–सत्तर में तो वो कहेगा कि रुड़की से पढ़कर निकला है और बाद में मुख्यतः तो जैसा मैंने कहा कि सिविल शब्द से हम लोगों को चौकन्ना होना चाहिए। मिलिट्री इंजीनियरिंग के लिए ही ये सब कवायद होती थी और उसमें सिविल शब्द डाला गया और इस तरह से नहर और पानी का काम अँग्रेजों ने शुरू किया बड़े पैमाने पर और बाद में थामसन ने भी ये कहा था कि ये आपके एम्पायर के एक्सपेंशन(विस्तार) के अच्छे साधन साबित होंगे। साबित भी हुए वे लोग और उसके बाद आप जानते हैं कि एक विभाग बना हम सब परिचित हैं, जिससे, उसने कई बार अक्षमता से भी, कई बार उसके भ्रष्टाचार से भी, कुछ अच्छे काम भी किए होंगे। उसका नाम है सीपीडब्ल्यूडी या पीडब्ल्यूडी। ये पब्लिक वर्क्स का काम इंजीनियरिंग की पहली

इंस्टीटयूट खुलने के बाद, इनके लोगों ने धीरे-धीरे जगह-जगह शुरू किया। तो हमारे समाज में तकनीक का महत्त्व इतना था कि उसके लिए एक कॉलेज खोलने की जरूरत ही नहीं समझी कभी किसी ने, लोगों ने उसके कॉलेज घर-घर खोले होंगे, गाँव-गाँव खोले होंगे और बाद में अँग्रेजों ने उसमें से कुछ सीख कर एक जगह एक कॉलेज खोला। फिर तो कुछ धीरे-धीरे और खुलते गये। पूना में एक मिलिट्री का कॉलेज खुला, उस सबमें अभी नहीं जाएँगे। लेकिन तकनीक के मामले में हमें कभी भी अपने आत्मविश्वास को कम नहीं करना चाहिए। जो कुछ हम जानते थे वो हमारे इलाके के लिए बहुत उपयोगी था और समाज ने उसको एक विषय की तरह अलग डिब्बे में बन्द न करके पूरे समाज में उसके तिलिस्म का ढक्कन खोलकर रखा था और उसमें कला संस्कृति और साहित्य उससे कोई चीज अलग नहीं की।

राज, समाज और पानी

गाँधी विचार क्या है, उसकी बारहखड़ी में क्या-क्या आता है—यह मैं न तब जानता था न आज भी कुछ कहने लायक जान पाया हूँ। पर राजस्थान की चाकरी ने मुझे समाज की बारहखड़ी से परिचित कराया। कोई 30 बरस से इस बारहखड़ी को सीख रहा हूँ और हर रोज इसमें कुछ नया जुड़ता ही चला जा रहा है। समाज की वर्णमाला में सचमुच अनगिनत वर्ण, रंग हैं। हमारी नयी शिक्षा कुछ ऐसी हो गयी है कि हम समाज के उदास रंग देखते रह जाते हैं, काले रंग को, उसके दोषों को कोसते रहते हैं पर उसके उजले चमकीले रंग देख नहीं पाते।

समाज कैसे चलता है, वह अपने सारे सदस्यों को कैसे संगठित करता है, कैसे उनका शिक्षण-प्रशिक्षण करता है, उन सब का उपयोग वह कैसे कुशलता से करता है, यह सब मुझे उसके एक सदस्य की तरह देखने-समझने का मौका मिला। वह कितनी लम्बी योजना बना कर काम करता है, उसे भी देखने का मौका लगा। समाज का भूतकाल, वर्तमान और भविष्य पीढ़ी-दर-पीढ़ी जुड़ता रहे, सधता रहे, सँभला रहे और छीजने के बदले सँवरता रहे—इस सबका विराट दर्शन मुझे विशाल पसरे रेगिस्तान में, मरुप्रदेश में मिला और आज भी मिलता ही चला जा रहा है।

आज आपके सामने मैं इस विशाल मरुभूमि में फैले रेत के विशाल साम्राज्य की एक चुटकी भर रेत शायद रख पाऊँ। पर मुझे उम्मीद है कि इस जरा-सी रेत के एक-एक कण में अपने समाज की शिक्षा, उसकी शिक्षण-प्रशिक्षण परम्पराओं, उसके लिए बनाए गये सुन्दर अलिखित पाठ्यक्रम, इसे लागू करने वाले विशाल संगठन की, कभी भी असफल न होनेवाले उसके परिणामों की झलक, चमक और ऊष्मा आपको मिलेगी।

आज जहाँ रेत का विस्तार है, वहाँ कुछ लाख साल पहले समुद्र था। खारे पानी की विशाल जल राशि। लहरों पर लहरें। धरती का, भूमि का एक बित्ता टुकड़ा भी यहाँ नहीं था, उस समय। यह विशाल समुद्र कैसे लाखों बरस पहले सूखना शुरू हुआ, फिर कैसे हजारों बरस तक सूखता ही चला गया और फिर यह कैसे सुन्दर,

सुनहरा मरुप्रदेश बन गया, धरती धोरांरी बन गया। इसे पढ़ने-समझने में आपको भूगोल की किताबों, प्रागैतिहासिक पुस्तकों के ढेर में हजारों पन्ने पलटने पड़ सकते हैं। पर इस जटिल भौगोलिक घटना की बड़ी ही सरल समझ आपको यहाँ के समाज के मन में मिल जाएगी। वह इस सारे प्रपंच, प्रसंग को बस केवल दो शब्दों में याद रखता है—'पलक दरियाव' यानी पलक झपकते ही जो दरिया, समुद्र गायब हो जाए। लाखों बरस का गुणा-भाग, भजन फल, अनगिनत शून्य वाली संख्याएँ—सबकुछ अपने ब्लैक बोर्ड से उसने एक सधे शिक्षक की तरह डस्टर से मिटाकर चाक का चूरा झाड़ डाला और बस कहा 'पलक दरियाव'। जो समाज इतना पीछे इतनी समझदारी से झाँक सकता है वह उतना ही आगे अपने भविष्य में भी देख सकता है। वह उतनी ही सरलता, सहजता से फिर कह देता है—पलक दरियाव। यानी पलक झपकते ही यहाँ फिर कभी समुद्र आ सकता है। धरती के गरम होने, समुद्र का स्तर उठने की जो चिन्ता आज हम विश्व के विशाल मंचों पर देख रहे हैं, उसकी एक छोटी-सी झलक आपको इस समाज के नुक्कड़ नाटक में, नौटंकी में कभी भी, कहीं भी आज से कुछ सौ बरस पहले भी मिल सकती थी। यहाँ की भाषा में, नए शिक्षाशास्त्री शायद इसे भाषा नहीं, बोली कहेंगे तो उस बोली में समुद्र, दरियाव के लिए एक शब्द है—हाकड़ो। हाकड़ो का एक अर्थ आत्मा भी है। आज की थोड़ी-सी नयी किस्म की पढ़ाई पढ़ गया समाज इस इलाके को पानी के अभाव का इलाका मानता, बताता है। पर इस इलाके की आत्मा है हाकड़ो यानी पानी।

समय की अनादि-अनन्त धारा को क्षण-क्षण में देखने और सृष्टि के विराट विस्तार को अणु में परखने वाली इस पलक ने, इस दृष्टि ने हाकड़ो को, समुद्र को जरूर खो दिया लेकिन उसने अपनी आत्मा में, मन में हाकड़ो की विशाल जलराशि को कण-कण में, बूँदों में देख लिया। उसने अखंड समुद्र को खंड-खंड कर अपने गाँव-गाँव, ठाँव-ठाँव फैला लिया। प्राथमिक पाठशाला की पाठ्य पुस्तकों से लेकर देश के योजना आयोग तक के कागजों में राजस्थान की, विशेषकर इसके मरुप्रदेश की छवि एक सूखे, उजड़े और पिछड़े इलाके की है। थार रेगिस्तान का वर्णन तो कुछ ऐसा मिलेगा कि आपका कलेजा ही सूख जाए। देश के सभी राज्यों में क्षेत्रफल के आधार पर अब यह सबसे बड़ा प्रदेश है लेकिन वर्षा के वार्षिक औसत में यह देश के प्रदेशों में अन्तिम है।

वर्षा को पुराने इंचों में नापें या नये मिलीमीटरों में, सेंटीमीटरों में, वह यहाँ सबसे कम गिरती है। देश की औसत वर्षा 110 सेंटीमीटर आँकी जाती है। उस हिसाब से राजस्थान का औसत लगभग आधा ही बैठता है—60 सेंटीमीटर। लेकिन औसत बतानेवाले ये आँकड़े यहाँ का कोई ठीक चित्र नहीं दे सकते। राज्य के एक छोर से दूसरे छोर तक यह 100 सेंटीमीटर से 15 सेंटीमीटर तक और कहीं तो उससे

भी कम है।

भूगोल की किताबें प्रकृति को, वर्षा को इस मरुस्थल में एक अत्यन्त कंजूस महाजन की तरह देखती हैं और इस इलाके को उसके शोषण का दयनीय शिकार बताती हैं। राज्य के पूर्वी भाग से पश्चिमी भाग तक आते-आते वर्षा कम से कम होती जाती है। ठेठ पश्चिम यानी बाड़मेर, जैसलमेर तक जाते-जाते तो वह सूरज की तरह डूबने ही लगती है। जैसलमेर में वर्षा का सालाना आँकड़ा 15 सेंटीमीटर है। पर खुद जैसलमेर की गिनती देश के सबसे बड़े जिले के रूप में की जाती है इसमें भी पूर्व और पश्चिम है। जैसलमेर का पश्चिमी भाग पाकिस्तान से सटा हिस्सा तो कुछ ऐसा है कि मानसून के बादल यहाँ तक आते-आते थक ही जाते हैं और कभी बस 7 सेंटीमीटर तो कभी 3-4 सेंटीमीटर पानी की हल्की-सी बौछार कर विशाल नीले आकाश में एक मुट्ठी रुई के टुकड़े की तरह गायब हो जाते हैं। इसकी तुलना गोवा से, कोंकण से या फिर पाठ्य पुस्तकों से ही उभरे एक और स्थान चेरापूँजी से करें तो यहाँ आँकड़ा 1000 सेंटीमीटर भी पार कर जाता है।

मरुभूमि में वर्षा नहीं, सूरज बरसता है। औसत तापमान 50 डिग्री पर रहता है। तो पानी, वर्षा बहुत ही कम और सूरज खूब ज्यादा—ये दो बातें जहाँ एक हो जाएँ वहाँ आज की पढ़ाई तो हमें यही बताती है कि जीवन दूभर हो जाता है। इसमें एक तीसरी चीज और जोड़ लें—यहाँ ज्यादातर हिस्सों में पाताल पानी, भूजल खारा है। पीने लायक नहीं है।

जीवन को बहुत ही कठिन बनानेवाले इन तीन बिन्दुओं से घिरा यह रेगिस्तान दुनिया के अन्य रेगिस्तानी इलाकों की तुलना में बहुत ही अलग है। और उस बसावट में सुगन्ध भी है। इस सुगन्ध का क्या रहस्य है? रहस्य है यहाँ के समाज में।

मरुप्रदेश के समाज ने प्रकृति से मिलनेवाले इतने कम पानी का, वर्षा का कभी रोना नहीं रोया। उसने इस सबको एक चुनौती की तरह लिया और अपने को ऊपर से नीचे तक इतना संगठित किया, कुछ इस ढंग से खड़ा किया कि पानी का स्वभाव पूरे समाज के स्वभाव में बहुत ही सरल और तरल ढंग से बहने लगा। 'साईं इतना दीजिए, वामे कुटुम्ब समाय' के बदले उसने कहा होगा 'साईं जितना दीजिए, वामे कुटुम्ब समाय।' इतने कम पानी में उसने इतना ठीक प्रबन्ध कर दिखाया कि वह भी प्यासा न रहे और साधु तो क्या असाधु को भी पानी मिल जाए।

पानी का काम यहाँ भाग्य भी है और कर्त्तव्य भी। वह सचमुच भाग्य ही तो था कि महाभारत युद्ध समाप्त होने के बाद श्रीकृष्ण कुरुक्षेत्र (हरियाणा) से अर्जुन को साथ लेकर वापस द्वारिका इसी मरुप्रदेश के रास्ते लौटे थे। यह विचित्र किस्सा बताता है कि उनका शानदार रथ जैसलमेर से गुजर रहा था। जैसलमेर के पास त्रिकूट पर्वत पर उन्हें प्रणाम किया। फिर उनके तप से प्रसन्न होकर उन्होंने ऋषि से वर

माँगने को कहा था। उत्तुंग का अर्थ है ऊँचा। ये ऋषि सचमुच ऊँचे निकले। उन्होंने अपने लिए कुछ नहीं माँगा। प्रभु से प्रार्थना की कि यदि मेरे कुछ पुण्य हैं तो भगवन वर दें कि इस मरुभूमि पर कभी जल का अकाल न रहे।

'तथास्तु', भगवान ने वरदान दे दिया था। कोई और समाज होता तो इस वरदान के बाद हाथ पर हाथ रख बैठ जाता। सोचता, कहता चलो भगवान कृष्ण ने वरदान दे दिया है कि यहाँ पानी का अकाल नहीं पड़ेगा तो अब हमें क्या चिन्ता, हम काहे को कुछ करें। अब तो वही सबकुछ करेगा। लेकिन मरुभूमि का भाग्यवान समाज मरुनायक (श्रीकृष्ण को मरुनायक भी कहा जाता है।) से वरदान पाकर हाथ पर हाथ रखकर नहीं बैठा। उसने अपने को पानी के मामले में तरह-तरह से कसा। गाँव-गाँव, ठाँव-ठाँव, वर्षा को रोक लेने की, सहेज लेने की एक से एक सुन्दर रीतियाँ खोजीं।

रीति के लिए यहाँ एक पुराना शब्द है वोज। वोज यानी रचना, मुक्ति और उपाय भी। इस वोज के अर्थ में विस्तार भी होता जाता है। हम पाते हैं कि पुराने प्रयोगों में वोज का उपयोग सामर्थ्य, विवेक और फिर विनम्रता के अर्थ में भी होता था। वर्षा की बूँदों को सहेज लेने का वोज यानी विवेक भी रहा और उसके साथ ही पूरी विनम्रता भी।

इसीलिए यहाँ समाज ने वर्षा को इंचों या सेंटीमीटरों में नहीं नापा। उसने तो उसे बूँदों में मापा होगा। पानी कम गिरता है? जी नहीं। पानी तो करोड़ों बूँदों में गिरता है। फिर ये बूँदें भी मामूली नहीं। उसने इन्हें 'रजत बूँदें' कहा। उसी ढंग से इनको देखा और समझा। समझ से, वोज से उसने इन रजत बूँदों को सहेजने की एक ऐसी भव्य परम्परा बना ली जिसकी धवल धारा इतिहास से निकलकर वर्तमान में तो बह ही रही है, वह भविष्य में भी बहेगी।

इतिहास, वर्तमान और भविष्य का ध्यान रखना, आज विज्ञान, पर्यावरण आदि के क्षेत्र में विकास की नयी शब्दावली में एक आदर्श की तरह देखा जाता है। धरती के संसाधनों का उपयोग वर्तमान पीढ़ी किस सन्तुलन से करे कि आनेवाली पीढ़ियों के लिए भी साफ हवा, पानी, जमीन, खेती, खनिज और शायद पेट्रोल भी उसी तरह मिले, जैसे आज मिलता है—ऐसी बात करने, कहनेवाले बड़े पर्यावरणविद् कहलाते हैं। ऐसी बात तो यहाँ गाँव-गाँव में न जाने कब से न सिर्फ कही गयी, उस पर लोगों ने अमल की भी लम्बी परम्परा डालकर दिखाई है।

जमीन पर इस आदर्श के अमल की बात बाद में। अभी तो थोड़ा ऊपर उठ आसमान छूकर देखें। बादल यहाँ सबसे कम आते हैं। पर बादलों के नाम यहाँ सबसे ज्यादा मिलते हैं। खड़ी बोली, और फिर संस्कृत से बरसे बादलों के नाम तो हैं ही पर यहाँ की बोली में तो जैसे इन नामों की घटा ही छा जाती है, झड़ी ही लग जाती

है। और फिर आप के सामने कोई 40 नाम बादलों के, पर्यायवाची नहीं, 40 पक्के नामों की सूची भी बन सकती है। रुकिए, बड़ी सावधानी से बनाई गयी इस सूची में कहीं भी, कभी भी कोई ग्वाला, चरवाहा चाहे जब दो-चार नाम और जोड़ दे यह भी हो सकता है!

भाषा की और उसके साथ-साथ इस समाज की वर्षा सम्बन्धित अनुभव-सम्पन्नता इन चालीस, बयालीस नामों में चुक नहीं जाती। वह इन बादलों के प्रकार, आकार, चाल-ढाल, स्वभाव, ईमानदारी, बेईमानी-सभी आधारों पर और आगे के वर्गीकरण करते चलता है। इनमें छितराए हुए बादलों के झुंड में से कुछ अलग-थलग पड़ गया एक छोटा-सा बादल भी उपेक्षा का पात्र नहीं है। उसका भी एक अलग नाम आपको मिल जाएगा—चूखो! मरुभूमि में सबसे दुर्लभ और कठिन काम, वर्षा कर चुके बादल, यानी अपना कर्त्तव्य पूरा करने के बाद किसी छोटी-सी पहाड़ी या रेत के टीले पर थोड़ा-सा टिक कर आराम फरमा रहे बादल को भी समाज पूरी कृतज्ञता से एक अलग नाम देता है—रींछी।

हमारा हिन्दी और शायद अँग्रेज़ी का संसार बरसनेवाले पानी की मात्रा को दो रूपों में ही देख पाता है। एक है—सतह का पानी और दूसरा है भूजल। नदी, नालों, तालाबों, छोटी-बड़ी झीलों का पानी सतह पर है और फिर इससे रिस कर नीचे जमीन में उतरा पानी भूजल है। पर मरुभूमि के समाज ने अपने आसपास से, अपने पर्यावरण से, भूगोल से जो बुनियादी तालीम पाई थी, उसने उस आधार पर पानी का एक और प्रकार खोज निकाला। उसका नाम है—रेजाणी या रेजवानी पानी।

रेजाणी पानी हम पढ़े-लिखे माने गये लोगों को आसानी से नहीं दिखने वाला। हम उस का स्पर्श भी ठीक से नहीं कर पाएँ शायद। पर यह वहाँ की बुनियादी तालीम ही है, जिसने उस समाज को रेजाणी पानी का न सिर्फ़ दर्शन करवाया, उसे एकदम कठिन इलाके में, चारों तरफ खारे पानी से घिरे इलाके में अमृत जैसा पीने योग्य बना लेने की जटिल तकनीक भी दे दी। पर जटिल तकनीक, जटिल ज्ञान किस काम का? समाज ने उसे बहुत ही सरल बना कर गाँव-गाँव में फेंक दिया। उसकी चर्चा शायद बाद में करें। अभी तो पहले हम यह देखें कि खारे पानी से घिरे, कम पानी के बीच बसे हजारों गाँवों, कस्बों और शहरों में पानी का काम कैसे फैलाया गया।

ऐसा काम आज करना हो तो हम प्रायः क्या करते हैं? एक बड़ी संस्था बनाते हैं। उसका मुख्यालय खोजते हैं। फिर शाखाएँ, केन्द्र, उप केन्द्र बनाते हैं। अध्यक्ष चुनते हैं, कार्यकारिणी, संचालक मंडल बनाते हैं। सैकड़ों कार्यकर्ताओं की भरती करते हैं। इस विशाल ढाँचे को चलाने के लिए बड़ा बजट जुटाते हैं। कुछ शासकीय स्रोत पर चलते हैं तो कुछ शासन को अछूत मान कर देशी स्रोतों से धन लाते हैं तो

कुछ विदेशी अनुदान से भी परहेज नहीं करते। इतने सब के बाद काम हो जाए, जिस उद्देश्य से संस्था बनाई है, संगठन खड़ा किया है, वह हो जाए तो क्या कहना। पर कई बार यही नहीं हो पाता। बाकी सब कुछ होता रहता है, हड़ताल, ताला बन्दी तक होती रहती है। इतना ही नहीं कभी-कभी हमारे ये सुन्दर संगठन अच्छे ही लोगों के आपसी छोटे-मोटे मतभेदों के कारण टूट जाते हैं, बिखर जाते हैं। पर मरुभूमि का समाज ऐसा खतरा मोल ले ही नहीं सकता था। उसे तो सबसे कम पानी के इलाके में सबसे चुस्त, दुरुस्त संगठन न सिर्फ खड़ा करना था, उससे सौ टका काम भी निकालना था। इसलिए उसने खूब बड़ा संगठन बनाया,उसका आकार इतना बड़ा किया कि वह निराकार हो गया। निराकार एकदम दुनिया के चालू अर्थ में भी और ठीक आध्यात्मिक अर्थ में भी। ऐसे अद्‌भुत निराकार संगठन को उसने न तो राज को सौंपा और न आज की नयी भाषा में किसी सार्वजनिक क्षेत्र या निजी क्षेत्र को सौंपा। उसने तो इसे पुरानी भाषा के निजी हाथों में एक धरोहर की तरह प्यार, दुलार से रख दिया। घर-घर, गाँव-गाँव सब लोगों ने इस ढाँचे को बोझ की तरह नहीं, पूरी कृतज्ञता से सिर माथे पर उठाकर उसके निराकार को साकार कर दिया। पूरा समाज अपना वर्ण, वर्ग, प्रतिष्ठा, परिवार, सब कुछ भुलाकर, सब कुछ मिटाकर, सब कुछ अर्पण कर पानी के इस काम में जुट गया। पानी के काम की इस विचित्र बुनियादी तालीम पर जो सुन्दर इमारत खड़ी हुई है, जो ढाँचा बना है, वह निराकार है। इसलिए हमारे इस नए समाज ने उसे निर्गुण, और भी स्पष्ट कहें तो बिना गुणवाला और भी साफ कहें तो अनेक दोषों वाला समाज मानकर अपने संसार से हटा ही दिया है।

लेकिन यह ढाँचा निराकार होते हुए भी बहुत ही गुनी है, सगुण है। यह जप करने लायक है। यह लोक शिक्षण की अद्‌भुत शाला है। लोक बुद्धि की इसमें पूरी ऊँचाई दिखेगी और लोक संग्रह की एक सतत चलनेवाली महान गाथा भी। हम सब ने एक लम्बे समय से लोक शक्ति की खूब बात की है। साम्यवाद से लेकर सर्वोदय तक ने लोक शक्ति की खूब उपासना की है।

लेकिन हमने लोक बुद्धि को पहचाना नहीं इस दौर में। गाँधीजी के एक अनन्य साथी दादा धर्माधिकारी निरुपाधिक मानव की प्रतिष्ठा पर बहुत बल देते थे। उस निरुपाधिक मानव की प्रतिष्ठा आपको यहाँ के पानी के काम में दिखेगी। इस लोक बुद्धि को हम देखने, समझने लगें तो हमें शायद फिर राजस्थान या मरुप्रदेश की अलग से बात करने की जरूरत नहीं बचेगी। हम जहाँ हैं, वहाँ उसका दर्शन होने लगेगा। तब शायद हम-आपको यह भी पता चलेगा कि इस देश की वर्तमान, परम्परागत नहीं, वर्तमान तकनीक शिक्षा की नींव में भी अनपढ़ कहलानेवाले समाज का ही प्रमुख योगदान रहा है। इसीलिए हमारे एक छोटे-से कस्बे में, (किसी बड़े शहर में नहीं) देश का पहला इंजीनियरिंग कॉलेज खुला था। और उसमें प्रवेश पाने

के लिए स्कूल की पढ़ाई की भी कोई जरूरत नहीं थी, अँग्रेजी के ज्ञान की भी नहीं। यह हमारे देश का पहला नहीं, एशिया का भी पहला इंजीनियरिंग कॉलेज था। वह पूरा किस्सा बहुत-सी नयी बातें बताता है। पर वह अपने-आपमें एक लम्बा प्रसंग है। उस की तरफ इतना संकेत कर उसे यहीं छोड़ आगे बढ़ें।

महात्मा गाँधी की स्मृति में एकत्र होते हुए हम इससे बेहतर और क्या कर सकते हैं कि पिछले दौर में हमने लोक बुद्धि को समझने, उसको प्रतिष्ठित करने का जो सहज रास्ता छोड़ दिया था उस पर वापस लौटने की कोशिश करें। उन बातों को, उन तरीकों को, संगठनों को विस्मृत करना प्रारम्भ हो, जो लोक बुद्धि के रास्ते जाते नहीं। हमारे बहुत से काम-काज, क्रिया-कलाप, अक्सर अच्छी नियत से भी की गयी चिन्ताएँ, बनाई गयीं योजनाएँ बहुत हुआ तो समाज के एक बड़े भाग को 'हितग्राही' ही मानकर, हितग्राही बता कर चलती हैं। हम उनका कुछ उद्धार करने आए हैं, उपकार करने आए हैं—इससे थोड़ा बचें।

कई बार हम इस लोक, जन, जनतावाली शब्दावली में ऐसे फँस जाते हैं कि फिर हम विज्ञान में भी जन विज्ञान, लोक विज्ञान की बात तो करते हैं पर प्राय: लोक विमुख खर्चीले विज्ञान का कोई सस्ता संस्करण ही उस नाम से खोज लाते हैं। लेकिन वह भी समाज में वैसा उतर नहीं पाता जैसा हम चाहते हैं। तब हम उदास, निराश भी होते हैं। अपनी असफलता के लिए उसी समाज को कोसने लगते हैं जिसे हम बदलने, सुधारने निकल पड़े थे। उसने हमारी सुनी नहीं, ऐसा हमें लगने लगता है। जसढोल यहाँ एक सुन्दर शब्द है। जस यानी यश का ढोल। मरुप्रदेश में पानी के काम के बहाने एक जसढोल न जाने कितने सैकड़ों वर्षों से जोर-जोर से बज रहा था, पर हमने, हमारे इस नये समाज ने उसकी थाप, उसका संगीत सुना ही नहीं। आज उसकी स्वर लहरी, उसकी लय, थाप का कुछ अंश आप तक पहुँचाने का प्रयत्न कर रहा हूँ।

शिक्षण, प्रशिक्षण आदि सभी प्रयासों में अक्षर का महत्त्व माना ही जाता है। यहाँ पानी का जो विशाल काम फैलाया गया, उसमें अक्षर ज्ञान को एकदम किनारे रख दिया गया। उससे परहेज नहीं पर जीवन ज्ञान और जीवन शिक्षा के क्षेत्र में उसकी अनिवार्यता नहीं स्वीकारी गयी। अक्षर ज्ञान का यहाँ एक और अर्थ लगाया गया—क्षर, नष्ट न होनेवाला ज्ञान। उनकी इस परिभाषा से देखें बस दो उदाहरण। इनमें से एक का जिक्र पहले आया है पर अधूरा। खारे पानी के बीच अमृत जैसा मीठा पानी देने की एक पद्धति की तरफ कुछ संकेत किया था। रेगिस्तान में कुछ खास हिस्सों में प्रकृति ने रेत की विशाल राशि के नीचे एक आड़ी-तिरछी पट्टी भी चला रखी है। यह मेट या जिप्सम से बनी है। इस क्षेत्र में कोई 200-300 फुट की गहराई पर खूब पानी है, पर है पूर्णरूप से खारा। पीने के काम का नहीं। लेकिन इस

जिप्सम के कारण ऊपर गिरनेवाली थोड़ी-सी भी बरसात रेत में धीरे-धीरे छन कर इस पट्टी पर टकरा कर अटक जाती है और एक विशाल भाग में सतह से, भूमि से नीचे जिप्सम तक नमी की तरह फैल जाती है।

मरुप्रदेश का निरक्षर माना गया, अनपढ़ बताया गया समाज आज से कोई हजार बरस पहले रेत के टीलों, रेत के समुद्र में कोई 10 से 100 फुट नीचे चल रही इस पट्टी को चिह्नित कर चुका था। केवल चिह्नित ही नहीं, उसने उसका शानदार उपयोग भी खोज निकाला। उसने इस जिप्सम की पट्टी के कारण रेत में छिपी नमी को सचमुच निचोड़ कर मीठा पानी निकाल लेने का एक बेहद पेंचीदा, जटिल इन्तजाम कर लिया था। इन इलाकों में हमारी आने-जाने वाली सभी तरह की सरकारों ने ट्यूबवैल, हैंडपम्प आदि लगवाकर इन गाँवों को पानी देने का काम जरूर किया था, पर यह तो खारा ही था।

बेहद पढ़े-लिखे, विकसित जर्मनी के इलाके से बुलाई गयी एक नयी खर्चीली तकनीक से इन नये यन्त्रों से निकल रहे खारे पानी को मीठा बनाने की कोशिश की गयी। इस उठा-पटक के 5-7 वर्षों में गाँवों ने अपनी पद्धति को छोड़ भी दिया था। पर जब पानी का खारापन खत्म नहीं हुआ, बल्कि इतना बढ़ गया कि गाय, बकरियों तक ने उसे पीना छोड़ दिया तो इन इलाकों में अब फिर धीरे-धीरे कुँई बनाने, टूटी-फूटी छोड़ दी गयी कुँईयों को फिर से ठीक करने और अपने दम पर फिर से मीठा पानी पाने का इन्तजाम वापस लौटने लगा है। गाय, बकरी, भेड़ों द्वारा पीने से मना किया गया पानी देने को ही विकास का, आधुनिकता का प्रतीक माननेवाली कोई तीन-चार सरकारें इस बीच राज्य में आईं और वापस भी लौट चुकी हैं। शिक्षा के आन्दोलन भी गैर-सरकारी स्तर पर यहाँ चले हैं और अनेक समाजसेवी संस्थाओं ने भी जल चेतना का नारा लगाया है। पर कुईं की वापसी गाँव के दम पर ही हुई है और एक बार फिर इस अक्षर ज्ञान ने, क्षरण न हो सकनेवाले ज्ञान ने, शिक्षण ने, उस निराकार संगठन ने खारे पानी के बीच मीठा पानी जुटाया है।

दूसरा बिलकुल विलक्षण उदाहरण जैसलमेर क्षेत्र में एक विशेष तरह की खेती से जुड़ा है। यही मेट यानी जिप्सम की पट्टी से ही जुड़ा अद्‌भुत विज्ञान है। कहीं-कहीं यह पट्टी जमीन की सतह के आसपास बहुत ही कम गहराई पर ऊपर उठ आती है। तब इस रेत में छिपी नमी इतनी नहीं होती कि वह अच्छी मात्रा में मीठा शुद्ध पानी दे सके। तो क्या समाज इसे ऐसे ही छोड़ दे? नहीं। अनपढ़ माने गये समाज ने इस तरह के भूखंडों पर आज से कोई 600 बरस पहले एक प्रयोग किया और मात्र 3 इंच की वर्षा में गेहूँ, चना जैसी रबी की फसल उगाने का नायाब तरीका खोज निकाला। किसी भी आधुनिक कृषि पंडित, विशेषज्ञ से पूछें कि क्या 3 इंच बरसात में गेहूँ पैदा हो सकता है? वह इस प्रश्न का उत्तर देने के बदले पूछनेवाले को

पागल ही मानेगा।

ऐसे विशिष्ट भूखंडों पर समाज ने एक विशेष तरह की मेंड बन्दी कर इस जरा-सी वर्षा को जिप्सम तक अटका कर खडीन नामक कीमती खेत का आविष्कार किया। उसने इस खेत में कृषि के अविश्वसनीय काम तो किए ही, इसमें उसने समाजशास्त्र के, आपसी सद्भाव के, समभाव के, शोषण मुक्त समाज के, स्वामित्त्व विसर्जन के, यानी मिल्कियत मिटाने के भी शानदार सबक सीखे भी और सिखाए भी। आज सामूहिक खेती के जो प्रयोग दुनिया में भारी भरकम क्रान्तियों के बाद, हजारों लोगों को मारने के बाद भी सफल नहीं हो पाए, उन्हें यहाँ के विनम्र, मौन, शान्त समाज ने अपने खडीन पर चुपचाप कर दिखाया।

प्राय: अकाल से घिरे इन गाँवों में बरसात ठीक हो जाए तो एक फसल होती है। बरसात न हो तो वह भी हाथ से जाती है। पर खडीन में दो फसलें ली जा सकती हैं। खरीफ भी, रबी भी। हमारे पढ़े-लिखे समाज को लगेगा कि ऐसा विशिष्ट खेत तो उस क्षेत्र के, गाँव के ठाकुर, बलवान, सामाजिक पहलवान के कब्जे में ही रहता होगा।

ऐसा नहीं है। यह एक बहुत ही संवेदनशील जटिल सामाजिक ढाँचे पर टिकाया गया है। गाँव में यदि प्रकृति की दया से खडीन जैसा खेत है तो फिर वह गाँव के सब घरों का खेत है। सब के सब उस के मालिक हैं।

या कहें कि उसका कोई भी मालिक नहीं होता। लास नामक एक उन्नत सामाजिक प्रथा से इस खेत का सारा काम चलता है। लास शायद संस्कृत के उल्हास से बना है। इसमें सब मिलकर काम करते हैं। यह श्रमदान से भी कहीं ऊँची चीज है। इसमें सारे काम को उल्हास से, आनन्द से जोड़ा गया है। लास के अपने गीत होते हैं और वे टी.वी., कैसेट, एफ.एम., मोबाइल के इस दौर में भी गायब नहीं हुए हैं।

गाँव के सारे घर मिलकर काम करते हैं, सबके सब। जाति-पाँति का कोई भेद नहीं। खेत तैयार करने से लेकर बुवाई, निदाई, गुड़ाई, फसल काटने तक में पूरा का पूरा गाँव एक साथ जुटता है। फसल कटने पर उसके उतने ही हिस्से होते हैं और हर ढेर घर पहुँच जाता है। कोई बीमार, अशक्य, वृद्ध, महिला हो, पुरुष हो,उसे हर काम से अलग रखा जाता है। पर प्राय: ऐसे सदस्य भी खडीन के किनारे किसी बबूल या खेजड़ी या जाल के पेड़ की छाँव में बैठने आ ही जाते हैं। गाते हैं, बच्चों को सँभाल लेते हैं। अपंग और कोई नेत्रहीन भी है, तो भी वह लास खेलने के लिए इस उत्सव को गँवाना नहीं चाहता। सबकी मेहनत, सबका हिस्सा। वर्ण-सवर्ण-दलित का यहाँ कोई भी पाठ नहीं पढ़ा जाता। सब मालिक, सब मजदूर, सब उत्पादक, सब उपभोक्ता, सब शिक्षक, सब शिष्य भी बस यही पाठ खडीन में पढ़ाया जाता रहा है।

जीवन की शिक्षा का, समाज की शिक्षा का, जीवन जीने की कला का ऐसा सुन्दर पाठ हम पढ़े-लिखों ने ठीक से जाना तक नहीं है। मरुभूमि में अनेक सामाजिक आन्दोलन, शिक्षा के आन्दोलन इस सुन्दर खडीन की पाठशाला से बिना टकराए निकल गये हैं।

पानी के बहाने इस समाज ने शिक्षण के सचमुच कुछ अविस्मरणीय प्रयोग किए हैं। ये दो-पाँच बरस चलने वाले प्रयोग नहीं हैं; पंचवर्षीय योजनाओं जैसे नहीं हैं। ये तो पाँच सौ बरस की लम्बी उमर सोचकर बनाए गये हैं। आधुनिकता की आँधी, समाज से कटी शिक्षा, जीवन शिक्षा के इन प्रयोगों को पूरी तरह से उखाड़ नहीं पाई है।

पिछले वर्ष इसी प्रतिष्ठित व्याख्यान में इंग्लैंड से आए दार्शनिक श्री क्रिस्टोफर विंच ने अपने भाषण के अन्त में कहा था, ''गाँधी आज होते तो देश के तेजी से हो रहे ऐसे आर्थिक विकास के कई पहलुओं से वे खुश नहीं होते। वे तो नागरिक को उत्पादक की केन्द्रीय भूमिका में रखना चाहते थे। यह वह भूमिका है जो उसकी मानवता और सच कहें तो उसकी आध्यात्मिकता के महत्त्वपूर्ण भाग को निखारती है।''

हमारे अनपढ़ माने गये समाज ने गाँधीजी की इस बात का खूब ध्यान रखा और नागरिक को उपभोक्ता से पहले आदर्श उत्पादक ही बनाने की पाठशाला खोली थी।

आपने मुझे इस प्रतिष्ठित व्याख्यान में जिस बड़े उद्देश्य को ध्यान में रखकर बुलाया था, मुझे मालूम है कि मैं उसे पूरा कर पाने लायक नहीं हूँ। पर श्रीकृष्ण कुमार जी का प्यार यहाँ मुझे ले ही आया है तो अन्त में मैं विनोबा के एक कथन से इस प्रसंग को समेटना चाहूँगा।

विनोबा ने कहा है कि पानी तो निकलता है, बहता है समुद्र में मिलने के लिए पर रास्ते में एक छोटा-सा गड्ढा आ जाए तो वह उसे भरकर खत्म हो जाता है। वह उतने से ही सन्तोष पा लेता है। वह कभी ऐसी शिकायत नहीं करता, कभी इस तरह नहीं सोचता कि अरे मुझे तो समुद्र तक जाने का एक महान उद्देश्य, एक महान लक्ष्य, एक महान सपना पूरा करना था।

मरुप्रदेश के समाज ने अपने जीवन के छोटे-छोटे प्रश्न खुद हल किए हैं, अपने जीवन के छोटे-छोटे गड्ढे भरे हैं। छोटे-छोटे गड्ढे भर सकना, सीखना अच्छे शिक्षण का एक उम्दा परिणाम,एक अच्छी उपलब्धि माना जाना चाहिए-इतनी विनम्रता हमें हमारी शिक्षा सिखा सके तो शायद हम समुद्र तक जाने की शक्ति भी बटोर लेंगे।

आग लगने पर कुआँ खोदना

अकाल अकेले नहीं आता। उससे बहुत पहले अच्छे विचारों का
अकाल पड़ने लगता है। अच्छे विचार का अर्थ है अच्छी योजनाएँ,
अच्छे काम। यह लेख जरा पुराना है, लेकिन
अकाल भी इतना नया नहीं है।

अकाल की पदचाप साफ सुनाई दे रही है। सारा देश चिन्तित है। यह सच है कि अकाल कोई पहली बार नहीं आ रहा है, लेकिन इस अकाल में ऐसा कुछ होनेवाला है, जो पहले कभी नहीं हुआ। देश में सबसे सस्ती कारों का वादा पूरा किया जा चुका है। कार के साथ ऐसे अन्य यन्त्र उपकरणों के दाम भी घटे हैं जो 10 साल पहले बहुत सारे लोगों की पहुँच से दूर होते थे। इस दौर में सबसे सस्ती कारों के साथ सबसे महँगी दाल भी मिलनेवाली है—यही इस अकाल की सबसे भयावह तस्वीर होगी। यह बात औद्योगिक विकास के विरुद्ध नहीं कही जा रही है। लेकिन इस महादेश के बारे में जो लोग सोच रहे हैं, उन्हें इसकी खेती, इसके पानी, अकाल, बाढ़ सबके बारे में सोचना होगा।

हमारे यहाँ एक कहावत है, 'आग लगने पर कुआँ खोदना'। कई बार आग लगी होगी और कई बार कुएँ खोदे गये होंगे, तब अनुभवों की मथानी से मथ कर ही ऐसी कहावतें मक्खन की तरह ऊपर आई होंगी। लेकिन कहावतों को लोग या नेतृत्व जल्दी भूल जाते हैं। मानसून अपने रहे-सहे बादल समेट कर लौट चुका है। यह साफ हो चुका है कि गुजरात जैसे अपवाद को छोड़ दें तो इस बार पूरे देश में औसत से बहुत कम पानी गिरा है।

अकाल की आग लग चुकी है और अब कुआँ खोदने की तैयारी चल रही है। लेकिन देश के नेतृत्व का—सत्तारूढ़ और विपक्ष का भी—पूरा ध्यान लगता नहीं कि कुआँ खोदने की तरफ है। अपने-अपने घर परिवार के चार-चार आना कीमत के झगड़ों की तरफ है। शीर्ष नेतृत्व जिस ढंग से उलझा पड़ा है, उसे देख उन सबको बड़ी शर्म आती होगी, जिन्होंने अभी कुछ ही महीने पहले इनके या उनके पक्ष में मत

डाला था। केन्द्र की पार्टियों में चार आने के झगड़े हैं, पतंगें कट रही हैं, माँजा लपटा जा रहा है तो उधर राज्यों की पार्टियों में भी दो आने के झगड़े-टंटे चल रहे हैं। अकाल के कारण हो रही आत्महत्याओं की खबरें यहाँ राजा के बेटे को राजा बना देने की खबरों से ढँक गयी हैं। कहीं अकाल के बीच लग रही पत्थर की मूर्तियाँ हमारे नेतृत्व को पत्थर-दिल बता रही हैं।

कई बातें बार-बार कहनी पड़ती हैं। इन्हीं में एक बात यह भी है कि अकाल कभी अकेले नहीं आता। उससे बहुत पहले अच्छे विचारों का अकाल पड़ने लगता है। अच्छे विचार का अर्थ है, अच्छी योजनाएँ, अच्छे काम। अच्छी योजनाओं का अकाल और बुरी योजनाओं की बाढ़। पिछले दौर में ऐसा ही कुछ हुआ है। देश को स्वर्ग बना देने की तमन्ना में तमाम नेताओं ने स्पेशल इकोनॉमिक जोन, सिंगूर, नन्दीग्राम और ऐसी ही न जाने कितनी बड़ी-बड़ी योजनाओं पर पूरा ध्यान दिया। इस बीच यह भी सुना गया कि इतने सारे लोगों का खेती करना जरूरी नहीं है। एक जिम्मेदार नेता की तरफ से यह भी बयान आया कि भारत को गाँवों का देश कहना जरूरी नहीं है। गाँवों में रहनेवाले शहरों में आकर रहने लगेंगे, तो हम उन्हें बेहतर चिकित्सा, बेहतर शिक्षा और बेहतर जीवन के लिए तमाम सुविधाएँ आसानी से दे सकेंगे। इन्हें लगता होगा कि शहरों में रहनेवाले सभी लोगों को ये सभी सुविधाएँ मिल ही चुकी हैं। इसका उत्तर तो शहर वाले ही देंगे।

लेकिन इस बात को यहीं छोड़ दीजिए। हमारे सामने मुख्य चुनौती है खरीफ की फसल को बचाना और आनेवाली रबी की फसल की ठीक-ठीक तैयारी। दुर्भाग्य से इसका कोई बना-बनाया ढाँचा सरकार के हाथ फिलहाल नहीं दिखता। देश के बहुत बड़े हिस्से में कुछ साल पहले तक किसानों को इस बात की खूब समझ थी कि मानसून के आसार अच्छे न दिखें तो पानी की कम माँग करने वाली फसलें बो ली जाएँ। इस तरह के बीज पीढ़ियों से सुरक्षित रखे गये थे। कम प्यास वाली फसलें अकाल का दौर पार कर जाती थीं। लेकिन आधुनिक विकास के दौर ने, नयी नीतियों ने किसान के इस स्वावलम्बन को अनजाने में ही सही, पर तोड़ा जरूर है। लगभग हर क्षेत्र में धान, गेहूँ, ज्वार, बाजरा के हर खेत में पानी को देखकर बीज बोने की पूरी तैयारी रहती थी। पर 30-40 साल के आधुनिक कृषि विकास ने इस बारीक समझ को आम तौर पर तोड़ डाला है। पीढ़ियों से एक जगह रहकर वहाँ की मिट्टी, पानी, हवा, बीज, खाद—सब कुछ जाननेवाला किसान अब उस कृषि अधिकारी की सलाह पर निर्भर हो गया है जिसका छह-आठ महीनों में ट्रांसफर हो जाता है।

किसानों के सामने एक दूसरी मजबूरी उन्हें सिंचाई के अपने साधनों से काट देने की भी है। पहले जितना पानी मुहैया होता था, उसके अनुकूल फसल ली जाती

थी। अब नयी योजनाओं का आग्रह रहता है कि राजस्थान में भी गेहूँ, धान, गन्ना, मूँगफली जैसी फसलें पैदा होनी चाहिए। कम पानी के इलाके में ज्यादा पानी माँगने वाली फसलों को बोने का रिवाज बढ़ता ही जा रहा है। इनमें बहुत पानी लगता है। सरकार को लगता है कि बहुत पानी देने को ही तो हम बैठे हैं। ऐसे इलाके में अरबों रुपयों की लागत से इन्दिरा नहर, नर्मदा नहर जैसी योजनाओं के जरिए सैकड़ों किलोमीटर दूर का पानी सूखे बताए गये इलाकों में पटक दिया गया है। लेकिन यह आपूर्ति लम्बे समय तक के लिए निर्बाध नहीं चल पाएगी।

इस साल, हर जगह जितना कम पानी बरसा है, उतने में हमारे स्वनामधन्य बाँध भी पूरे नहीं भरे हैं। और अब उनसे निकलने वाली नहरों में सब खेतों तक पहुँचानेवाला पानी नहीं बहने वाला है। कृषि मन्त्री ने यह भी घोषणा की है कि किसानों को भूजल का इस्तेमाल कर फसल बचाने के लिए 10 हजार करोड़ रुपये की डीजल सब्सिडी दी जाएगी। यह योजना एक तो ईमानदारी से लागू नहीं हो पाएगी और हो भी गयी तो अगले अकाल के समय दोहरी मार पड़ सकती है। मानसून का पानी नहीं मिला है और जमीन के नीचे का पानी भी फसल को बचाने के मोह में खींचकर खत्म कर दिया जाएगा। तब अगले बरसों में आने वाले अकाल और भी भयंकर होंगे।

इस समय सरकारों को अपने-अपने क्षेत्रों में ऐसे इलाके खोजने चाहिए, जहाँ कम पानी गिरने के बाद भी अकाल की उतनी काली छाया नहीं दिखती, बाकी क्षेत्रों में जैसा अन्देशा है। पूरे देश के बारे में बताना तो कठिन है पर राजस्थान का अलवर ऐसा इलाका है, जहाँ साल में 25-26 इंच पानी गिरता है। इस बार तो उसका आधा ही गिरा है। फिर भी वहाँ के एक बड़े हिस्से में पिछले कुछ साल के काम के बदौलत अकाल की छाया उतनी बुरी नहीं है। कुछ हिस्सों में तो अकाल को सुन्दर भर चुके तालाबों की पाल पर बिठा दिया गया है! जयपुर और नागौर में भी ऐसी मिसालें हैं। जयपुर के ग्रामीण इलाके में भी बड़ी आसानी से ऐसे गाँव मिल जाएँगे, जहाँ कहा जा सकता है अकाल की परिस्थिति के बावजूद फसल और पीने के लिए पानी सुरक्षित रखा गया है। जैसलमेर और रामगढ़ जैसे और भी सूखे इलाकों की ओर चलें, जहाँ चार इंच से भी कम पानी गिरा होगा और अब आगे गिरनेवाला नहीं है। लेकिन वहाँ भी कुछ गाँव लोगों की 10-20 साल की तपस्या के बूते पर आज इतना कह सकते हैं कि हमारे यहाँ पीने के पानी की कमी नहीं है। उधर महाराष्ट्र के भंडारा में तो उत्तराखंड के पौड़ी जिले में भी कुछ हिस्से ऐसे मिल जाएँगे। हरेक राज्य में ऐसी मिसालें खोजनी चाहिए और उनसे अकाल के लिए सबक लेने चाहिए। सरकारों के पास बुरे कामों को खोजने का एक खुफिया विभाग है ही। नेतृत्व को अकाल के बीच भी इन अच्छे कामों की सुगन्ध न आए तो वे इनकी खोज

में खुफिया विभागों को भी लगा ही सकते हैं।

पिछले दिनों कृषि वैज्ञानिकों और मन्त्रालय से जुड़े अधिकारियों व नेताओं ने इस बात पर जोर दिया है कि कृषि अनुसन्धान संस्थाओं में, कृषि विश्वविद्यालयों में अब कम पानी की माँग करनेवाली फसलों पर शोध होना चाहिए। उन्हें इतनी जानकारी तो होनी चाहिए थी कि ऐसे बीज समाज के पास बराबर रहे हैं। समाज ने इन फसलों पर, बीजों पर बहुत पहले से काम किया था। उनके लिए आधुनिक सिंचाई की जरूरत ही नहीं है। इन्हें बारानी खेती के इलाके कहा जाता है। 20-30 सालों में बारानी खेती के इलाकों को आधुनिक कृषि की दासी बनाने की कोशिशें हुई हैं। ऐसे क्षेत्रों को पिछड़ा बताया गया, ऐसे बीजों को और उन्हें बोनेवालों को पिछड़ा बताया गया। उन्हें पंजाब-हरियाणा जैसी आधुनिक खेती करके दिखाने के लिए कहा जाता रहा है। आज हम बहुत दुख के साथ देख रहे हैं कि अकाल का संकट पंजाब-हरियाणा पर भी छा रहा है। एक समय था जब बारानी इलाके देश का सबसे स्वादिष्ट अन्न पैदा करते थे। दिल्ली-मुम्बई के बाजारों में आज भी सबसे महँगा गेहूँ मध्यप्रदेश के बारानी खेतीवाले इलाकों से आता है। अब तो चेतें। बारानी की इज्जत बढ़ाएँ।

इसलिए, इस बार जब अकाल आया है तो हम सब मिलकर सीखें कि अकाल अकेले नहीं आता है। अगली बार जब अकाल पड़े तो उससे पहले अच्छी योजनाओं का अकाल न आने दें। उन इलाकों, लोगों और परम्पराओं से कुछ सीखें जो इस अकाल के बीच में भी सुजलाम् सुफलाम् बने हुए थे।

न जा स्वामी परदेसा

दौंड गाँव के पंचायत भवन में छोटी-छोटी लड़कियाँ नाच रही थीं। उनके गीत के बोल थे: ठंडो पानी मेरा पहाड़ मा, ना जा स्वामी परदेसा। ये बोल सामने बैठे पूरे गाँव को बरसात की झड़ी में भी बाँधे हुए थे। भीगते दर्शकों में ऐसी कई युवा और अधेड़ महिलाएँ थीं, जिनके पति और बेटे अपने जीवन के कई बसन्त 'परदेस' में ही बिता रहे हैं। ऐसे वृद्ध भी इस कार्यक्रम को देख रहे थे, जिनने अपने जीवन का बड़ा भाग 'परदेस' की सेवा में लगाया था। और भीगी दरी पर वे छोटे-बच्चे भी थे, जिन्हें शायद कल परदेस चले जाना है।

एक गीत पहाड़ों के इन गाँवों से लोगों का पलायन भला कैसे रोक पाएगा? लेकिन गीत गानेवाली टुकड़ी गीत गाती जाती है। आज ढौंड गाँव में है तो कल डुलमोट गाँव में। फिर जन्द्रिया में, भरनों में, उफरैंखाल में। यह केवल सांस्कृतिक आयोजन नहीं है। इसमें कुछ गायक हैं, नर्तक हैं, एक हारमोनियम, ढोलक है तो सैकड़ों कुदाल-फावड़े भी हैं जो हर गाँव में कुछ ऐसा काम कर रहे हैं कि वहाँ बरसकर तेजी से बह जानेवाला पानी वहाँ कुछ थम सके, तेजी से बह जानेवाली मिट्टी वहीं रुक सके और इन गाँवों में उजड़ गये वन, उजड़ गयी खेती फिर से सँवर सके। आधुनिक विकास की नीतियों ने यहाँ के जीवन की जिस लय को, संगीत को बेसुरा किया है, उसे फिर से सुरीला बनानेवालों की टोली है यह दूधातोली की। पौड़ी गढ़वाल, उत्तराखंड के दूधातोली इलाके के उफरैंखाल में आज से कोई 21 बरस पहले बनी यह छोटी-सी टोली आज यहाँ के कोई 100 गाँवों में फैल गयी है और इस क्षेत्र में अपने काम को खुद करने का वातावरण बना रही है। अपने काम में हैं अपने वन, अपना पानी, अपना चारा, अपना ईंधन और अपना माथा, स्वाभिमान।

इस टोली के विनम्र नायक हैं शिक्षक सच्चिदानन्द भारती। वे उफरैंखाल के इंटर कॉलेज में पढ़ाते हैं। सन् 1979 में वे चमोली जिले के गोपेश्वर महाविद्यालय में पढ़ रहे थे। उसी दौर में वहाँ प्रसिद्ध चिपको आन्दोलन ने जन्म लिया था। भारती

ने अपनी कॉलेज की पढ़ाई के अलावा उस दौर में एक सजग छात्र के नाते पहाड़ के जीवन के पर्यावरण की पढ़ाई में भी पूरी निष्ठा से रुचि ली थी। वे चिपको आन्दोलन के जनक श्री चंडीप्रसाद भट्ट के साथ आन्दोलन के कई मोर्चों पर लड़े भी थे और बाद में उसके रचनात्मक पक्ष में भी सक्रिय रहे थे। संघर्ष और रचना का संयुक्त पाठ उन्होंने वहीं से सीखा था।

सन् 1979 में अपनी पढ़ाई पूरी कर वे पौड़ी जिले में अपने गाँव गाडखरक, उफरैंखाल लौटे थे। उन्हीं दिनों उन्हें गाँव में खबर मिली कि उत्तराखंड के मध्य में स्थित दूधातोली क्षेत्र में वन विभाग फर-रागा के पेड़ों का कटान कर रहा है। हिमालय में रागा प्रजाति भोजवृक्ष की तरह ही धीरे-धीरे लुप्त होती जा रही है। पुराने पेड़ जा रहे हैं और जो नये पौधे पनपने चाहिए, वे पनप नहीं पा रहे हैं।

श्री भारती को लगा कि इस कटान को तो हर कीमत पर रोकना चाहिए। वे अपने कुछ साथियों के साथ दूधातोली वन क्षेत्र से जुड़े गाँवों की ओर चल पड़े। गाँवों में पदयात्रा के माध्यम से जगह-जगह लोगों को यह समझाने की कोशिश की गयी कि यह वन सरकार का जरूर है पर इसके कटान का, इसके विनाश का पहला बुरा झटका गाँवों को भोगना पड़ेगा। यह वन भले ही हमारा न हो पर विनाश हमारा ही होगा। सब लोग साथ दें तो इस विनाश को रोका जा सकता है।

लोगों की जागृति का, एक जुट होने का यह किस्सा काफी पुराना और लम्बा भी है। यहाँ उसे दुहराना आवश्यक नहीं है। बस इतना ही बता देना काफी है कि कई बार अच्छे ढंग से रखी गयी बात सरकार और उसके अधिकारी भी समझ लेते हैं और हमेशा संघर्ष, टकराव का रास्ता लेना जरूरी नहीं होता। दूधातोली में भी यही हुआ।

ऐसी घटना उस क्षेत्र के लिए नयी थी। इससे दो बातें निकलीं। एक तो यह कि लोग एक हो जाएँ तो सरकार के गलत कामों, निर्णयों को भी रोका जा सकता है, बदला जा सकता है। और दूसरी यह कि अब जब एक बड़े विनाश को रोक ही लिया गया है तो फिर इसी स्थान से वनों के संवर्धन का काम क्यों न शुरू किया जाए।

एक पर्यावरण शिविर रखा गया। आसपास और कुछ दूर के लोगों को, गाँवों को उफरैंखाल आने का न्योता दिया गया। सड़कों से बहुत दूर छोटा-सा गाँव, हाथ में न कोई साधन, न कोई सम्पर्क। शिविर तो रख लिया पर इसके लिए पैसा चाहिए था। भोजन आदि पर कुछ तो खर्च होगा ही। किससे पूछें, किससे माँगें? नयी दिल्ली के गाँधी शान्ति प्रतिष्ठान को पत्र लिखा। एक हजार रुपए वहाँ से आए।

इस तरह जुलाई 1980 में दूधातोली क्षेत्र में पहला पर्यावरण शिविर सम्पन्न हुआ। लोगों ने अपने-अपने क्षेत्र की परिस्थिति, वनों की स्थिति, कहाँ क्या कितना

उजड़ गया है आदि बातें एक-दूसरे के सामने रखीं। जो घटनाएँ चुपचाप घट रही थीं, उनका मौन तो टूटा। शिविर के अन्त में सबने पास के वन क्षेत्र में जाकर पौधों का रोपण किया।

दूधातोली क्षेत्र में पहले शिविर से एक नये विचार का पौधा लगा इस तरह। तब इस विचार को रोपने वाले हाथों को भी पता नहीं था कि आगे चलकर यह इस क्षेत्र के ठीक विकास का एक मजबूत वृक्ष बन जाएगा और इसकी घनी छाया में कई और विचार पनपते जाएँगे।

इस काम को व्यवस्थित रूप से चलाने के लिए सन् 1982 में एक संस्था बनी: 'दूधातोली लोक विकास संस्थान'। स्थापना के समय ही कुछ बातें तय की गयी थीं। अपने क्षेत्र में पर्यावरण संवर्धन का काम तो करना ही है तो इसमें संस्था का आधार वहीं के लोग तथा देशी साधन हों, इसका पूरा ध्यान रखा जाएगा। यह भी योजना बनी कि शिविरों के माध्यम से यह सब काम किया जाएगा। जल्दी ही समझ में आ गया कि वनीकरण करना है तो अपनी जरूरत के पौधे भी तैयार खुद ही करने पड़ेंगे। संस्था बनाने में शिक्षकों की भूमिका प्रमुख थी, इसलिए आगे की योजनाओं में उनका ध्यान सबसे पहले अपने छात्रों की तरफ गया। तब स्कूलों में पर्यावरण संवर्धन एक विषय की तरह नहीं आया था। पर यहाँ तो यह पढ़ाई का नहीं, जीवन का एक अंग बन गया।

छात्रों ने अपने शिक्षकों की प्रेरणा से तरह-तरह के बीजों का संग्रह प्रारम्भ किया। सबसे पहले इन लोगों ने अखरोट के पौधों की एक नर्सरी बनाई। इन पौधों की बिक्री प्रारम्भ हुई। वहीं के गाँवों से वहीं की संस्था को पौधों की बिक्री से कुछ आमदनी होने लगी। यह राशि फिर वहीं लगने जा रही थी। छोटे-छोटे साधनों से एक बड़े साध्य को साधने की एक लम्बी यात्रा का प्रारम्भ हुआ। एक के बाद एक शिविर लगते गये और उजड़े वन क्षेत्रों में धीरे-धीरे वनीकरण होने लगा।

इन शिविरों में रस्म पूरी नहीं की जाती थी। पूरा काम करने के लिए ये लगते थे, इसलिए कभी-कभी तो इनकी अवधि दस दिन तक भी होती। कभी ये वन क्षेत्र में लगते तो, कभी गाँवों के स्कूल में, पंचायत भवन में। ध्यान रखा जाता कि स्थान सार्वजनिक हो ताकि सभी लोग इनमें आ सकें। शिविर कहीं भी लगें, इनमें आसपास के पाँच-दस गाँवों के स्त्री-पुरुषों, बच्चों को जोड़ने की कोशिश होती थी। चूँकि शिविरों का मुख्य विषय ही घास, जंगल, पानी, खेती आदि हुआ करता। इसलिए धीरे-धीरे इनसे महिलाएँ जुड़ती चली गयीं। फिर इन्हीं शिविरों में हुई बातचीत से यह भी निर्णय सामने आया कि हर गाँव में अपना वन बने। वह सघन भी बने ताकि ईंधन, चारे आदि के लिए महिलाओं की सुविधा बढ़ सके। इस तरह हर शिविर के बाद उन गाँवों में महिलाओं के अपने नये संगठन उभर आए।

ये महिला मंगल दल कहलाए।

ये महिला दल कागजी नहीं थे। कागज पर बने ही नहीं थे। कोई लेखा-जोखा, रजिस्टर, दस्तावेज नहीं। पूरे सच्चे मन से बने संगठन थे इसलिए शिविर चलाने वाली मुख्य मानी गयी संस्था दूधातोली के कार्यालय में भी इनकी गिनती या ब्यौरा देखने नहीं मिलता। ऐसे महिला मंगल दलों की वास्तविकता तो उन गाँवों में धीरे-धीरे ऊँचे उठ रहे सघन हो चले वनों से ही पता चल सकती है। प्रतिदिन दल की सदस्याएँ बारी-बारी से वन की रखवाली करती हैं। रखवाली का तरीका अपने आप में अनोखा और सुरीला, संगीतमय है।

एक लाठी है। लेकिन यह साधारण लाठी नहीं है। इसके ऊपरी सिरे पर बड़े आकार के दो-चार घुंघरू लगे हैं। इस लाठी का नाम है खाँकर। खाँकर लेकर महिलाएँ वन में रखवाली करती हैं। हर कदम पर लाठी जमीन पर लगती है और खाँकर के घुंघरू खनक जाते हैं। एक खाँकर की संगीतमय ध्वनि वन की घनी चुप्पी को तोड़ती वन के दूसरे भागों में इसी तरह रखवाली कर रही अन्य महिलाओं को एक-दूसरे से जोड़े रखती है। यह संगीतमय लाठी एक अन्य सुरीली व्यवस्था का भी अंग है। साँझ को वन की रखवाली के बाद महिलाएँ गाँव वापस आती हैं और अपनी खाँकर अपने घर के दरवाजे के आगे न रख किसी अन्य महिला के दरवाजे पर टिका देती हैं। इसका अर्थ है कल उस घर की महिला खाँकर लेकर वन रखवाली के लिए निकलेगी। अपने बच्चों की तरह पाल-पोसकर खड़े किए वनों की रखवाली, निगरानी, सार सँभाल का यह घरेलू तरीका आज दूधातोली क्षेत्र के कोई 136 गाँवों में बड़े नियम से, स्व अनुशासन से चल रहा है। प्रायः पगडंडियों से बँटे और पहाड़ों की चोटियों-घाटियों में एक दूसरे से मीलों दूर बसे ये गाँव बिना बाहरी पैसे के, आदेश के अपने दम पर खाँकर के संगीत से जुड़ते गये।

इन शिविरों का आयोजन हमेशा बड़ी सरलता से होता रहा हो ऐसा नहीं है। बीच के कई वर्ष बड़ी कठिनाई के वर्ष थे। कहीं से भी कोई मदद नहीं थी। पर शिविरों की और काम की कड़ी कभी टूटने नहीं दी गयी। गाँवों ने अपने सीमित साधनों से इस असीमित काम को जारी रखने की बराबर कोशिश की।

1993 में प्रारम्भ में सच्चिदानन्द भारती ने अपने क्षेत्र में वनों के साथ पानी की परम्परा को भी समझना प्रारम्भ किया। पहाड़ों में ताल तो आज भी हैं। इनकी संख्या तेज ढलानों के कारण कम हो रही है। पर खाल और चाल नामक दो और रूप भी यहाँ रहे हैं। वे पिछली सदी में लगभग मिट गये थे। दूधातोली का उफरैंखाल नाम स्वयं इस बात का प्रतीक था कि कभी यहाँ पानी का अच्छा प्रबन्ध रहा होगा। खाल ताल से छोटा रूप है तो चाल खाल से भी छोटा। ये ऊँचे पहाड़ों की तीखी ढलानों पर भी बनती रही हैं। पर अब तो ये सामने थी नहीं। नया काम कैसे करें? किसी को

कुछ पता नहीं था। इसलिए कुछ आपसी बातचीत, कुछ अन्दाज, कुछ प्रयोग से वनों के संवर्धन के साथ पहाड़ों में जल संरक्षण के काम को जोड़ा। एक से एक जुड़ा तो योग दो न होकर ग्यारह हो गया। इकाई से इकाई मिली और दहाई परिणाम सामने आने लगे।

दूधातोली क्षेत्र में चाल बनाने का काम गाडखरक गाँव से, उफरैंखाल से प्रारम्भ हुआ पर फिर तो यह जंगल की आग की तरह फैलने लगा। आज इस क्षेत्र में कोई 35 गाँव में खाली पड़ी बंजर जमीन पर, पानी की कमी से उजड़ गये खेतों में और अच्छे घने वनों तक में कोई 7000 चालें वर्ष भर चाँदी की तरह चमकती हैं। उत्तराखंड में जब सन् 1999 में सभी जगह पानी की बेहद कमी थी, अकाल पड़ रहा था तब दूधातोली क्षेत्र में अप्रैल, मई, जून के महीनों में भी चालों में लबालब पानी भरा रहा! आज सन् 2010 में इस इलाके में कोई 20,000 छोटी-बड़ी चाल बन चुकी हैं। चालों के चलन की फिर से वापसी ने इस क्षेत्र में अनेक परिवर्तन किए हैं। उजड़े खेतों में फिर से फसल लगाने की तैयारी हो रही है। बंजर वन भूमि में साल भर पानी रहने के कारण प्रकृति स्वयं अपने अनेक अदृश्य हाथों से उसमें घास और पौधे लगा रही है तो ठीक पनप चुके वनों में और अधिक सघनता आ रही है। घास, चारा, ईंधन और पानी। इनके बिना पर्वतीय व्यवस्था चरमरा गयी थी। आज यहाँ फिर से जीवन का मधुर संगीत वापस लौट रहा है। 'घास, जंगल, खेत, पानी यों के बिना योजना कानी' का नारा भी यहाँ चलता है।

चाल का जो काम जंगलों में आग की तरह फैला है, उसने जंगलों की आग को भी समेटने में अद्भुत भूमिका निभाई है। उत्तराखंड और देश के अन्य पर्वतीय क्षेत्रों में हर वर्ष गरमी के महीनों में वनों में बड़े पैमाने पर आग लगने की घटनाएँ होती हैं। इन्हें बुझाने का कोई कारगर तरीका अभी तक वन विभाग के हाथ नहीं आया है। जब भी इस विषय पर बहस होती है तो हमारा वन विभाग रूस, ग्रीस, स्पेन, अमेरिका तथा आस्ट्रेलिया के वन क्षेत्रों का उदाहरण देकर हेलिकॉप्टरों के उपयोग की वकालत करता है। वह यह भूल जाता है कि वहाँ हैलिकाप्टरों से भी आग नहीं बुझती है।

ये घटनाएँ हर साल बढ़ती ही जा रही हैं। वनों में आग एक बड़ी समस्या है। वर्षा के दिनों में बरसा पानी पहाड़ की चोटियों से नीचे घाटी में, नदी में चला जाता है। फिर ठंड का मौसम तो ठीक बीतता है पर गरमी की ऋतु आते ही सारा वन क्षेत्र तप जाता है। घास सूख जाती है और वन के वन सूखी घास के ढेर पर बस जरा-सी एक चिंगारी का इन्तजार करते रहते हैं। मई 1998 में कोई 80,000 हेक्टेयर वन क्षेत्र आग में स्वाहा हुआ था। आज देश में प्रतिवर्ष वनों की आग से कोई 450 करोड़ रुपए की हानि होती है। लेकिन कीमती वन, पेड़-पौधे, घास, चारा और वन्य जीव

के उस नुकसान को आप सरकारी आँकड़ों में, रुपयों में नहीं नाप सकते। प्रकृति की वर्षों की मेहनत, समाज के लिए पीढ़ियों की सुविधा, अकाल, बाढ़ से रक्षा का सर्वोत्तम कवच सबकुछ देखते ही देखते राख हो जाता है।

दूधातोली में जब से पानी का, चाल और खाल का काम प्रारम्भ हुआ है, तब से यहाँ के वन आग से सुरक्षित हो चले हैं। सभी ग्राम वनों में बनी चालों के कारण उनमें गर्मी के तपते मौसम में भी नमी और इस कारण हरियाली बनी रही है, आग नहीं लग पाती। कहीं आग लग भी जाए तो यह लाचारी नहीं होती कि अब इसे कैसे बुझाया जाए। भरनों नामक गाँव के अपने पाले वन में, मई 1998 में आग जरूर लगी थी पर चालों की उपस्थिति के कारण वह जल्दी ही नियन्त्रण में आ गयी थी। पर इसी गाँव के पास का सरकारी वन आग से बच नहीं पाया था। इसी तरह जन्द्रिया गाँव का सरकारी वन भी आग की भेंट चढ़ा था। यहाँ वन विभाग वनों को आग से बचाने की अपील करनेवाले बोर्ड लगाने तो आता है पर आग बुझाने नहीं आ पाता। इन गाँवों में लोगों ने चाल बनाकर अपने वन सुरक्षित किए हैं और शासकीय वनों में लगी आग को भी अपनी चालों के पानी से बुझाने का प्रयास किया है। सन् 1998 की मई में ऐसे प्रयासों में गाँव की तीन महिलाएँ आग बुझाते हुए स्वयं झुलस गयी थीं और उन्हें बचाया नहीं जा सका था।

इन चालों ने या अब जिन्हें यहाँ जल तलाई भी कहा जाने लगा है, गाँव में शासकीय जल प्रदाय योजनाओं को भी नया जीवन दिया है। उत्तराखंड के अनेक गाँवों में पानी की कमी होने लगी है। हिमालय पानी का, नदियों का मायका भी कहलाता है। पर पानी के मायके में ही पानी नहीं बच पाता था। 'स्वजल' जैसी खर्चीली योजनाओं ने भी पैसा खूब बहाया पर पानी नहीं बह पाया है। एक सीमित क्षेत्र में ही सही पर लोगों की चालों ने यहाँ पानी का प्रश्न हल करके दिखाया है। अब पूरे वर्ष भर पानी खूब है। चालों ने सूख चुके नालों को, छोटी नदियों को, गदेरों को भी सरस कर दिया है।

उफरैंखाल के वन से निकलनेवाली सूखारौला नदी वर्षा में उफन जाती थी और फिर नवम्बर में ही सूख जाती थी। इसलिए इसका नाम ही सूखारौला पड़ चुका था। यहाँ सन् 1993 से 1998 तक कोई 1000 जल तलाई बनी होंगी। इन सब में संचित जल की एक-एक बूँद ने सूखारौला का स्वभाव बदला। सूखे दिनों में भी उसमें पानी था। पर गाँव ने धीरज रखा, एकदम नाम नहीं बदला। जब जनवरी 2001 में भी सूखारौला सूखा नहीं तो कृतज्ञ गाँव ने इसका नया नाम रखने का निर्णय लिया। क्या होगा नया नाम? नया नाम रखना कोई आसान काम नहीं था। पर इस कठिन काम को गाँव ने अपनी श्रद्धा से गंगा के साथ जोड़ना ही उचित समझा। गाँव का नाम गाडखरक तो नयी नदी हो गयी गाडगंगा। आज गाडगंगा वर्ष भर

बहती है और फिर पसोली नदी में मिलकर उसे और भी समृद्ध कर रही है।

हिमालय के इन गाँवों को उदारता से इतना लाभ बाँटनेवाली चाल स्वयं बहुत ही छोटी होती है। इस छोटेपन में ही इसका बड़प्पन छिपा है। जहाँ भी ठीक जगह मिली वहाँ 5 से 10 घनमीटर के आकार की जल तलाई बनाई जाती है। यह अपने आपसे कोई चमत्कार नहीं कर सकती। चमत्कार जल तलाई की शृंखला में छिपा है। जब ऊपर से नीचे तक पूरे ढलान को अनेक जल तलाई अपने छोटे-छोटे आकार से ढक देती हैं तब पानी का अक्षय भंडार बन जाता है। पानी पहाड़ी ढलानों में यहाँ-वहाँ से बहता है, इसलिए जल तलाई भी यहाँ-वहाँ ही बनाई जाती हैं और इस तरह हर जगह पानी एकत्र होता जाता है। इन सब में संग्रहित पानी धीरे-धीरे रिसकर नीचे घाटी तक आता है। यहाँ घाटी में चालों से बड़े ढाँचे, यानी खाल या ताल बनाए गये हैं। इनमें भी अब पूरे वर्ष पानी का भंडार बना रहता है।

रुपए में एक चाल बन जाती है। बनानेवाले इसे अपना काम मानकर बनाते हैं। इसलिए 50-100 की मदद भी कम नहीं मानते। वे इसे बनाते समय अपने को किसी का मजदूर नहीं मानते। वे इसके मालिक हैं और उनके स्वामित्व से सामाजिक समृद्धि साकार होती है। ऐसी सुदृढ़ समृद्धि पूरे समाज का आत्मविश्वास बढ़ाती है। उनका माथा ऊँचा करती है। तब यदि अचानक कोई बड़ी लेकिन अव्यावहारिक योजना वहाँ आ जाए तो लोगों के पैर नहीं डगमगाते।

एक ऐसी ही योजना सन् 1998 में इस क्षेत्र की पूर्वी नयार घाटी में आई थी। जलागम विकास का काम था। समर्थन था विश्व बैंक जैसी सम्पन्न संस्था का। पर इन गाँवों ने उसका समर्थन नहीं किया। काम तो वही था जिसे ये गाँव कर ही रहे थे- वनों का विकास। जलागम क्षेत्र का विकास। पैसे की कोई कमी नहीं थी। पूरी परियोजना की लागत 90 करोड़ रुपए थी। गाँव-गाँव में जब इस योजना का बखान करने वाले बड़े-बड़े बोर्ड लग गये तब सच्चिदानन्द भारती ने वन विभाग के जिम्मेदार अधिकारियों को एक छोटा-सा पत्र भर लिखा था। उसमें उन्होंने बहुत विनम्रता से बताया था कि इस क्षेत्र में वनों का, पानी का अच्छा काम गाँव खुद ही कर चुके हैं। बिना बाहरी, विदेशी या सरकारी मदद के। तब यहाँ इन 90 करोड़ रुपयों से और क्या काम करने जा रहे हैं आप? भरोसा न हो तो कुछ अच्छे अधिकारियों का एक दल यहाँ भेजें, उससे जाँच करवा लें और यदि हमारी बात सही लगे तो कृपया इस योजना को यहाँ से वापस ले लें। शायद देश में पहली बार ही ऐसा हुआ होगा कि सचमुच वन विभाग का एक दल यहाँ आया और इस क्षेत्र में पहले से ही लगे, पनपे और पाले गये सुन्दर घने वनों को देखकर न सिर्फ चुपचाप लौट गया, बल्कि अपने साथ 90 करोड़ की योजना भी समेट ले गया।

वनों के गाँव, हिमालय के कुछ थोड़े से गाँव तय कर लें तो वे बिना बाहरी

मदद, विदेशी पैसे, सरकारी पैसे के अपने और अपने थोड़े से शुभचिन्तकों के सहारे से कोई एक शताब्दी की गलतियों को 20 वर्षों में सुधार कर कितना बड़ा काम खड़ा कर दिखा सकते हैं। इसमें केवल उत्तराखंड ही नहीं, सभी पर्वतीय क्षेत्रों के सुधार के बीज छिपे हैं।

पर्वत जैसे इस साध्य को पाने के लिए दूधातोली लोक विकास संस्थान के कार्यकर्ताओं ने साधनों के सम्बन्ध में भी एक अलग ही साधना की है। 136 गाँवों में ऐसा सुन्दर काम करनेवाली संस्था में केवल पाँच कार्यकर्ता हैं। प्रमुख हैं श्री सच्चिदानन्द भारती। ये उफरैंखाल के इंटर कॉलेज में शिक्षक हैं। वेतन शिक्षा विभाग से मिलता है। बच्चों को प्रेम से पढ़ाते हैं और बचे हुए समय में पूरे समय की समाज सेवा करते हैं। भारती ने शिक्षा को, समाज की सेवा को सचमुच छोटे से स्कूल की चारदीवारी से बाहर निकाल पूरी पट्टी में नीचे घाटियों से लेकर ऊपर की चोटियों तक फैलाया है। दूसरे कार्यकर्ता श्री दिनेश हैं। संस्था के अब ये मन्त्री हैं। ये उफरैंखाल गाँव में ही दवाओं की एक छोटी-सी दुकान चलाते हैं। जब भी समाज का, संस्था का काम आता है, वे दवा की दुकान का शटर गिराकर सेवा का द्वार खोल लेते हैं। वे भी संस्था से वेतन नहीं लेते। तीसरे कार्यकर्ता हैं श्री दीनदयाल जी। वे जीविका के लिए डाकिए का काम करते हैं। डाक भी बाँटते हैं और साथ-साथ दूधातोली संस्थान के माध्यम से लोगों का दुख दर्द भी बाँट लेते हैं। अपने क्षेत्र में पर्यावरण के संवर्धन की पाती, चिट्ठी भी दूर-दूर पैदल पहुँचाते हैं। और उनकी इस पाती को सब पढ़ते हैं। चौथे हैं विक्रम जी। ये भी गाँव डुलमोट में अपनी पैतृक पनसारी दुकान का काम देखते हैं। पाँचवें हैं हरिसिंह जी। ये खेती करते हैं। और फिर कोई सौ गाँवों में फैले हैं संस्था के स्वयंसेवक। इनकी संख्या होगी लगभग एक हजार। इनमें उन महिलाओं की संख्या कोई पाँच सौ होगी जो सुबह से शाम तक खाँकर लेकर अपने वनों की रखवाली करती हैं।

संस्था के खर्च, इतने बड़े काम के लिए साधन जुटाने में भी भारती ने पहले ही दिन से विदेशी पैसा न लेने का नियम पक्का कर लिया था। और भी समाजसेवी संस्थाएँ ऐसा करती हैं। फिर समय के साथ-साथ जरूरत आ पड़ने पर नियम को तोड़ भी लेती हैं। दूधातोली में यह नियम अभी तक टूटा नहीं है।

साधनों को जुटाने और उन्हें इतनी किफायत से खर्च करने का असर दूसरों पर भी पड़ता है। संस्था रजिस्टर्ड है। हर वर्ष उसे अपनी आमदनी और खर्च का ऑडिट करना पड़ता है। लेकिन इस काम को करनेवाले ऑडिटर इस संस्था के लिए अपनी सेवाएँ निःशुल्क देते हैं। संस्था भी पूरी ऑडिट रिपोर्ट अपने क्षेत्र के छोटे-बड़े अखबारों में वितरित कर देती है। वे इसे छापकर सार्वजनिक बना देते हैं। सार्वजनिक काम की जानकारी सार्वजनिक हो जाती है।

इस क्षेत्र के ये गाँव कोई 4000 फुट से 7000 फुट की ऊँचाई पर बसे हैं। साल भर मौसम खूब ठंडा रहता है। ठंड के मौसम में अधिकांश भाग बर्फ की चादर से ढँक जाता है। ऐसे ठंडे क्षेत्रों में वनस्पति का विस्तार भी बहुत धीरे-धीरे होता है। और कीमती उपजाऊ मिट्टी भी धीरे-धीरे ही बन पाती है। लेकिन तीखी ढलानों के कारण वर्षा के मौसम में इस कीमती मिट्टी को नीचे मैदान की ओर बहने में जरा भी देरी नहीं लगती। तेज बहता पानी अपने साथ और भी तेजी से मिट्टी काटकर, बहाकर ले जाता है। ऐसे में मिट्टी और पानी का संरक्षण दो-चार साल का नहीं, कुछ सदियों का काम बन जाता है।

दूधातोली का यह काम इसलिए बहुत ही धीरज के साथ खड़ा किया गया है। इसमें लक्ष्य संख्या, आँकड़ों या पैसों, रुपयों का नहीं, चुपचाप काम का रखा गया है। इसलिए दूधातोली का यह दल शायद ही कभी अपना क्षेत्र छोड़ बाहर निकल पाता है। बाहर के लोग, कुछ मित्र, शुभचिन्तक यहाँ कभी-कभी ही आ पाते हैं। तब उनका बहुत ही आत्मीय स्वागत होता है। देवपूजन में काम आनेवाली पैंया की पत्ती की सादी लेकिन भव्य माला में बुराँस का एकाध फूल पूरे गाँव की आतिथ्य भावना को आनन्द में बदल देता है। खेत और वनों के फूल शिविरों को नये ढंग से रंग देते हैं। संगीत टुकड़ी का स्वर, ढोल नगाड़े, रंगसिंगे पूरी घाटी में गूँजने लगते हैं। मिट्टी और पानी को 'परदेस' जाने से रोकने के लिए।

तैरने वाला समाज डूब रहा है

उत्तर बिहार में आई भयानक बाढ़ अब आगे निकल गयी है। कुछ लोग उसे भूल भी जाएँगे। लेकिन याद रखना चाहिए कि उत्तर बिहार उस बाढ़ की मंजिल नहीं था। वह एक पड़ाव भर था। बाढ़ की शुरुआत नेपाल से होती है, फिर वह उत्तर बिहार आती है। उसके बाद बंगाल जाती है और सबसे अन्त में सितम्बर के अन्त या अक्तूबर के प्रारम्भ में वह बांग्लादेश में अपनी आखिरी उपस्थिति जताते हुए सागर में मिलती है।

इस बार उत्तर बिहार में बाढ़ ने बहुत अधिक तबाही मचाई। कुछ दिन सभी का ध्यान इसकी तरफ गया। जैसा कि अक्सर होता है, हेलिकॉप्टर आदि से दौरे हुए। फिर अगली बाढ़ तक इसे भुला दिया जाता है। भूल नहीं पाते हैं वे लाखों लोग जो बाढ़ में अपना सब कुछ खो बैठते हैं। इन्हें अपना जीवन फिर लगभग शून्य से शुरू करना पड़ता है।

बाढ़ अतिथि नहीं है। यह कभी अचानक नहीं आती। दो-चार दिन का अन्तर पड़ जाए तो बात अलग है। इसके आने की तिथियाँ बिल्कुल तय हैं। लेकिन जब बाढ़ आती है तो हम कुछ ऐसा व्यवहार करते हैं कि यह अचानक आई विपत्ति है। इसके पहले जो तैयारियाँ करनी चाहिए, वे बिल्कुल नहीं हो पाती हैं। इसलिए अब बाढ़ की मारक क्षमता पहले से अधिक बढ़ चली है। पहले शायद हमारा समाज बिना इतने बड़े प्रशासन के या बिना इतने बड़े निकम्मे प्रशासन के अपना इन्तजाम बखूबी करना जानता था। इसलिए बाढ़ आने पर वह इतना परेशान नहीं दिखता था।

इस बार की बाढ़ ने उत्तर बिहार को कुछ अभिशप्त इलाके की तरह छोड़ दिया है। सभी जगह बाढ़ से निपटने में अव्यवस्था की चर्चा हुई है। अव्यवस्था के कई कारण भी गिनाए गये हैं—वहाँ की असहाय गरीबी आदि। लेकिन बहुत कम लोगों को इस बात का अन्दाज होगा कि उत्तर बिहार एक बहुत ही सम्पन्न टुकड़ा रहा है इस प्रदेश का। मुजफ्फरपुर की लीचियाँ, पूसा ढोली की ईख, दरभंगा का शाहबसन्त धान, शकरकन्द, आम, चीनिया केला और बादाम और यहीं के कुछ इलाकों में पैदा होनेवाली तम्बाकू, जो पूरे शरीर की नसों को हिलाकर रख देती है। सिलोत क्षेत्र का

पतले-से-पतला चूड़ा, जिसके बारे में कहा जाता है कि वह नाक की हवा से उड़ जाता है, उसके स्वाद की चर्चा तो अलग ही है। वहाँ धान की ऐसी भी किस्में रही हैं जो बाढ़ के पानी के साथ-साथ खेलती हुई ऊपर उठती जाती थीं और फिर बाढ़ को विदा कर खलिहान में आती थीं। फिर दियारा के सम्पन्न खेत।

सुधी पाठक इस सूची को न जाने कितना बढ़ा सकते हैं। इसमें पटसन और नील भी जोड़ लें तो आप 'दुनिया के सबसे बड़े' यानी लम्बे प्लेटफॉर्म पर अपने आप को खड़ा पाएँगे। सोनपुर का प्लेटफॉर्म। ऐसा कहते हैं कि यह हमारे देश का सबसे बड़ा प्लेटफॉर्म रहा है। यह वहाँ की सम्पन्नतम चीजों को रेल से ढोकर देश के भीतर और बाहर ले जाने के लिए बनाया गया था। एक पूरा सम्पन्न इलाका उत्तर बिहार आज दयनीय स्थिति में क्यों पड़ गया है? हमें सोचना चाहिए। आज हम इस इलाके की कोई चिन्ता नहीं कर रहे हैं और उसे एक तरह से लाचारी में छोड़ बैठे हैं।

बाढ़ आने पर सबसे पहला दोष तो हम नेपाल को देते हैं। नेपाल एक छोटा-सा देश है। बाढ़ के लिए हम उसे कब तक दोषी ठहराते रहेंगे? कहा जाता है कि नेपाल ने पानी छोड़ा, इसलिए उत्तर बिहार बह गया। यह देखने लायक बात होगी कि नेपाल कितना पानी छोड़ता है। मोटे तौर पर हम कह सकते हैं कि नेपाल बाढ़ का पहला हिस्सा है। वहाँ हिमालय की ऊँची चोटियों पर जो पानी गिरता है, उसे रोकने की उसके पास कोई क्षमता और साधन नहीं है। और शायद उसे रोकने की कोई व्यावहारिक जरूरत भी नहीं है। रोकने से खतरे और भी बढ़ सकते हैं। इसलिए नेपाल पर दोष थोपना बन्द करना होगा।

यदि नेपाल पानी रोकेगा तो आज नहीं तो कल, हमें अभी की बाढ़ से भी भयंकर बाढ़ को झेलने की तैयारी करके रखनी पड़ेगी। हम सब जानते हैं कि हिमालय का यह हिस्सा कच्चा है और इसमें कितनी भी सावधानी और ईमानदारी से बनाए गये बाँध किसी-न-किसी तरह से प्रकृति की किसी छोटी-सी हलचल से टूट भी सकते हैं। और तब आज से कई गुना भयंकर बाढ़ हमारे सामने आ सकती है। यदि नेपाल को ही दोषी ठहराया जाए तो कम-से-कम बिहार के बाढ़ नियन्त्रण का एक बड़ा भाग—पैसों का, इंजीनियरों का, नेताओं का नेपाल जाये। ताकि वहाँ आनेवाली बाढ़ से निपटने के लिए पुख्ता इन्तजामों के बारे में बातचीत की जा सके। बातचीत मित्रतापूर्ण हो, तकनीक तौर पर हो और जरूरत पड़े तो फिर मई में ही प्रधानमन्त्री नहीं तो प्रदेश के मुख्यमन्त्री ही नेपाल जाएँ और आगामी जुलाई अगस्त या सितम्बर में आने वाली बाढ़ के बारे में चर्चा करके देखें।

हमें भूलना नहीं चाहिए कि हम बाढ़ के रास्ते में हैं। उत्तर बिहार से पहले नेपाल में भी काफी लोगों को बाढ़ के कारण जान से हाथ धोना पड़ता है। पिछले साल नेपाल में भयंकर भूस्खलन हुए थे, और तब हमें पता चल जाना चाहिए था कि

अगले साल हम पर भी बड़ा संकट आएगा, क्योंकि हिमालय के इस कच्चे भाग में जितने भूस्खलन हुए, उन सबका मलबा वहीं का वहीं पड़ा था और वह इस वर्ष की बरसात में नीचे उतर आनेवाला था। उत्तर बिहार की परिस्थिति भी अलग से समझने लायक है। यहाँ पर हिमालय से अनगिनत नदियाँ सीधे उतरती हैं और उनके उतरने का एक ही सरल उदाहरण दिया जा सकता है : जैसे पाठशाला में टीन की फिसलपट्टी होती है, उसी तरह से ये नदियाँ हिमालय से बर्फ की फिसलपट्टी से धड़ाधड़ नीचे उतरती हैं। हिमालय के इसी क्षेत्र में नेपाल के हिस्से में सबसे ऊँची चोटियाँ हैं और कम दूरी तय करके ये नदियाँ उत्तर भारत में नीचे उतरती हैं। इसलिए इन नदियों की पानी की क्षमता, उनका वेग, उनके साथ कच्चे हिमालय से, शिवालिक से आनेवाली मिट्टी और गाद, साद इतनी अधिक होती है कि उसकी तुलना पश्चिमी हिमालय और उत्तर-पूर्वी हिमालय से नहीं कर सकते। एक तो वह सबसे ऊँचा क्षेत्र है, कच्चा भी है, फिर भ्रंश पर टिका हुआ इलाका है। यहाँ भौगोलिक परिस्थितियाँ ऐसी हैं जहाँ से हिमालय का जन्म हुआ है। बहुत कम लोगों को अन्दाज होगा कि हमारा समाज भी भू-विज्ञान को, 'जिओमार्फालॉजी' को, खूब अच्छी तरह समझता है। इसी इलाके में ग्यारहवीं शताब्दी में बना वराह अवतार का मन्दिर भी है। भगवान के वराह रूप के मन्दिर किसी और इलाके में आसानी से मिलते नहीं हैं। यह हिस्सा कुछ करोड़ साल पहले किसी एक घटना के कारण हिमालय के रूप में सामने आया। यहीं से फिर नदियों का जाल बिछा। ये सरपट दौड़ती हुई आती हैं—सीधी उतरती हैं। इससे उनकी ताकत और बढ़ जाती है।

जब हिमालय बना, तब कहते हैं कि उसके तीन पुड़े थे। तीन तहें थीं। जैसे मध्यप्रदेश के हिस्से में सतपुड़ा है, वैसे यहाँ तीन पुड़े थे-आन्तरिक, मध्य और बाह्य। बाह्य हिस्सा शिवालिक सबसे कमजोर माना जाता है। वैसे भी भूगोल की परिभाषा में हिमालय के लिए कहा जाता है कि यह अरावली, विन्ध्य और सतपुड़ा के मुकाबले बच्चा है। महीनों के बारह पन्ने पलटने से हमारे सभी तरह के कैलेंडर दीवार पर से उतर जाते हैं। लेकिन प्रकृति के कैलेंडर में लाखों वर्ष का एक पन्ना होता है। उस कैलेंडर से देखें तो शायद अरावली की उम्र नब्बे वर्ष होगी और हिमालय? अभी चार-पाँच बरस का शैतान बच्चा है। वह अभी उछलता-कूदता है, खेलता-डोलता है। टूट-फूट उसमें बहुत होती रहती है। अभी उसमें प्रौढ़ता या वयस्क वाला संयम नहीं है। शान्त, धीरज जैसे गुण नहीं आए हैं। इसलिए हिमालय की ये नदियाँ सिर्फ पानी नहीं बहाती हैं, वे साद, मिट्टी, पत्थर और बड़ी-बड़ी चट्टानें भी साथ लाती हैं। उत्तर बिहार का समाज अपनी स्मृति में इन बातों को दर्ज कर चुका था।

एक तो चंचल बच्चा हिमालय, फिर कच्चा और तिस पर भूकम्प वाला क्षेत्र भी—क्या कसर बाकी रह गयी है? हिमालय के इसी क्षेत्र से भूकम्प की एक बड़ी और प्रमुख पट्टी गुजरती है। दूसरी पट्टी इस पट्टी से थोड़े ऊपर के भाग में मध्य हिमालय में आती है। सारा भाग लाखों बरस पहले के अस्थिर मलबे के ढेर से बना है और फिर भूकम्प इसे जब चाहे और अस्थिर बना देते हैं। भू-विज्ञान बताता है कि इस उत्तर बिहार में और नेपाल के क्षेत्र में धरती में समुद्र की तरह लहरें उठी थीं और फिर वे एक-दूसरे से टकरा कर ऊपर-ही-ऊपर उठती चली गयीं। और फिर कुछ समय के लिए स्थिर हो गयीं। यह 'स्थिरता' तांडव नृत्य की तरह है। आधुनिक विज्ञान की भाषा में लाखों वर्ष पहले 'मियोसिन' काल में घटी इस घटना को उत्तरी बिहार के समाज ने अपनी स्मृति में वराह अवतार के रूप में जमा किया है। जिस डूबती पृथ्वी को वराह ने अपने थूथनों से ऊपर उठाया था, वह आज भी कभी भी काँप जाती है। 1934 में जो भूकम्प आया था, उसे अभी भी लोग भूले नहीं हैं। लेकिन यहाँ के समाज ने इन सब परिस्थितियों को अपनी जीवन शैली में, जीवन दर्शन में धीरे-धीरे आत्मसात किया था। प्रकृति के इस विराट रूप में वह एक छोटी-सी बूँद की तरह शामिल हुआ। उसमें कोई घमंड नहीं था। वह इस प्रकृति से लड़ लेगा, उसे जीत लेगा, ऐसा घमंड नहीं किया। वह उसकी गोद में कैसे रह सकता है—इसका उसने अभ्यास करके रखा था। क्षणभंगुर समाज ने करोड़ वर्षों की इस लीला में अपने को प्रौढ़ बना लिया और फिर अपनी प्रौढ़ता को हिमालय के लड़कपन की गोद में डाल दिया था।

लेकिन पिछले सौ-डेढ़-सौ साल में हमारे समाज ने ऐसी बहुत सारी चीजें की हैं, जिनसे उसका विनम्र स्वभाव बदला है और उसके मन में थोड़ा घमंड भी आया है। समाज के मन में न सही तो उसके नेताओं के, योजनाकारों के मन में, अधिकारियों, इंजीनियरों के मन में यह घमंड आया है। समाज ने पीढ़ियों से, शताब्दियों से यहाँ फिसलगुंडी की तरह फुर्ती से उतरने वाली नदियों के साथ जीवन जीने की कला सीखी थी, बाढ़ के साथ बढ़ने की कला सीखी थी। उसने और उसकी फसलों ने बाढ़ में डूबने के बदले तैरने की कला सीखी थी। वह कला आज धीरे-धीरे मिटती जा रही है।

उत्तर बिहार में हिमालय से उतरनेवाली नदियों की संख्या अनगिनत है। कोई गिनती नहीं है, फिर भी कुछ लोगों ने उनकी गिनती की है। आज लोग यह मानते हैं कि यहाँ पर इन नदियों ने दुख के अलावा कुछ नहीं दिया है। पर इनके नाम देखेंगे तो इनमें से किसी भी नदी के नाम में, विशेषण में दुख का कोई पर्यायवाची देखने को नहीं मिलेगा। लोगों ने नदियों को हमेशा की तरह देवियों के रूप में देखा है। हम उनके विशेषण दूसरी तरह से देखें तो उनमें आपको बहुत तरह-तरह के ऐसे

शब्द मिलेंगे जो उस समाज और नदियों के रिश्ते को बताते हैं। कुछ नाम संस्कृत से होंगे। कुछ गुणों पर होंगे और एकाध अवगुणों पर भी हो सकते हैं।

इन नदियों के विशेषणों में सबसे अधिक संख्या है—आभूषणों की। और ये आभूषण हँसुली, अँगूठी और चन्द्रहार जैसे गहनों के नाम पर हैं। हम सभी जानते हैं कि ये आभूषण गोल आकार के होते हैं—यानी यहाँ पर नदियाँ उतरते समय इधर-उधर सीधी बहने के बदले आड़ी-तिरछी, गोल आकार में क्षेत्र को बाँधती हैं—गाँवों को लपेटती हैं और उन गाँवों का आभूषणों की तरह शृंगार करती हैं। उत्तर बिहार के कई गाँव इन आभूषणों' से ऐसे सजे हुए थे कि बिना पैर धोए आप इन गाँवों में प्रवेश नहीं कर सकते थे। इनमें रहनेवाले आपको गर्व से बताएँगे कि हमारे गाँव की पवित्र धूल गाँव से बाहर नहीं जा सकती, और आप हमारे गाँव में शहर से अपनी (शायद अपवित्रता) धूल गाँव में ला नहीं सकते। कहीं-कहीं बहुत व्यावहारिक नाम भी मिलेंगे। एक नदी का नाम गोमूत्रिका है—जैसे कोई गाय चलते-चलते पेशाब करती है तो जमीन पर आड़े-तिरछे निशान पड़ जाते हैं। इतनी आड़ी-तिरछी बहनेवाली यह नदी है। इसमें एक-एक नदी का स्वभाव देखकर लोगों ने इन नदियों को अपनी स्मृति में रखा है।

एक तो इन नदियों का स्वभाव और ऊपर से पानी के साथ आनेवाली साद के कारण ये अपना रास्ता बदलती रहती हैं। कोसी के बारे में कहा जाता है कि इसने पिछले कुछ सौ साल में 148 किलोमीटर के क्षेत्र में अपनी धारा बदली है। उत्तर बिहार के दो जिलों की इंच भर जमीन भी कोसी ने नहीं छोड़ी है, जहाँ से वह बही न हो। ऐसी नदियों को हम किसी तरह के तटबन्ध या बाँध से बाँध सकते हैं, यह कल्पना भी करना अपने आप में विचित्र है। समाज ने इन नदियों को अभिशाप की तरह नहीं देखा। उसने इनके वरदान को कृतज्ञता से स्वीकार किया। उसने यह माना कि इन नदियों ने हिमालय की कीमती मिट्टी इस क्षेत्र के दलदल में पटक कर बहुत बड़ी मात्रा में खेती योग्य जमीन निकाली है। इसलिए वह इन नदियों को बहुत आदर के साथ देखता रहा है। कहा जाता है कि पूरा-का-पूरा दरभंगा खेती योग्य हो सका तो इन्हीं नदियों द्वारा लाई गयी मिट्टी के कारण ही। लेकिन इनमें भी समाज ने उन नदियों को छोड़ा है, जो अपेक्षाकृत कम साद वाले इलाके से आती हैं।

ऐसी नदियों में एक है—खिरोदी। कहा जाता है कि इसका नामकरण क्षीर अर्थात दूध से हुआ है, क्योंकि इसमें साफ पानी बहता है। एक नदी जीवछ है, जो शायद जीवात्मा या जीव इच्छा से बनी होगी। सोनबरसा भी है। इन नदियों के नामों में गुणों का वर्णन देखेंगे तो किसी में भी बाढ़ से लाचारी की झलक नहीं मिलेगी। कई जगह लालित्य है इन नदियों के स्वभाव में। सुन्दर कहानी है मैथिली के कवि विद्यापति की। कवि जब अस्वस्थ हो गये तो उन्होंने अपने प्राण नदी में ही छोड़ने

का प्रण किया। कवि प्राण छोड़ने नदी की तरफ चल पड़े, मगर बहुत अस्वस्थ होने के कारण नदी किनारे तक नहीं पहुँच सके। कुछ दूरी पर ही रह गये तो उन्होंने नदी से प्रार्थना की कि हे माँ, मेरे साहित्य में कोई शक्ति हो, मेरे कुछ पुण्य हों तो मुझे ले जाओ। कहते हैं कि नदी ने उनकी प्रार्थना स्वीकार कर ली। अपना रास्ता बदल कर कवि तक आई और कवि को बहा ले गयी।

नदियाँ विहार करती हैं, उत्तर बिहार में। वे खेलती हैं, कूदती हैं। यह सारी जगह उनकी है, यह है उनका आँगन। इसलिए वे कहीं भी जाएँ, उसे जगह बदलना नहीं माना जाता था। उत्तर बिहार में समाज का एक दर्पण साहित्य रहा होगा तो दूसरा तरल दर्पण नदियाँ थीं। इन असंख्य नदियों में वहाँ का समाज अपना चेहरा देखता था और नदियों के चंचल स्वभाव को बड़े शान्त भाव से अपनी देह में, अपने मन और अपने विचारों में उतारता था। इसलिए कभी वहाँ कवि विद्यापति जैसे सुन्दर क़िस्से बनते तो कभी फुलपरास जैसी घटनाएँ रेत में उकेरी जातीं। नदियों की लहरें रेत में लिखी इन घटनाओं को मिटाती नहीं थीं—हर लहर इन्हें पक्के शिलालेखों में बदलती थी। ये शिलालेख इतिहास में मिलें न मिलें, लोगों के मन में, लोक स्मृति में मिलते थे। फुलपरास का किस्सा यहाँ दोहराने लायक है।

कभी भुतही नदी फुलपरास नाम के एक स्थान से रास्ता बदल कर कहीं और 'भटक' गयी। तब वहाँ के गाँवों में भुतही को वापस बुलाने के लिए अनुष्ठान किया गया। नदी ने मनुहार स्वीकार की और अगले वर्ष वापस चली आई! ये कहानियाँ समाज इसलिए याद रखवाना चाहता है कि लोगों को मालूम रहे कि यहाँ की नदियाँ कवि के कहने से भी रास्ता बदल लेती हैं और साधारण लोगों के आग्रह को स्वीकार कर अपना बदला हुआ रास्ता फिर से सुधार लेती हैं। इसलिए इन नदियों के स्वभाव को ध्यान में रख कर जीवन चलाओ। ये चीजें हम लोगों को इस तरफ ले जाती हैं कि जिन बातों को भूल गये हैं, उन्हें फिर से याद करें।

कुछ नदियों के बहुत विचित्र नाम भी समाज ने हज़ारों साल के अनुभव से रखे थे। इनमें से एक विचित्र नाम है—अमरबेल। कहीं इसे आकाशबेल भी कहते हैं। इस नदी का उद्‌भव और संगम कहीं नहीं दिखाई देता है। कहाँ से निकलती है, किस नदी में मिलती है—ऐसी कोई पक्की जानकारी नहीं है। बरसात के दिनों में अचानक प्रकट होती है और जैसे पेड़ पर अमरबेल छा जाती है। वैसे ही एक बड़े इलाके में इसकी कई धाराएँ दिखाई देती हैं। फिर ये गायब भी हो जाती हैं। यह भी जरूरी नहीं कि वह अगले साल इन्हीं धाराओं में से बहे। तब यह अपना कोई दूसरा नया जाल खोल लेती है। एक नदी का नाम है दस्यु नदी। यह दस्यु की तरह दूसरी नदियों की 'कमाई' हुई जलराशि का, उनके वैभव का हरण कर लेती है। इसलिए पुराने साहित्य में इसका एक विशेषण वैभवहरण भी मिलता है।

फिर बिल्कुल चालू बोलियों में भी नदियों के नाम मिलते हैं। एक नदी का नाम मरने है। इसी तरह एक नदी मरगंगा है। भुतहा या भुतही का किस्सा तो ऊपर आ ही गया है। जहाँ ढेर सारी नदियाँ हर कभी हर कहीं से बहती हों सारे नियम तोड़ कर, वहाँ समाज ने एक ऐसी भी नदी खोज ली थी जो टस से मस नहीं होती थी। उसका नाम रखा गया—धर्ममूला। ये सब क़िस्से, नाम बताते हैं कि नदियाँ वहाँ जीवन्त भी हैं और कभी-कभी वे गायब भी हो जाती हैं, भूत भी बन जाती हैं, मर भी जाती हैं। यह सब इसलिए होता है कि ऊपर से आनेवाली साद उनमें भरान और धसान की दो गतिविधियाँ इतनी तेजी से चलाती हैं कि उनके रूप हर बार बदलते जाते हैं।

बहुत छोटी-छोटी नदियों के वर्णन में ऐसा मिलता है कि इनमें ऐसी भँवर उठती हैं कि हाथियों को भी डुबो दें। इनमें चट्टानें और पत्थर के बड़े-बड़े टुकड़े आते हैं और जब वे आपस में टकराते हैं तो ऐसी आवाज आती है कि दिशाएँ बहरी हो जाएँ! ऐसा भी उल्लेख मिलता है कि कुछ नदियों में बरसात के दिनों में मगरमच्छों का आना इतना अधिक हो जाता है कि उनके सिर या थूथने गोबर के कंडे की तरह तैरते हुए दिखाई देते हैं। ये नदियाँ एक-दूसरे से बहुत मिलती हैं, एक-दूसरे का पानी लेती हैं और देती भी हैं। इस आदान-प्रदान में जो खेल होता है, उसे हमने एक हद तक अब बाढ़ में बदल दिया है। नहीं तो यहाँ के लोग इस खेल को दूसरे ढंग से देखते थे। वे बाढ़ की प्रतीक्षा करते थे।

इन्हीं नदियों की बाढ़ के पानी को रोक कर समाज बड़े-बड़े तालाबों में डालता था और इससे इनकी बाढ़ का वेग कम करता था। एक पुराना पद मिलता है—'चार कोसी झाड़ी।' इसके बारे में नए लोगों को अब ज्यादा कुछ पता नहीं है। पुराने लोगों से ऐसी जानकारी एकत्र कर यहाँ के इलाके का स्वभाव समझना चाहिए। चार कोसी झाड़ी का कुछ हिस्सा शायद चम्पारण में बचा है। ऐसा कहते हैं कि पूरे हिमालय की तराई में चार कोस की चौड़ाई का एक घना जंगल बचा कर रखा गया था। इसकी लम्बाई पूरे बिहार में ग्यारह-बारह सौ किलोमीटर तक चलती थी। यह पूर्वी उत्तर प्रदेश के तराई क्षेत्र तक जाता था। चार कोस चौड़ाई और उसकी लम्बाई हिमालय की पूरी तलहटी में थी। आज के खर्चीले, अव्यावहारिक तटबन्धों के बदले यह विशाल वन-बन्ध बाढ़ लाने वाली नदियों को छानने का काम करता था। तब भी बाढ़ आती रही होगी, लेकिन उसकी मारक क्षमता ऐसी नहीं होगी।

ढाई हजार साल पहले के एक संवाद में बाढ़ का कुछ वर्णन मिलता है। संवाद भगवान बुद्ध और एक ग्वाले के बीच है। ग्वाले के घर में किसी दिन भगवान बुद्ध पहुँचे हैं। काली घटाएँ छाई हुई हैं। ग्वाला बुद्ध से कह रहा है कि उसने अपना छप्पर कस लिया है, गाय को मजबूती से खूँटे में बाँध दिया है, फसल काट ली है और

नाव बाँध ली है। अब बाढ़ का कोई डर नहीं बचा है। आराम से चाहे जितना पानी बरसे। नदी देवी दर्शन देकर चली जाएगी। इसके बाद भगवान बुद्ध ग्वाले से कह रहे हैं कि मैंने तृष्णा की नावों को खोल दिया है। अब मुझे बाढ़ का कोई डर नहीं है। युग पुरुष साधारण ग्वाले की झोपड़ी में नदी किनारे रात बिताएँगे। उस नदी के किनारे, जिसमें रात को कभी भी बाढ़ आ जाएगी! पर दोनों निश्चित हैं। क्या आज ऐसा संवाद बाढ़ से ठीक पहले हो पाएगा?

ये सारी चीजें हमें बताती हैं कि लोग इस पानी से, इस बाढ़ से खेलना जानते थे। यहाँ का समाज इस बाढ़ में तैरना जानता था। इस बाढ़ से तरना भी जानता था। इस पूरे इलाके में ह्रद और चौरा या चौर शब्द बड़े तालाबों के लिए हैं। चौर में बाढ़ का अतिरिक्त पानी रोक लिया जाता था। इस इलाके में पुराने और बड़े तालाबों का वर्णन खूब मिलता है। दरभंगा का एक तालाब इतना बड़ा था कि उसका वर्णन करने वाले उसे अतिशयोक्ति तक ले गये। उसे बनाने वाले लोगों ने अगस्त्य मुनि तक को चुनौती दी कि तुमने समुद्र का पानी पीकर उसे सुखा दिया था, अब हमारे इस तालाब को पीकर सुखा दो तब जानें। वैसे समुद्र जितना बड़ा कुछ भी न होगा, यह वहाँ के लोगों को भी पता था। पर यह एक खेल है कि हम इतना बड़ा तालाब बनाना जानते हैं।

उन्नीसवीं शताब्दी तक वहाँ के बड़े-बड़े तालाबों के बड़े-बड़े किस्से चलते थे। परिहारपुर, भरवाहा और आलापुर आदि क्षेत्रों में दो-तीन मील लम्बे-चौड़े तालाब थे। धीरे-धीरे बाद के नियोजकों, राजनेताओं, अधिकारियों के मन में यह आया कि इतनी जलराशि से भरे बड़े-बड़े तालाब बेकार की जगह घेरते हैं—इनका पानी सुखा कर जमीन लोगों को खेती के लिए उपलब्ध करा दें। इस तरह हमने दो-चार खेत जरूर बढ़ा लिए, लेकिन दूसरी तरफ शायद सौ-दो-सौ खेत हमने बाढ़ को भेंट चढ़ा दिए। अब यहाँ पुराने खेत तो डूबते ही हैं, नए भी डूबते हैं। खेत ही अकेले नहीं खलियान, घर, बस्ती सब बाढ़ में समा जाते हैं।

आज अँग्रेजी में रेन वॉटर हारवेस्टिंग शब्द है। इस तरह का पूरा ढाँचा उत्तर बिहार के लोगों ने बनाया था—वह 'फ्लड वॉटर हारवेस्टिंग सिस्टम' था। उसी से उन्होंने यह खेल खेला था। तब भी बाढ़ आती थी, लेकिन वे बाढ़ की मार को कम-से-कम करना जानते थे। तालाब का एक विशेषण यहाँ मिलता है—नदिया ताल। यानी वह वर्षा के पानी से नहीं, बल्कि नदी के पानी से भरता था। पूरे देश में वर्षा के पानी से भरने वाले तालाब मिलेंगे। लेकिन यहाँ हिमालय से उतरने वाली नदियां इतना अधिक पानी लेकर आती हैं कि नदी से भरनेवाला तालाब बनाना ज्यादा व्यावहारिक होता था। नदी का पानी धीरे-धीरे, कहीं-न-कहीं रोकते-रोकते, उसकी मारक क्षमता को उपकार में बदलते-बदलते आगे गंगा में मिलाया जाता था।

ऐसे भूगोलविद समझदार समाज के आज टुकड़े-टुकड़े हो गये हैं। आज के नये लोग मानते हैं कि यह समाज अनपढ़ है, पिछड़ा है। नए लोग ऐसे दम्भी हैं।

उत्तर बिहार से निकलनेवाली बाढ़ पश्चिम बंगाल होते हुए बांग्लादेश में जाती है। एक मोटा अन्दाजा है कि बांग्लादेश में कुल जो जलराशि इकट्ठी होती है, उसका केवल दस प्रतिशत उसे बादलों से मिलता है। नब्बे फीसदी उसे बिहार, नेपाल और दूसरी तरफ से आनेवाली नदियों से मिलता है। वहाँ तीन बड़ी नदियाँ- गंगा, मेघना और ब्रह्मपुत्र हैं। ये तीनों नदियाँ नब्बे फीसदी पानी उस देश में लेकर आती हैं और शेष दस फीसदी वर्षा से मिलता है। बांग्लादेश का समाज सदियों से इन नदियों के किनारे, इनके संगम के किनारे रहना जानता था। वहाँ नदी मीलों में फैल जाती है। हमारी जैसी नदियाँ नहीं होतीं कि एक तट से दूसरा तट दिखाई दे। वहाँ की नदियाँ क्षितिज तक चली जाती हैं। उन नदियों के किनारे भी वह न सिर्फ बाढ़ से खेलना जानता था, बल्कि उसे अपने लिए उपकारी भी बनाना जानता था। इसी में से अपनी अच्छी फसल निकालता था, आगे का जीवन चलाता था और इसीलिए सोनार बाँग्ला कहलाता था।

लेकिन धीरे-धीरे चार कोसी झाड़ी गयी। ह्रद और चौर चले गये। कम हिस्से में अच्छी खेती करते थे, उसको लालच में थोड़े बड़े हिस्से में फैला कर देखने की कोशिश की। और हम अब बाढ़ में डूब जाते हैं। बस्तियाँ कहाँ बनेंगी, कहाँ नहीं बनेंगी, इसके लिए बहुत अनुशासन होता था। चौर के क्षेत्र में केवल खेती होगी, बस्ती नहीं बसेगी—ऐसे नियम टूट चुके हैं तो फिर बाढ़ भी नियम तोड़ने लगी है। उसे भी धीरे-धीरे भूल कर चाहे आबादी का दबाव कहिए या अन्य अनियन्त्रित विकास के कारण—अब हम नदियों के बाढ़ के रास्ते में अपना सामान रखने लगे हैं, अपने घर बनाने लगे हैं। इसलिए नदियों का दोष नहीं है। अगर हमारी पहली मंजिल तक पानी भरता है तो इसका एक बड़ा कारण नदी के रास्ते में विकास करना है।

एक और बहुत बड़ी चीज पिछले दो-एक सौ साल में हुई है। वह है—तटबन्ध और बाँध। छोटे से लेकर बड़े बाँध बड़े-बड़े तटबन्ध इस इलाके में बनाए गये हैं, बगैर इन नदियों का स्वभाव समझे। नदियों की धारा इधर से उधर न भटके—यह मान कर हमने एक नये भटकाव के विकास की योजना अपनाई है। उसको तटबन्ध कहते हैं। ये बांग्लादेश में भी बने हैं और इनकी लम्बाई सैकड़ों मील तक जाती है। आज पता चलता है कि इनसे बाढ़ रुकने के बजाय बढ़ी है, नुकसान ही ज्यादा हुआ है। अभी तो कहीं-कहीं ये एकमात्र उपकार यह करते हैं कि एक बड़े इलाके की आबादी जब डूब से प्रभावित होती है, बाढ़ से प्रभावित होती है तो लोग इन तटबन्धों पर ही शरण लेने आ जाते हैं। जो बाढ़ से बचानेवाली योजना थी वह

केवल शरणस्थली में बदल गयी है। इन सब चीजों के बारे में सोचना चाहिए। बहुत पहले से लोग कह रहे हैं कि तटबन्ध व्यावहारिक नहीं हैं। लेकिन हमने देखा है कि पिछले सौ-डेढ़ सौ साल में हम लोगों ने तटबन्धों के सिवाय और किसी चीज़ में पैसा नहीं लगाया है, ध्यान नहीं लगाया है।

बाढ़आने वाले वर्षों में भी आएगी। यह अतिथि नहीं है। इसकी तिथियाँ तय हैं और हमारा समाज इससे खेलना जानता था। लेकिन अब हम जैसे-जैसे ज्यादा विकसित होते जा रहे हैं, इसकी तिथियाँ और इसका स्वभाव भूल रहे हैं। इस साल कहा जाता है कि बाढ़ राहत में खाना बाँटने में, खाने के पैकेट गिराने में हेलीकॉप्टरों का जो इस्तेमाल किया गया, उसमें चौबीस करोड़ रुपए का खर्च आया था। शायद इस लागत से सिर्फ दो करोड़ रुपये की रोटी-सब्जी, पूरी बाँटी गयी थी। ज्यादा अच्छा होता कि इस इलाके में चौबीस करोड़ के हेलीकॉप्टर के बदले हम कम-से-कम बीस हजार नावें तैयार रखते और मछुआरे, नाविकों, मल्लाहों को सम्मान के साथ इस काम में लगाते। यह नदियों की गोदी में पला-बढ़ा समाज है। इसे बाढ़ भयानक नहीं दिखती। अपने घर की, परिवार की सदस्य की तरह दिखती है—उसके हाथ में हमने बीस हजार नावें छोड़ी होतीं।

इस साल नहीं छोड़ी गयीं तो अगले साल इस तरह की योजना बन सकती है। नावें तैयार रखी जाएँ—उनके नाविक तैयार हों, उनका रजिस्टर तैयार हो, जो वहाँ के जिलाधिकारी या इलाके की किसी प्रमुख संस्था या संगठन के पास हो, उसमें राहत की सामग्री कहाँ-कहाँ से रखी जाएगी, यह सब तय हो। और हरेक नाव को निश्चित गाँवों की संख्या दी जाए। डूब के प्रभाव को देखते हुए, पुराने अनुभव को देखते हुए, उनको सबसे पहले कहाँ-कहाँ अनाज या बना-बनाया खाना पहुँचाना है—इसकी तैयारी हो। तब हम पाएँगे कि चौबीस करोड़ के हेलीकॉप्टर के बदले शायद यह काम एक या दो करोड़ में कर सकेंगे और इस राशि की एक-एक पाई उन लोगों तक जाएगी जिन तक बाढ़ के दिनों में उसे जाना चाहिए।

बाढ़ आज से नहीं आ रही है। अगर आप बहुत पहले का साहित्य न भी देखें तो देश के पहले राष्ट्रपति राजेन्द्र बाबू की आत्मकथा में छपरा की भयानक बाढ़ का उल्लेख मिलेगा। उस समय कहा जाता है कि एक ही घंटे में छत्तीस इंच वर्षा हुई थी और पूरा छपरा जिला पानी में डूब गया था। तब भी राहत का काम हुआ और तब पार्टी के कार्यकर्ताओं ने सरकार से आगे बढ़ कर काम किया था। उस समय भी आरोप लगे थे कि प्रशासन ने इसमें कोई खास मदद नहीं दी। आज भी ऐसे आरोप लगते हैं, ऐसी ही बाढ़ आती है। तो चित्र बदलेगा नहीं। बड़े नेताओं की आत्मकथाओं में इसी तरह की लाइनें लिखी जाएँगी और अखबारों में भी इसी तरह की चीजें छपेंगी। लेकिन हमें कुछ विशेष करके दिखाना है तो हम लोगों को नेपाल, बिहार,

बंगाल और बांग्लादेश—सभी को मिल कर बात करनी होगी। पुरानी स्मृतियों में बाढ़ से निपटने के क्या तरीके थे, उनका फिर से आदान-प्रदान करना होगा। उन्हें समझना होगा और उन्हें नयी व्यवस्था में हम किस तरह से ज्यों-का-त्यों या कुछ सुधार कर अपना सकते हैं, इस पर ध्यान देना होगा।

जब शुरु-शुरु में अँग्रेजों ने इन इलाकों में नहरों का, पानी का काम किया, तटबन्धों का काम किया तब भी उनके बीच में एक-दो ऐसे सहृदय समझदार और यहाँ की मिट्टी को जानने-समझने वाले अधिकारी थे जिन्होंने ऐसा माना था कि जो कुछ किया गया है, उससे यह इलाका सुधरने के बदले और अधिक बिगड़ा है। इस तरह की चीजें हमारे पुराने दस्तावेजों में हैं। सन् 1853 में भारत में ही एक नहर, नदी के किनारे लगे एक तम्बू में जन्मे सर विलियम विलकॉक्स नामक एक अँग्रेज इंजीनियर ने 77 वर्ष की उम्र में सन् 1930 में कलकत्ता विश्वविद्यालय के प्रांगण में तीन भाषण इसी विषय पर दिए थे। इन्होंने मिस्र जैसे रेगिस्तान में भी पानी का काम किया था और बिहार, बंगाल जैसे विशाल नदी प्रदेश में भी। सर विलियम तब से कहते आ रहे हैं कि विकास के नाम पर इन हिस्सों में जो कुछ भी किया गया है, उसमें बाढ़ और बढ़ी है, घटी नहीं है।

इसी तरह बंगाल में मुख्य इंजीनियर रहे श्री एस. सी. मजुमदार ने भी बंगाल की नदियों पर खूब काम दिया था। उन्होंने भी बार-बार यही कहा था कि इन नदियों को समझो। फिर आजादी के बाद इस क्षेत्र में जब दामोदर नदी पर बाँध बनाया जा रहा था तो उसी विभाग में काम कर रहे इंजीनियर श्री कपिल भट्टाचार्य ने भी इन्हीं बातों को लगभग भविष्यवाणी की तरह देश के सामने रखा था। आज भी इन बातों को श्री दिनेश कुमार मिश्र जैसे इंजीनियर शासन, समाज के सामने रख रहे हैं। इस साल बिहार की बाढ़ ने एक बार फिर जोर से कहा है कि इन बातों को कब समझोगे। नहीं तो उत्तर बिहार की बाढ़ का प्रश्न ज्यों-का-त्यों बना रहेगा। हम उसका उत्तर नहीं खोज पाएँगे। कब बूझोगे। तभी कोई रास्ता निकलेगा।

नर्मदा घाटी : सचमुच कुछ घटिया विचार

हत्या से कुछ दिन पहले नर्मदा सागर बाँध का शिलान्यास करते हुए श्रीमती इन्दिरा गाँधी ने कहा था कि इनके बिना काम नहीं चलेगा लेकिन अब कुछ विशेषज्ञ ही नेताओं, अखबारों और लोगों को बताने लगे हैं कि इन बड़े बाँधों के बिना काम ज्यादा अच्छा चलेगा। मध्य प्रदेश शासन में सिंचाई सचिव रह चुके एक प्रशासक ने प्रधानमन्त्री को एक पत्र लिखकर नर्मदा घाटी में बन रहे बड़े बाँधों—सरदार सरोवर (गुजरात) और नर्मदा सागर (मध्यप्रदेश) की ओछी योजनाओं का ब्यौरा दिया है और बताया है कि इन बाँधों से होनेवाले लाभ का जो दावा किया है वह पूरा होगा नहीं, इनके कारण उजड़ने वाले लोगों से जो वादा किया है वह निभाया नहीं जा सकेगा और कुल मिलाकर नुकसान इतना ज्यादा होगा कि 21वीं सदी के किसान के लिए तैयार की जा रही नर्मदा घाटी कहीं बीस हजार साल पीछे न ठेल दी जाए।

गुजरात, मध्यप्रदेश, महाराष्ट्र और एक हद तक राजस्थान के विकास के लिए बन रहे ये भीमकाय बाँध एक किस्म से अश्वमेध यज्ञ के घोड़े हैं, इनकी लगाम छूने तक का दुस्साहस किसी ने किया नहीं था। लेकिन यज्ञ को लेकर तीनों राज्यों के नेताओं और विशेषज्ञों में भारी मतभेद थे। इस बहस में कि कौन कितनी आहुति देगा और उसके लाभ का बँटवारा किस अनुपात में मिलेगा। सन् 1946 में हुई बहस में तीनों राज्यों के नेताओं और विशेषज्ञों की पीढ़ियाँ बदल गयीं पर प्रकृति की आर्थिक तराजू पर नकली बाँट रख कर तौलने की नज़र नहीं बदली। इनकी तीसरी पीढ़ी को भी यही लगता रहा कि कमबख्त नर्मदा हमसे बिना पूछे 3,454 अरब घन मीटर पानी खम्भात की खाड़ी में बहा ले जा रही है। इस पर बड़े-बड़े बाँध बना लें तो 2,500 से 3,300 मेगावाट बिजली मिल जाएगी और कोई 23 लाख हेक्टेयर में सिंचाई हो जाएगी। लेकिन इतने लाभकारी यज्ञ की कीमत बहुत थी। यहाँ डूबने वाली कीमती सवा लाख हेक्टेयर जमीन और वन तथा कोई डेढ़ लाख लोगों की बात नहीं हो रही। कीमत यानी वह रुपया जो इस सपने को आकार देता। उन दिनों के सस्ते जमाने में भी यह कीमत 600 से 1,000 करोड़ रुपया थी जो आज शायद

3,800 करोड़ रुपए के आसपास झूल रही है। झगड़ रहे तीनों राज्यों में से किसी की भी जेब में इतना रुपया नहीं था कि वे अपने दम पर या केन्द्र की मदद से ये बाँध बना पाते। बहुत कम लोगों को याद होगा कि सन् 1967 में मध्य प्रदेश के 31 संसद सदस्यों ने इन्दिरा गाँधी से नर्मदा घाटी योजना को भारत-सोवियत व्यापार में शामिल करने का आग्रह किया था।

सबसे विवादास्पद बाँध सरदार सरोवर (गुजरात) को लेकर सन् 67 से लेकर सन् 1974 तक मध्य प्रदेश और गुजरात सरकार के बीच जो ऊलजलूल बयानबाजी और झगड़े हुए वे अपने आप में एक छोटे-मोटे महाभारत की याद दिलाते हैं। सन् 1969 में मध्य प्रदेश के मुख्यमन्त्री श्यामाचरण शुक्ल ने जोर-शोर से कहा था कि गुजरात में नर्मदा पर बननेवाले बाँध से मध्य प्रदेश की एक इंच जमीन भी डूब में नहीं आएगी। (बाद में यह आँकड़ा 27 हजार एकड़ में बदल गया। यह उम्दा कृषि भूमि थी।) इसी दौरान गुजरात और मध्य प्रदेश में अपने-अपने बाँधों की ऊँचाई बढ़ाकर अधिक बिजली बना लेने की जैसे होड़ लग गयी। केवल बिजली का बहाना थोड़ा शर्मनाक लग सकता था, इसलिए दोनों राज्यों ने अपने-अपने किसानों के 'हितों' को भी बढ़ाना शुरू कर दिया। पर इन दोनों बाँधों की ऊँचाई जितनी बढ़ती उतनी अधिक कीमती जमीन और वन भी उनकी डूब में आते, इसलिए बाँधों की ऊँचाई का सारा विवाद नीचता की हद तक उतरता गया। लगता है कुछ पुण्याई कमाने के ख्याल से ही उस समय यह भी जोड़ दिया गया कि अगर बाँध ऊँचा बना तो उसमें एक लम्बी नहर निकाल कर राजस्थान जैसे 'प्यासे' राज्य को भी कुछ पानी दे दिया जाएगा।

तीन राज्यों के मुख्यमन्त्री और उनके अधिकारी और इंजीनियर आखिर कब तक झगड़ते। सन् 73 में सारा विवाद इन्दिरा गाँधी को सौंपा गया। वे हाथ जो इस देश की सारी समस्याओं का हल खोजने के लिए लगातार मजबूत किए जाते रहे, नर्मदा के मामले में बेहद कमजोर साबित हुए। इन्दिरा गाँधी हल नहीं खोज सकीं तो उन्होंने इस विवाद को सन् 74 में एक पंचाट को सौंप दिया। यहाँ कुछ पुरानी बातें एक बार फिर दोहरा लें। सन् 74 से बहुत दूर नहीं था सन् 75 की जून में लगा आपातकाल। सारे झगड़े समाप्त हो गये। पंचाट चुपचाप काम करती रही।

आपातकाल हटा और केन्द्र तथा इन राज्यों में आई जनता पार्टी सरकार। और कुछ ही समय बाद सन् 79 में पंचाट ने अपना फैसला दिया। सबसे विवादास्पद बाँध सरदार सरोवर की ऊँचाई उसने 455 फुट तय की। तब मध्य प्रदेश में विपक्ष की बेंच पर बैठी इन्दिरा काँग्रेस उछलकर इन बाँधों पर टूट पड़ी। पूरे फैसले को राज्य के लिए अभिशाप बताया गया। पर जनता सरकार चली ही कितने दिन। सन् 80 में वापस शासन में आते ही इन्दिरा सरकार ने अब तक के अभिशाप को वरदान

की तरह स्वीकार किया और पंचाट के जो पंच उसे विपक्ष की कुर्सी से कपटी दिख रहे थे, वे फिर परमेश्वर दिखने लगे।

अब इसे भगवान की ही कृपा मानना होगा कि सन् 80 से अब तक नर्मदा-विवाद के राज्यों में और केन्द्र में इन्दिरा काँग्रेस है, और साथ ही यह भी कि इन सभी जगहों में विरोधी दल बेहद सिकुड़ा हुआ है तथा सबसे बड़े महाजन विश्व बैंक ने इसके लिए पैसा देना मंजूर किया है।

तीन राज्यों से गुजरने वाली 1,312 किलोमीटर लम्बी नर्मदा नदी की घाटी के 'पिछड़ेपन' को दूर करने के लिए कुछ उच्च विचार हों, इन्हें अमल में उतारने की महँगी योजनाओं का खर्च जुटाने के लिए विश्व बैंक जैसा उदार महाजन हो, सारे 'टुच्चे' विवादों को निपटा चुका पंच परमेश्वर हो तो भला देरी किस बात की? भीमकाय बाँधों को बाँधने के लिए टेंडर खुल चुके हैं।

लेकिन इस बीच कुछ 'घटिया विचार' भी सामने आने लगे हैं। बहस चल पड़ी है, इन बड़े बाँधों के नुकसानों, पर्यावरण पर इनके असर और इनसे उजड़ने वाले हजारों लोगों के भविष्य को लेकर। अब तक एक साँस में गिनाए जाते रहे इनके लाभों पर भी कई विशेषज्ञों ने, संस्थाओं ने प्रश्नचिह्न लगाना शुरू कर दिया है। पंचाट के फैसले के तुरन्त बाद पहले काँग्रेस और फिर भाजपा द्वारा चलाए गये 'निमाड़ बचाओ आन्दोलन' के क्षणिक उफान का अपवाद छोड़ दें तो सन् 80 से 85 तक नर्मदा घाटी में छाया सन्नाटा लगता है टूट रहा है। मध्य प्रदेश के जो अखबार पंचाट के फैसले के बाद बेहद सक्रिय बनकर इन बड़े बाँधों का पूरा समर्थन कर रहे थे और जिस कारण उनकी प्रतियाँ, इन बाँधों की डूब में आनेवाले, कस्बों, गाँवों में जलाई गयी थीं वे अखबार आज कह रहे हैं कि पंचाट के फैसले में इन बाँधों के पक्ष में कई मुद्दों पर सविस्तार स्पष्ट मत व्यक्त किए गये थे, लेकिन पर्यावरण का जो नया आयाम पिछले वर्षों में सामने आया है वह इस बात की माँग करता है कि इन ऊँचे बाँधों की फिर से समीक्षा हो।

पर क्या पर्यावरण का मुद्दा सचमुच कोई नया आयाम है? जिस सर्वगुण सम्पन्न पंचाट में पानी, नदी, मिट्टी, सिंचाई, फसलें, बिजली, भूगर्भ, भूकम्प, भूजल के सैकड़ों विशेषज्ञ थे, दोनों राज्यों की जनता के प्रतिनिधि नेता थे, योजना वाले जानकार थे, जिसके सामने तब तक देश की दूसरी नदियों पर बन चुके बाँधों के गुणों-अवगुणों का पूरा लेखा-जोखा था—उसे इस पर्यावरण नाम की चिड़िया का अता-पता न होना बड़ी अटपटी बात है।

खैर, कोई बात नहीं। पिछले वर्षों में कई तरह की बदनाम योजनाओं का ब्याज ढो रहे विश्वबैंक ने अपना पल्ला बचाने के लिए ऐसी तमाम योजनाओं को पैसा देने में पहले पर्यावरण की सुरक्षा का डिठोना लगाना जरूरी समझा। पैसा पाने के लिए

आतुर सरकारों को भी मजबूरी में यह करना पड़ा। नर्मदा के बड़े बाँधों को लेकर इसलिए राज्य सरकारों ने नवम्बर 84 में 'पर्यावरण जाँच समिति' बनाई। पहली बैठक थी दिसम्बर 84 की तीन तारीख को। पर्यावरण का सबक सीखने के लिए इससे भयानक कोई और दिन न उगे। भोपाल उसी रात विकास की भारी कीमत अदा कर चुका था। यूनियन कार्बाइड भी नर्मदा के बाँधों की तरह गरीब और पिछड़े माने गये प्रदेश के लिए आधुनिक खेती का महान विचार लेकर आया था। ऐसे विचारों के बीच 'घटिया' विचारों की जगह भोपाल में भी नहीं बन पाई थी। नर्मदा घाटी तो फिर भी वहाँ से काफी दूर थी।

नर्मदा घाटी को आधुनिक ढंग से विकसित करने के उच्च विचारों के बीच कुछ 'घटिया' विचार सन् 83 में उभरने लगे थे। दिल्ली की संस्था 'कल्पवृक्ष' के दस छात्रों ने जुलाई-अगस्त में पूरी घाटी का दौरा किया और 44 पन्नों की एक रपट बनाकर पूछा था कि इतने बड़े बाँधों की ये योजनाएँ विकास के लिए हैं या विनाश के लिए। अब तक चित्रित किया जा रहा लाभ रपट के मुताबिक कोई शुभ संकेत नहीं देता था और स्वीकार की गयी कुछ हानियाँ मात्रा में बहुत ज्यादा हो सकती थीं और निश्चित ही अशुभ संकेत देती थीं। फिर मई 85 में लन्दन की एक संस्था 'सर्वाइवल इंटरनेशनल' ने गुजरात में बन रहे सरदार सरोवर के डूब में आनेवाले आदिवासियों का पक्ष रखते हुए विश्व बैंक को याद दिलाया कि आदिवासियों के पुनर्वास में बरती जा रही उपेक्षा बैंक की अपनी आचार संहिता के विरुद्ध जा रही है। फिलहाल कमजोर नायक के बदले बलवान खलनायक की आचार संहिता की याद दिलाना शायद ज्यादा व्यावहारिक था।

फिर नर्मदा घाटी के विकास से जुड़े सबसे बड़े अधिकारी नर्मदा प्लानिंग एजेन्सी के अध्यक्ष सुशीलचन्द्र वर्मा ने देश में पहली बार उन सब बातों को सार्वजनिक बनाया जो अब तक बने हर बाँध में वहाँ के लोगों पर कहर ढाती हैं : जान-बूझकर ठीक से सर्वे नहीं होता, बाँध के सरोवर में डूबने वाले इलाकों की ईमानदारी के साथ जानकारी नहीं दी जाती, पूरी कोशिश की जाती है कि मुआवजे के मामले में सरकारें सस्ते में निपट जाएँ आदि। वर्मा ने खुद बहुत दुख के साथ कहा कि नब्बे साल पहले सन् 1894 में अँग्रेजों द्वारा बनाया गया भू-अर्जन (भूमि अधिग्रहण) कानून ऐसी तमाम योजनाओं में लोगों को लूट कर अपना खजाना भरने के लिए था। आजादी के बाद भी इस कानून में जो कुछ भी सुधार हुआ वह सब सरकार के पक्ष में ही था, लोगों के पक्ष में नहीं। वर्मा ने पहली बार सरकारी तौर पर स्वीकार किया कि उत्तर में भाखड़ा से लेकर दक्षिण में बने श्रीशैलम और पोलावरम बाँधों से बेघर-बार हुए लोग आज भी दर-दर भटक रहे हैं। इन बाँधों का लाभ उठानेवाली सरकारें और लोग इन योजनाओं में डूब गये लोगों की शहादत को भूल

चुके हैं। ऐसी योजनाओं से कई परिवारों को ठगा गया और वे हमेशा के लिए बर्बाद हो गये। इन पर अनगिनत जुल्म किए गये जो अब रोशनी में आ रहे हैं। वर्माजी के इन लेखों को पढ़ने से यही लगता है कि अब तक बाँध सीमेंट कंक्रीट पर नहीं, अन्याय की नींव पर बाँधे गये हैं। उनका कहना है कि "यह परम्परा ब्रिटिश काल से चली आ रही है। जाहिर है कि जिस गैरजिम्मेदारी से इन मसलों की तरफ देखा जाता था, जनता अब उसे बर्दाश्त नहीं करेगी।" उनके मुँह में घी-शक्कर!

डूबनेवालों के लिए इतनी संवेदना रखने वाले वर्मा जैसे अधिकारियों के रहते हुए भी नर्मदा घाटी में बँधने जा रहे बाँधों में ऐसा कुछ नया नहीं होता दिखता कि ये बाँध अन्याय की नींव पर नहीं, केवल सीमेंट की नींव पर खड़े हो सकेंगे। इधर पिछले दिनों ऐसे भी संकेत आने लगे हैं कि नुकसान पानेवाले लोग और इलाकों की तो छोड़िए, लाभ पाने वाले क्षेत्र भी परेशानी में पड़ सकते हैं। बंगलौर के इंडियन इंस्टीट्यूट ऑफ साइंस की एक रपट का कहना है कि मध्य प्रदेश में इन बाँधों से सिंचित होनेवाले क्षेत्र का 40 प्रतिशत भाग (लगभग एक लाख हेक्टेयर) दलदल में भी बदल सकता है। अध्ययन दल ने इस खतरे को रोकने के भी कुछ उपाय जरूर बताए हैं। इस रपट पर काफी हल्ला मचा है। लेकिन सरकार का कहना है कि इससे घबराने की कोई बात नहीं क्योंकि वह अध्ययन तो खुद सरकार ने बंगलौर को सौंपा था। लगभग यही तर्क विश्व बैंक का है। वह भी कहता है कि पर्यावरण पर लड़ने वाले प्रभावों का यह अध्ययन उसकी शर्त का एक हिस्सा था। इससे चौंकने की जरूरत नहीं है लेकिन अध्ययन की पहल का श्रेय ले लेने से उसमें छिपे नुकसान के खतरे को टाला नहीं जा सकता।

नर्मदा के पानी को लेकर झगड़ते रहे राज्यों को अब यह भी मालूम पड़ गया होगा कि नदी में उतना पानी नहीं बचा है जितने को ध्यान में रख कर ये सारी योजनाएँ बनाई गयी हैं। अनुमानित 280 लाख एकड़ फुट के बदले पिछले कुछ वर्षों का औसत 230 लाख एकड़ फुट है। पानी की कमी के कारण ऊँचे बाँध रीते रह जाएँगे। नदी के पनढाल (जलागम) क्षेत्रों में एक तो बड़े बाँधों के कारण पश्चिमी मध्यप्रदेश का कोई 43,064 हेक्टेयर वन डूबेगा और बचा हुआ पनढाल इतनी बुरी तरह से नंगा किया जा चुका है कि यह अब बाँधों में गाद भरने का ही काम करेगा। यों केंद्र सरकार ने विश्व-खाद्य संगठन से आए एम.एल. दीवान की अध्यक्षता में इन बाँधों को ध्यान में रख कर नर्मदा के पनढाल का सर्वे और उसे भूक्षरण से बचाने, वनीकरण करने के सुझाव देने की समिति बनाई थी। समिति ने काम पूरा किया। सुझाव दिया कि यदि इन बाँधों की उम्र बढ़ानी है तो बाँध बनने से पहले ही पनढाल को हरा-भरा बना लेना चाहिए। खर्च आएगा कोई 1,400 करोड़ रुपया। पर बाँध वाले कहते हैं कि उनके पास इतना पैसा नहीं है। वे बाँध बनाएँगे, बाँध की सेहत का

ख्याल कोई और रखे। कुल-मिलाकर होगा यही कि इसका ख्याल कोई नहीं रखेगा और बाँध बन जाएँगे। तब बरसात के दिनों में बाढ़ आएगी और अपने साथ मिट्टी बहाकर इन बाँधों को भेंट करेगी। धीरे-धीरे इससे उस बिजली पर भी असर पड़ेगा जिसे कोई खतरा नहीं मानते। अब तक बनाए गये सभी बाँधों में साद भरी है, उनकी अनुमानित उम्र घटी है और इसलिए बाँध बनाने वाले कम उम्र के बाँधों के इतने अभ्यस्त हो गये हैं कि चिरंजीव शब्द उन्हें पुसाता नहीं।

कुछ लोगों की राय है कि इन बाँधों की कमजोरियाँ या कमियों का हल होगा, जवाब होगा। फिलहाल उन बातों को सामने रखना चाहिए जिन्हें उन्होंने अनदेखा किया है। लेकिन आज सिंचाई विभाग अपनी गलतियों के बारे में कैसे सोचता है इसका एक उदाहरण है गुजरात में टूटा मोरवी बाँध। विभाग के कुछ लोग आज भी पूरी ईमानदारी से मानते हैं कि मोरवी बाँध तकनीक या प्रबन्ध की गलतियों के कारण नहीं, षड्यन्त्र के कारण टूटा था। षड्यन्त्र भी मामूली नहीं। अमेरिका ने अपने एक उपग्रह से संकेत भेज कर इस पर निशाना साधा था। लेकिन हमारी सरकार ने इस पर जोरदार विरोध क्यों नहीं प्रकट किया? जवाब है कि पर्याप्त प्रमाण नहीं जुटाए जा सके थे। अगर यह सही है तो फिर पूछना चाहिए कि नर्मदा पर मोरवी से सौ गुने बड़े बाँध क्यों बना रहे हो। क्या हमने अपनी राजनैतिक हैसियत इतनी मजबूत कर ली है कि कोई देश अपने उपग्रहों से हमारे साथ फिर ऐसा खिलवाड़ नहीं कर पाएगा?

खैर गलतियों की बात छोड़ें, अनदेखी को देखें। अनदेखी की सूची तो बहुत लम्बी है। सबसे भयानक समस्या होगी उनाव की। यह शब्द अभी ज्यादा नहीं चला है क्योंकि यह समस्या भी अभी उतनी नहीं उठी थी। उनाव यानी बाढ़ के समय पीछे पलट कर लगातार उठने वाला जलस्तर। उसे बाँध वाले 'बैक वॉटर' कहते हैं। बड़े बाँधों के कारण नदी का जलस्तर काफी ऊपर उठ जाएगा। तब जब भी बाढ़ आएगी, पूरे में बह रही नर्मदा में जो असंख्य सहायक नदियाँ और नाले मिलेंगे उन सब में पानी का स्तर मुख्य धारा के बढ़ते जलस्तर के कारण लगातार अपने किनारे तोड़ कर आसपास के खेत, घर, रास्तों को अपने में लपेटेगा। अभी तक बाँध वालों ने केवल मुख्य धारा के उनाव का थोड़ा बहुत अध्ययन किया है। पर सभी जानते हैं कि नर्मदा घाटी दोनों तरफ पहाड़ों से घिरी एक संकरी घाटी है। इसमें कदम-कदम पर मिलने वाली सहायक नदियों के उनाव की कल्पना करते हुए भी डर लगता है।

दूसरी अनदेखी है इन भीमकाय बाँधों के सरोवरों से इस क्षेत्र में भूकम्प आने की आशंकाएँ। कुछ लोगों ने पिछले दिनों कोयना बाँध के भूकम्प को उसके जलाशय के दाब से जोड़ा है। ज्यों-ज्यों सरोवर में जलस्तर बढ़ता जाता है भूकम्प की परिस्थितियाँ बनने लगती थीं। उसका पानी छोड़ते जाने से ये सम्भावनाएँ भी

कम होने लगती हैं। नर्मदा घाटी में खरगोन के पास सेन्धवा में पिछले 137 वर्ष में पाँच बार भूकम्प आया है। कहा जा सकता है कि बाँधों को भूकम्प सहने लायक मजबूत बनाया जा रहा है पर आसपास की बस्तियों का क्या होगा?

बिजली के पीछे जा रहे योजनाकारों को अब यह भी पता चल गया होगा कि नर्मदा घाटी में तेल की भी गुंजाइश है। तेल कम निकलेगा या ज्यादा, यह अभी तक तय नहीं हो पाया है। तेल और प्राकृतिक गैस आयोग ने जो कुछ यहाँ देखा-परखा है उस आधार पर कहा जा सकता है कि यह क्षेत्र बम्बई से ईरान जा रही एक तेल पट्टी की पीठ है। इसे बाँधों में डुबोने से पहले यह तो जाँच लें कि हम खोने क्या-क्या जा रहे हैं। हम क्या-क्या खो रहे हैं यह जानना जरूरी है। क्योंकि 21वीं सदी आखिरी मंजिल नहीं है। वह एक पड़ाव भर होगी। 22वीं सदी भी आएगी, 23वीं भी और उसके आगे भी सूरज उगेगा और डूबेगा। तब भी मालवा, निमाड़, मध्य प्रदेश, गुजरात और देश को विकास करना होगा। इसलिए मेहरबानी करके विकास के (अगर यह सचमुच विकास है तो) सारे माध्यमों पर इन्हीं 15-20 सालों में कब्जा मत कीजिए। नर्मदा पर बाँधों की कुछ दर्जन भर जगहें अगली पीढ़ी के लिए भी सुरक्षित छोड़ दें। ऐसी क्या हाय तौबा है कि 80 बड़े, 300 मँझोले और 3,000 छोटे बाँध बना लेने की सारी जिम्मेदारी इसी पीढ़ी के नाजुक कन्धों पर आ गयी है? सारा जंगल यही पीढ़ी काट ले, डुबो दे, भूमि का सारा उपजाऊपन यही पीढ़ी खींच ले!

पिछली पीढ़ियाँ इस पीढ़ी के लिए यह सब छोड़ती आई हैं। ऐसा नहीं था कि ये इनमें से ज्यादातर काम कर ही नहीं सकती थीं इसलिए उन्होंने किए नहीं। नर्मदा के किनारे कोटेश्वर के पास बावनगजा तीर्थ है। जो लोग आज से 2,031 साल पहले पत्थर की बावन गज यानी 152 फुट ऊँची मूर्ति बना सके वे यहाँ की प्रकृति को पहले विकास के लिए डुबो भी सकते थे। कोई 7,000 साल पहले मालवा के पठार में आकर बसे लोगों ने त्रिपुरी, महिष्मती जैसे शक्तिशाली राज्यों की नींव रखी थी। चिकल्दा, झाकड़ा, खेड़, पिपल्दा आदि अनेक केन्द्र थे। चेटियों, गोंड और हैहय वंशों ने नर्मदा के सुवर्ण कछार की समृद्धि से अपने राज्य मजबूत किए। जिस खम्भात की खाड़ी में आज नर्मदा अपना 'सारा जल बर्बाद' कर रही है, वही खम्भात उस दौर में हमारा सबसे पुराना और विकसित बन्दरगाह था। वहाँ से अरब, इजराइल और अफ्रीका के साथ व्यापार होता था।

आज नर्मदा घाटी का इलाका पिछड़ा बता दिया गया है। इसका पिछड़ापन दूर करने के लिए ये बाँध कल्याणकारी यज्ञ की तरह प्रचारित किए जा रहे हैं। इन यज्ञों के लिए आहुति चाहिए। ऐसे लोगों की पहले भी कमी नहीं थी जो अपने क्षेत्र की उन्नति के लिए बलिदान हो जाते थे। नर्मदा के बहुत से इलाकों में आज भी 'गाता'

मिलेंगे। सिल के आकार के पत्थरों पर उकेरी हुई ये मूर्तियाँ उन शहीदों की स्मृति के लिए हैं जो अपनी और अपने समाज की शान, आन के लिए मर मिटे। लेकिन आज इन लोगों की 'गाता' नहीं बनेगी। विस्थापितों के साथ जो अन्याय की परम्परा अँग्रेजों के जमाने से कल तक जारी थी उसे एक अकेले सुशीलचन्द्र वर्मा कितना बदल पाएँगे? विस्थापित तो भटकेंगे ही और अगर लाभ पानेवाले लोग अनदेखी बातों के कारण उखड़ गये तो? इसलिए कल्याणकारी सरकारें यज्ञ जरूर करें पर उतने ही बड़े जिनमें कोई चूक हो गयी तो सिर्फ सरकार की उँगलियाँ जलें, लोग न जलें, पीढ़ियाँ न झुलसें।

प्रलय का शिलालेख

सन् 1977 में लिखा गया एक यात्रा वृतान्त

उत्तराखंड में हिमालय और उसकी नदियों के तांडव का आकार-प्रकार अब धीरे-धीरे दिखने लगा है। लेकिन मौसमी बाढ़ इस इलाके में नयी नहीं है।

सन् 1977 की जुलाई का तीसरा हफ्ता। उत्तर प्रदेश के चमोली जिले की बिरही घाटी में आज एक अजीब-सी खामोशी है। यों तीन दिन से लगातार पानी बरस रहा है और इस कारण अलकनन्दा की सहायक नदी बिरही का जल स्तर बढ़ता जा रहा है। उफनती पहाड़ी नदी की तेज आवाज पूरी घाटी में टकरा कर गूँज भी रही है। फिर भी चमोली-बद्रीनाथ मोटर सड़क से बाईं तरफ लगभग 22 किलोमीटर दूर 6,500 फुट की ऊँचाई पर बनी इस घाटी के 13 गाँवों के लोगों को आज सब कुछ शान्त-सा लग रहा है।

आज से सिर्फ सात बरस पहले ये लोग प्रलय की गर्जना सुन चुके थे, देख चुके थे। इनके घर, खेत व ढोर उस प्रलय में बह चुके थे। उस प्रलय की तुलना में आज बिरही नदी का शोर इन्हें डरा नहीं रहा था। कोई एक मील चौड़ी और पाँच मील लम्बी इस घाटी में चारों तरफ बड़ी-बड़ी शिलाएँ, पत्थर, रेत और मलबा भरा हुआ है, इस सब के बीच से किसी तरह रास्ता बना कर बह रही बिरही नदी सचमुच बड़ी गहरी लगती है।

लेकिन सन् 1970 की जुलाई का तीसरा हफ्ता ऐसा नहीं था। तब यहाँ यह घाटी नहीं थी, इसी जगह पर पाँच मील लम्बा, एक मील चौड़ा और कोई तीन सौ फुट गहरा एक विशाल ताल था : गौना ताल। ताल के एक कोने पर गौना था और दूसरे कोने पर दुरमी गाँव, इसलिए कुछ लोग इसे दुरमी ताल भी कहते थे। पर बाहर से आने वाले पर्यटकों के लिए यह बिरही ताल था, क्योंकि चमोली-बद्रीनाथ मोटर मार्ग पर बने बिरही गाँव से ही इस ताल तक आने का पैदल रास्ता शुरू होता था।

ताल के ऊपरी हिस्से में त्रिशूल पर्वत की शाखा कुँवारी पर्वत से निकलने

वाली बिरही समेत अन्य छोटी-बड़ी चार नदियों के पानी से ताल में पानी भरता रहता था। ताल के मुँह से निकलनेवाले अतिरिक्त पानी की धारा फिर से बिरही नदी कहलाती थी। जो लगभग 18 किलोमीटर के बाद अलकनन्दा में मिल जाती थी। सन् 1970 की जुलाई के तीसरे हफ्ते ने इस सारे दृश्य को एक ही क्षण में बदल कर रख दिया।

दुरमी गाँव के प्रधानजी उस दिन को याद करते हैं—''तीन दिन से लगातार पानी बरस रहा था। पानी तो इन दिनों हमेशा गिरता है, पर उस दिन की हवा कुछ और थी। ताल के पिछले हिस्से से बड़े-बड़े पेड़ बह-बह कर ताल के चारों ओर चक्कर काटने लगे थे। ताल में उठ रही लहरें उन्हें तिनकों की तरह यहाँ से वहाँ, वहाँ से यहाँ फेंक रही थीं। देखते-देखते सारा ताल पेड़ों से ढँक गया। अँधेरा हो चुका था, हम लोग अपने-अपने घरों में बन्द हो गये। घबरा रहे थे कि आज कुछ अनहोनी हो कर रहेगी।'' खबर भी करते तो किसे करते? जिला प्रशासन उनसे 22 किलोमीटर दूर था। घने अँधेरे ने इन गाँववालों को उस अनहोनी का चश्मदीद गवाह न बनने दिया। पर इनके कान तो सब सुन रहे थे।

प्रधानजी बताते हैं—''रातभर भयानक आवाजें आती रहीं फिर एक जोरदार गड़गड़ाहट हुई और फिर सब कुछ ठंडा पड़ गया।'' ताल के किनारे की ऊँची चोटियों पर बसनेवाले इन लोगों ने सुबह के उजाले में पाया कि गौना ताल फूट चुका है, चारों तरफ बड़ी-बड़ी चट्टानों और हजारों पेड़ों का मलबा, और रेत-ही-रेत पड़ी है।

ताल की पिछली तरफ से आनेवाली नदियों के ऊपरी हिस्सों में जगह-जगह भूस्खलन हुआ था, उसके साथ सैकड़ों पेड़ उखड़-उखड़ कर नीचे चले आए थे। इस सारे मलबे को, टूट कर आनेवाली बड़ी-बड़ी चट्टानों को गौना ताल अपनी 300 फुट की गहराई में समाता गया, सतह ऊँची होती गयी, और फिर लगातार ऊपर उठ रहे पानी ने ताल के मुँह पर रखी एक विशाल चट्टान को उखाड़ फेंका और देखते-ही-देखते सारा ताल खाली हो गया। घटनास्थल से केवल तीन सौ किलोमीटर नीचे हरिद्वार तक इसका असर पड़ा था।

गौना ताल ने एक बहुत बड़े प्रलय को अपनी गहराई में समा कर उसका छोटा सा अंश ही बाहर फेंका था। उसने सन् 1970 में अपने आप को मिटा कर उत्तराखंड, तराई और दूर मैदान तक एक बड़े हिस्से को बचा लिया था। वह सारा मलबा उसके विशाल विस्तार और गहराई में न समाया होता तो सन् 70 की बाढ़ की तबाही के आँकड़े कुछ और ही होते। लगता है गौना ताल का जन्म बीसवीं सदी के सभ्यों की मूर्खताओं से आनेवाले विनाश को थाम लेने के लिए ही हुआ था।

ठीक आज की तरह ही सन् 1893 तक यहाँ गौना ताल नहीं था। उन दिनों भी

यहाँ एक विशाल घाटी ही थी। सन् 1893 में घाटी के सँकरे मुँह पर ऊपर से एक विशाल चट्टान गिर कर अड़ गयी थी। घाटी की पिछली तरफ से आनेवाली बिरही और उसकी सहायक नदियों का पानी मुँह पर अड़ी चट्टान के कारण धीरे-धीरे गहरी घाटी में फैलने लगा। अँग्रेजों का जमाना था, प्रशासनिक क्षमता में वे सन् 1970 के प्रशासन से ज्यादा कुशल साबित हुए। उस समय जन्म से रहे गौना ताल के ऊपर बसे एक गाँव में तारघर स्थापित किया और उसके माध्यम से ताल के जल स्तर की प्रगति पर नजर रखे रहे।

एक साल तक वे नदियाँ ताल में भरती रहीं। जलस्तर लगभग 100 गज ऊँचा उठ गया। तारघर ने खतरे का तार नीचे भेज दिया। बिरही और अलकनन्दा के किनारे नीचे दूर तक खतरे की घंटी बज गयी। ताल सन् 1894 में फूट पड़ा, पर सन् 1970 की तरह एकाएक नहीं। किनारे के गाँव खाली करवा लिए गये थे, प्रलय को झेलने की तैयारी थी। फूटने के बाद 400 गज का जलस्तर 300 फुट मात्र रह गया था। ताल सिर्फ फूटा था, पर मिटा नहीं था। गोरे साहबों का सम्पर्क न सिर्फ ताल से बल्कि उसके आसपास की चोटियों पर बसे गाँवों से भी बना रहा। उन दिनों एक अँग्रेज अधिकारी महीने में एक बार इस दुर्गम इलाके में आकर स्थानीय समस्याओं और झगड़ों को निपटाने के लिए एक कोर्ट लगाता था। विशाल ताल साहसी पर्यटकों को भी न्यौता देता था। ताल में नावें चलती थीं।

आजादी के बाद भी नावें चलती रहीं। सन् 1960 के बाद ताल से 22 किलोमीटर की दूरी से गुजरनेवाली हरिद्वार बद्रीनाथ मोटर-सड़क बन जाने से पर्यटकों की संख्या भी बढ़ गयी। ताल में नाव की जगह मोटर बोट ने ले ली। ताल में पानी भरने वाली नदियों के जलागम क्षेत्र कुआँरी पर्वत के जंगल भी सन् 1960 से 1970 के बीच में कटते रहे। ताल से प्रशासन का सम्पर्क सिर्फ पर्यटन के विकास के नाम पर कायम रहा। वह ताल के इर्द-गिर्द बसे 13 गाँवों को धीरे-धीरे भूलता गया।

मुख्य मोटर सड़क से ताल तक पहुँचने के लिए (गाँवों तक नहीं) 22 किलोमीटर लम्बी एक सड़क भी बनाई जाने लगी। सड़क अभी 12 किलोमीटर ही बन पाई थी कि सन् 1970 की जुलाई का वह तीसरा हफ्ता आ गया। ताल फूट जाने के बाद सड़क पूरी करने की जरूरत ही नहीं समझी गयी। सन् 1894 में गौना ताल के फटने की चेतावनी तार से भेजी थी, पर सन् 1970 में ताल फटने की ही खबर लग गयी।

बहरहाल, अब यहाँ गौना ताल नहीं है। पर उसमें पड़ी बड़ी-बड़ी चट्टानों पर पर्यावरण का एक स्थायी लेकिन अदृश्य शिलालेख खुदा हुआ है। इस क्षेत्र में चारों तरफ बिखरी ये चट्टानें हमें बताना चाहती हैं कि हिमालय में, खासकर नदियों के

पनढालों में खड़े जंगलों का हमारे पर्यावरण पर क्या असर पड़ता है। ऐसे हिमालय में, देवभूमि में हम कितना धर्म करें, कितना अधर्म होने दें, कितना विकास करें, कितनी बिजली बनाएँ—यह सब इन बड़ी-बड़ी चट्टानों, शिलाओं पर लिखा हुआ है, खुदा हुआ है।

क्या हम इस शिलालेख को पढ़ने के लिए तैयार हैं ?

रावण सुनाये रामायण

सनातन धर्म से भी पुराना एक और धर्म है।
वह है नदी धर्म।
गंगा को बचाने की कोशिश में लगे लोगों को
पहले इस धर्म को मानना पड़ेगा।

बिलकुल अलग-अलग बातें हैं। प्रकृति का कैलेंडर और हमारे घर-दफ्तरों की दीवारों पर टंगे कैलंडर/काल निर्णय/पंचांग। हमारे संवत्सर के पन्ने एक वर्ष में बारह बार पलट जाते हैं। पर प्रकृति का कैलेंडर कुछ हजार नहीं, लाख करोड़ वर्ष में एकाध पन्ना पलटता है।

आज हम गंगा नदी पर बात करते हैं तो हमें प्रकृति का, भूगोल का यह कैलेंडर भूलना नहीं चाहिए। पर करोड़ों बरस के इस कैलेंडर को याद रखने का यह मतलब नहीं कि हम हमारा आज का कर्तव्य भूल बैठें। वह तो सामने रहना ही चाहिए।

गंगा मैली हुई है। उसे साफ करना है। सफाई की अनेक योजनाएँ पहले भी बनी हैं। कुछ अरब रुपए इनमें बह चुके हैं। बिना कोई अच्छा परिणाम दिए। इसलिए केवल भावनाओं में बह कर हम फिर ऐसा कोई काम न करें कि इस बार भी अरबों रुपयों की योजनाएँ बनें और गंगा जस की तस गन्दी ही रह जाए।

बेटे-बेटियाँ जिद्दी हो सकते हैं। कुपुत्र-कुपुत्री भी हो सकते हैं। पर अपने यहाँ प्राय: यही तो माना जाता है कि माता, कुमाता नहीं होती। तो जरा सोचें कि जिस गंगा माँ के बेटे-बेटी उसे स्वच्छ बनाने के प्रयत्न कोई 30-40 बरस से कर रहे हैं वह साफ क्यों नहीं होती? क्या इतनी जिद्दी है हमारी यह माँ?

साधु-सन्त समाज, हर राजनीतिक दल, सामाजिक संस्थाएँ, वैज्ञानिक समुदाय, गंगा प्राधिकरण और तो और विश्व बैंक जैसा बड़ा महाजन भी गंगा को तन-मन-धन से साफ करना चाहते हैं। और यह माँ ऐसी है कि साफ ही नहीं होती।

शायद हमें थोड़ा रुक कर कुछ धीरज के साथ इस गुत्थी को समझना चाहिए।

अच्छा हो या बुरा हो, हर युग का एक विचार, एक झंडा होता है। उसका रंग इतना जादुई, इतना चोखा होता है कि वह हर रंग के झंडों पर चढ़ जाता है। तिरंगा, लाल, दुरंगा और भगवा सब उसको नमस्कार करते हैं, उसी का गान गाते हैं। उस युग के, उस दौर के करीब-करीब सभी मुखर लोग, मौन लोग भी उसे एक मजबूत विचार की तरह अपना लेते हैं।

कुछ समझ कर, कुछ बिना समझे भी। तो इस युग को, पिछले कोई 60-70 बरस को, विकास का युग माना जाता है। जिसे देखो उसे अपना यह देश पिछड़ा लगने लगा है। वह पूरी निष्ठा के साथ इसका विकास कर दिखाना चाहती है। विकास पुरुष जैसे विश्लेषण सभी समुदायों में बड़े अच्छे लगने लगे हैं।

वापस गंगा पर लौटें। पौराणिक कथाएँ और भौगोलिक तथ्य दोनों कुल मिलाकर यही बात बताते हैं कि गंगा अपौरुषेय है। इसे किसी एक पुरुष ने नहीं बनाया। अनेक संयोग बने और गंगा का अवतरण हुआ। जन्म नहीं। भूगोल, भूगर्भ शास्त्र बताता है कि इसका जन्म हिमालय के जन्म से जुड़ा है। कोई दो करोड़, तीस लाख बरस पुरानी हलचल से। इसके साथ एक बार फिर अपनी दीवारों पर टंगे कैलेंडर देख लें। उनमें अभी 2013 बरस ही हुए हैं।

इस विशाल समय अवधि का विस्तार अभी हम भूल जाएँ। इतना ही देखें कि प्रकृति ने गंगा को सदानीरा बनाए रखने के लिए इसे अपनी कृपा के केवल एक प्रकार—वर्षा-भर से नहीं जोड़ा। वर्षा तो चार मास ही होती है। बाकी आठ मास इसमें पानी लगातार कैसे बहे, कैसे रहे, इसके लिए प्रकृति ने उदारता का एक और रूप गंगा को दिया है। नदी का संयोग हिमनद से करवाया। जल को हिम से मिलाया।

प्रकृति ने गंगोत्री और गौमुख हिमालय में इतनी अधिक ऊँचाई पर, इतने ऊँचे शिखरों पर रखे हैं कि वहाँ कभी हिम पिघल कर समाप्त नहीं होता। जब वर्षा समाप्त हो जाए तो हिम, बर्फ पिघल-पिघल कर गंगा की धारा को अविरल रखते हैं।

तो हमारे समाज ने गंगा को माँ माना और ठेठ संस्कृत से लेकर भोजपुरी तक में ढेर सारे श्लोक मन्त्र, गीत, सरस, सरल साहित्य रचा। समाज ने अपना पूरा धर्म उसकी रक्षा में लगा दिया। इस धर्म ने यह भी ध्यान रखा कि हमारे धर्म, सनातन धर्म से भी पुराना एक और धर्म है। वह है नदी धर्म। नदी अपने उद्गम से मुहाने तक एक धर्म का, एक रास्ते का, एक घाटी का, एक बहाव का पालन करती है। हम नदी धर्म को अलग से इसलिए नहीं पहचान पाते क्योंकि अब तक हमारी परम्परा तो उसी नदी धर्म से अपना धर्म जोड़े रखती थी।

पर फिर न जाने कब विकास नाम के एक नए धर्म का झंडा सबसे ऊपर

लहराने लगा। यह प्रसंग थोड़ा अप्रिय लगेगा पर यहाँ कहना ही पड़ेगा कि इस झंडे के नीचे हर नदी पर बड़े-बड़े बाँध बनने लगे। एक नदी घाटी का पानी नदी धर्म के सारे अनुशासन तोड़ दूसरी घाटी में ले जाने की बड़ी-बड़ी योजनाओं पर नितांत भिन्न विचारों के राजनैतिक दलों में भी ग़ज़ब की सर्वानुमति दिखने लगती है।

अनेक राज्यों में बहने वाली भागीरथी, गंगा, नर्मदा इस झंडे के नीचे आते ही अचानक माँ के बदले किसी न किसी राज्य की जीवन रेखा बन जाती हैं और फिर उसका इस राज्य में बन रहे बाँधों को लेकर वातावरण में, समाज में इतना तनाव बढ़ जाता है कि कोई संवाद, स्वस्थ बातचीत की गुंजाइश ही नहीं बचती।

दो राज्यों में एक ही राजनीतिक दल की सत्ता हो तो भी बाँध, पानी का बँटवारा ऐसे झगड़े पैदा करता है कि महाभारत भी छोटा पड़ जाए। सब बड़े लोग, सत्ता में आनेवाला हर दल, हर नेतृत्व बाँध से बँध जाता है। हरेक को नदी जोड़ना एक जरूरी काम लगने लगता है।

वह यह भूल जाता है कि प्रकृति जरूरत पड़ने पर ही नदियाँ जोड़ती है। इसके लिए वह कुछ हजार-लाख बरस तपस्या करती है, तब जाकर गंगा-यमुना इलाहाबाद में मिलती हैं। कृतज्ञ समाज तब उस स्थान को तीर्थ मानता है। मुहाने पर प्रकृति नदी को न जाने कितनी धाराओं में तोड़ भी देती है। बिना तोड़े नदी का संगम, मिलन सागर से हो नहीं सकता।

तो नदी में से साफ पानी जगह-जगह बाँध, नहर बना कर निकालते जाएँ। सिंचाई, बिजली बनाने और उद्योग चलाने के लिए। विकास के लिए। अब बचा पानी तेजी से बढ़ते बड़े शहरों, राजधानियों के लिए बड़ी-बड़ी पाइपलाईन में डाल कर चुराते जाएँ।

यह भी नहीं भूलें कि अभी 30-40 बरस पहले तक इन सभी शहरों में अनगिनत छोटे-बड़े तालाब हुआ करते थे। ये तालाब चौमासे की वर्षा को अपने में सँभालते थे और शहरी क्षेत्र की बाढ़ को रोकते थे और वहाँ का भूजल उठाते थे। यह ऊँचा उठा भूजल फिर आनेवाले आठ महीने शहरों की प्यास बुझाता था। अब इन सब जगहों पर जमीन की कीमत आसमान छू रही है।

बिल्डर-नेता-अधिकारी मिल जुल कर पूरे देश के सारे तालाब मिटा रहे हैं। महाराष्ट्र में अभी कल तक 50 वर्षों का सबसे बुरा अकाल था और आज उसी महाराष्ट्र के पुणे, मुम्बई में एक ही दिन की वर्षा में बाढ़ आ गयी है। इन्द्र का एक सुन्दर पुराना नाम, एक पर्यायवाची शब्द है पुरन्दर-पुरों को, किलों को, शहरों को तोड़नेवाला। यानि यदि हमारे शहर इन्द्र से मित्रता कर उसका पानी रोकना नहीं जानते तो फिर वह पानी बाढ़ की तरह हमारे शहरों को नष्ट करेगा ही। यह पानी बह गया तो फिर गर्मी में अकाल भी आएगा ही।

वापस गंगा लौटें। कुछ दिनों से उत्तराखंड की बाढ़ की, गंगा की बाढ़ की टीवी पर चल रही खबरों को एक बार याद करें। नदी के धर्म को भूल कर हमने अपने अहम के प्रदर्शन के लिए तरह-तरह के भद्दे मन्दिर, धर्मशालाएँ बनाईं, नदी का धर्म सोचे बिना। हाल की बाढ़ में मूर्तियाँ ही नहीं, सब कुछ गंगा अपने साथ बहा ले गयी।

तो नदी से सारा पानी विकास के नाम पर निकालते रहें, जमीन की कीमत के नाम पर तालाब मिटाते जाएं, और फिर सारे शहरों, खेतों की सारी गन्दगी, जहर नदी में मिलाते जाएँ। फिर सोचें कि अब कोई नयी योजना बना कर हम नदी भी साफ कर लेंगे। नदी ही नहीं बची। गन्दा नाला बनी नदी साफ होने से रही। भरूच में जाकर देखिए रसायन उद्योग विकास के नाम पर नर्मदा को किस तरह बर्बाद किया गया है। नदियाँ ऐसे साफ नहीं होंगी। हमें हर बार निराशा ही हाथ लगेगी।

तो क्या आशा बची ही नहीं? नहीं, ऐसा नहीं है। आशा है, पर तब जब हम फिर से नदी धर्म ठीक से समझें। विकास की हमारी आज जो इच्छा है उसकी ठीक जाँच कर सकें। बिना कटुता के। गंगा को, हिमालय को कोई चुपचाप षड्यन्त्र करके नहीं मार रहा। ये तो सब हमारे ही लोग हैं। विकास, जी.डी.पी., नदी जोड़ो, बड़े बाँध सब कुछ हो रहा है।

या तो इसे एक पक्ष करता है या दूसरा पक्ष। विकास के इस झंडे के तले पक्ष-विपक्ष का भेद समाप्त हो जाता है। मराठी में एक सुन्दर कहावत है : रावण तोंडी रामायण। रावण खुद बखान कर रहा है रामायण की कथा। हम ऐसे रावण न बनें।

दुनिया का खेला

[16 अगस्त 2013 को साहित्य अकादमी में दिया गया
नेमिचन्द स्मृति व्याख्यान]

मैं उनसे कभी मिल नहीं पाया था। सभा गोष्ठियों में दूर से ही देखता था उन्हें। अपरिचय की एक दीवार थी। यह कोई ऊँची तो नहीं थी पर शायद मेरा अपना संकोच रोके रहा आगे बढ़ कर मिलने से। आज उनकी स्मृति में हम सब यहाँ एकत्र हुए हैं। उन्हें मैं प्रणाम करता हूँ।

नाटक उनका संसार था। मैं प्रायः नाटक जा नहीं पाता था। औरंगजेबपन में नहीं। शायद जेब में ठीक पैसा न होना एक कारण था। मैं उनके नाटक संसार से तो जुड़ नहीं पाया। पर फिर कुछ पुण्य रहे होंगे कि उनके परिवार से जुड़ता गया। आज इस परिवार की तीन पीढ़ियों का प्यार मुझे बिन माँगे मिला है। रिभु तक का।

अशोकजी ने कभी अँग्रेजी में एक सुन्दर पंक्ति लिखी थी, एकदम नाटक वाली, वन्स अपॉन ए टाइम वाली शैली में। वे कहीं परिचय दे रहे थे मध्य प्रदेश का। पहला ही वाक्य था : वन्स अपॉन ए टाईम, देयर वॉज़ नो मध्य प्रदेश! उससे भी पीछे के काल में लौटें तो कहा जा सकता है कि कभी दिल्ली भी नहीं थी।

पर नाटक तो थे। ऐसा भी कह सकते हैं, नाटक तो था। यहाँ आप बहुवचन से हट कर एकवचन पर आ जाएँ तो नाटक शब्द को मानो पंख लग जाते हैं। ज्यादा विस्तार, व्यापकता और गहराई इस एकवचन में आ जाती है। तो दुनिया में नाटक था। दुनिया का खेला था। और इस खेला के बीच नाटक भी खेले जाते थे। कोई हजार बरस पुराने ये किस्से हैं पर लगेगा कि ये तो आज की ही बात है।

नाटक खेले जाते थे। कुछ उन्हें पसन्द करते थे। और कुछ नापसन्द भी। शुरू में किसी बात को नापसन्द करने वाले थोड़े किनारे बैठते रहे होंगे—तटस्थ। फिर वे बीच में बहने लगे होंगे। नाटकों में विघ्न डालने का, तरह-तरह की रुकावटें डालने का नाटक भी शुरू हो गया था तब।

आज तो बहुत से ऐसे दल हैं, समूह हैं, जिनकी भावनाओं को चाहे जब, चाहे जहाँ, चाहे जिस बात से आघात पहुँच जाता है। तब वे अपनी आहत हो चुकी भावनाओं को शान्त करने का एक ही तरीका जानते हैं, अपनाते हैं—अशान्ति

फैलाना। नाटक हो, किताब हो, संगीत हो, कला प्रदर्शन हो—सब पर एक ही तरीका लागू होता है।

तब की, कुछ हजार बरस पहले की परिस्थितियाँ क्या थीं, क्या पता हमको। पर नाटक शुरू होने से पहले मंगलाचरण, विघ्न हरण की अनेक गतिविधियाँ सामने आने लगी थीं।

नाटक कैसे करें—यानी नाट्य शास्त्र की बारीकियाँ तो मोटे-मोटे ग्रन्थों में लिखी ही गयी थीं। पर विघ्न न आएँ, उपद्रव न हो जाए, इसका भी पूरा शास्त्र रचा जाने लगा था, उस समय।

और जैसा कि उस समय का चलन था यह सारा काम काला चश्मा पहने, (कल टी.वी. पर सबने खूब देखा है) हाथ में बन्दूक ताने कठोर चेहरेवाले, कहीं शून्य में ताकती सन्देह भरी आँखों के बदले, ब्लैक कमांडो के बदले सरल, सौम्य, रम्य सूत्रधार के हाथों में सौंपा जाता था। सूत्रधार नेपथ्य से रंगभूमि में, रंगमंच पर प्रवेश करता। उसकी इस क्रिया का नाम था रंगावतरण। उसके साथ एक तरफ पूर्ण कलश यानी जल से भरा कलश लिए एक सहायक होता तो दूसरी तरफ एक सहायक ध्वजा लिए आता। अब सूत्रधार कितने पग आगे बढ़ेगा, कितने पग दाँए, कितने बाँए, इस सबका पूरा हिसाब, पक्का गणित आ सकने वाले विघ्नों के प्रकारों को मानो किसी अदृश्य तराजू पर तोल कर लगा लिया जाता था।

यह सब काम गुस्से से, कठोर मुद्रा बनाकर नहीं, बहुत ही ठुमक-ठुमक कर, अभिनय, संगीत, प्रकाश की मदद से खूब आनन्द के साथ किया जाता था।

कहने को अभी नाटक शुरू ही नहीं हुआ है पर विघ्न विनाशक नाटक तो जारी ही है। कलश के जल से सूत्रधार पूरी रंगशाला और मंच को शुद्ध करते हैं, आचमन करते हैं। फिर बारी आती है ध्वज की।

आज बहुत कम लोगों को यह याद रह पाया हो कि इस ध्वज का एक विशेष नाम होता था। काम तो विशेष था ही। इसे जर्जर ध्वज कहते थे। आज की हिन्दी में इसका मतलब कुछ ऐसा लगेगा—फटा हुआ झंडा। पर भला फटा हुआ, जर्जर ध्वज फहराकर कोई क्यों नाटक करेगा? यह तो एकदम भव्य झंडा होता था। ठाठ से लहराता हुआ। इसे उठा कर पूरे रंगमंच पर इस कोने से उस कोने तक घुमा कर सूत्रधार आ सकनेवाले सभी विघ्नों को जर्जर कर देता था।

तो आज की इस बैठक के लिए भी हम एक जर्जर ध्वज फहरा ही दें न! अध्यक्ष महोदय की अनुमति से।

इतना सब हो जाने के बाद भी नाटक शुरू नहीं हो पाता था। यह भी कहा जा सकता है कि उन दिनों सभी दर्शकों में अपार धीरज एक गुण की तरह व्याप्त रहता था। आप सबमें भी यह गुण है ही।

अब बारी आती एक विशेष नृत्य द्वारा भगवान शिव और विष्णु की पूजा अर्चना की। सूत्रधार बहुत ही ऊँचे दर्जे के अभिनय के साथ यह सारा काम करता। बाएँ पैर से विष्णुजी और दाएँ से शिव भगवान को स्मरण किया जाता। बड़ा ही कठिन काम होता यह। पहला पद वाम स्त्री का माना गया है और दूसरा पद दक्षिण पुरुष का। आज की भाषा में कहें तो जेंडर सेंसेटिव वाला कर्तव्य भी पूरा हो गया। उस काम में बात यहीं आकर समाप्त नहीं हो जाती थी। कहीं-कहीं क्षेत्र विशेष में एक तीसरा पद नपुंसक का भी रखा जाता था। लेकिन पैर तो दो ही हैं न। तीसरा कहाँ से लाएँगे? सूत्रधार तब दाहिने पैर को अपनी नाभि तक बहुत ही शानदार अभिनय के साथ उठाता। पार्श्व में बजता विशेष संगीत पूरा साथ देता। यह बहुत कठिन क्रिया होती थी। कभी अकेले में करके तो देखें!

नाटक अभी भी शुरू नहीं हुआ है। फिर सूत्रधार जर्जर ध्वज की पूजा चार तरह के विशेष फूलों से करता। तब बारी आती नाटक में इस्तेमाल होने जा रहे तरह-तरह के वाद्य यन्त्रों की पूजा की। ऐसा न हो कि वे प्रस्तुति के दौरान बेसुरे हो जाएँ। उनके तार टूट जाएँ या कि मृदंग उतर जाएँ।

अब आई बारी नन्दी पाठ की। उस समय भी ये राजा लोग हमारे आज के नेताओं की तरह, मुख्यमन्त्रियों की तरह, खूब लड़ा करते होंगे। तभी तो हर नाटक के प्रारम्भ में नन्दी पाठ में बचे सब देवताओं को प्रणाम कर लेने के बाद सूत्रधार को अपने राजा की विजय की कामना भी करनी पड़ती थी। पता नहीं सभा मंडप में राजा की ओर से कोई सेंसर अधिकारी बैठा रहता था यह सब देखने और कोई चूक हो जाने पर ऊपर तक चुगली करने।

आप सबके धीरज के लिए धन्यवाद। क्षमा भी माँग लें कि अभी आज का भाषण शुरू ही नहीं हो पाया है, पर नाटक तो चालू हो जाए पहले।

पर सब अब तक थक गये हों तो थोड़ा सुस्ता लें। ब्रह्मा भी थक कर सुस्ताने लगे थे। इतनी बड़ी सृष्टि का निर्माण करने के बाद, दुनिया का खेला रचने के बाद वे भी थक गये थे। उन्होंने भी साँस ली थी, थोड़ा आराम किया था।

सब धर्मों में दुनिया का खेला शुरू करने के बाद इसी तरह के किस्से मिलते हैं। ईश्वर ने सृष्टि की रचना छह दिन में पूरी कर डाली थी। तो फिर जो सातवाँ दिन आया, उस दिन छुट्टी रखी, जी भर कर आराम किया था। इसी में से बाद में रविवार की छुट्टी निकली। तुमने आराम किया प्रभु तो हम मुंशी लोग, हम अफसर लोग भी तो छह दिन काम करके थक गये हैं तो अब सातवें दिन पूरा आराम करना है।

कुछ समाजों में, धर्मों में रविवार के बदले शनिवार है छुट्टी तो कहीं शुक्रवार भी। पर है जरूर।

मुझे न तो संस्कृत नाटकों की इतनी बारीक परम्परा का कोई अन्दाज था और

न दुनिया के इस खेला का। शायद तब मैं आठवीं में पढ़ता था। सन् 1959-60 की बात होगी। दिल्ली में कोई अन्तर्राष्ट्रीय फिल्म समारोह हो रहा था। उसमें एक हिस्सा बड़ी फिल्मों का था तो एक हिस्सा बहुत ही छोटी फिल्मों का। इतनी छोटी की हम सोच भी न पाएँ। केवल तीन मिनट की फिल्मों का प्रदर्शन। ऐसी अनेक फिल्मों में से जिसे पहला पुरस्कार मिला था, उसे देखने का संयोग मेरे हाथ लग गया था। न जाने कैसे।

वहाँ रंगशाला में मैंने झाँक लिया है, नाटक अभी भी शुरू नहीं हो पाया है। इसलिए इस तीन मिनट की फिल्म को भी झटपट देख लें हम सब। यह फिल्म कैनेडा के किसी महान निदेशक ने बनाई थी। तब बच्चा ही तो था। अँग्रेजी के नाम याद नहीं रख पाया था।

फिल्म शुरू होती है कैनेडा की एक झील के दृश्य से। सुन्दर नीला पानी। तब वैसे भी हमारे जल स्रोत इतनी बुरी तरह से प्रदूषित नहीं थे। झील में एक नाव तैर रही है। नाव में एक पिता-पुत्र बैठे हैं। पिता चप्पू खे रहे हैं, 6-8 बरस का बेटा उन्हें निहार रहा है। इस उमर में प्रायः सभी बेटों को अपने पिता बड़े अच्छे लगते हैं।

कैमरा ऊपर उठता है। अब पूरी झील दिखने लगती है। कैमरा और ऊपर जाता है। झील के किनारे बने सुन्दर घर आते हैं परदे पर। फिर और ऊपर। पूरा मोहल्ला, फिर और ऊपर उठता जाता है कैमरा। पूरा राज्य, पड़ोसी देश अमेरिका, फिर दक्षिण अमेरिका, अफ्रीका, यूरोप, एशिया, लो पूरी गोल सुन्दर हमारी धरती। कैमरा अभी भी उठता जा रहा है। फिल्म शुरू हुए अभी एक मिनट भी नहीं हो पाया है। बगल से चाँद झाँक गया, अब अन्य ग्रह, शनिचर आदि, जिनसे आजकल लोग बहुत डरने लगे हैं और कुछ टी.वी.चैनल शनि महाराज की शान्ति करवाने में विशेष योग्यता भी रखते हैं। खैर।

हमारा सौर मंडल, हमारे सौर परिवार के सभी सदस्य अगल-बगल से निकलते जाते हैं। अब हमारी आँखों के सामने हमारी आकाशगंगा आने लगी है— अनगिनत तारे, सूरज से छोटे और सूरज से बड़े भी। फिर और आकाशगंगाएँ। डेढ़ मिनट भी अभी नहीं हो पाता है कि पूरा परदा असंख्य झिलमिल सितारों, तारों, बिन्दुओं से ठसाठस भर जाता है। कहीं कोई जरा-सी भी जगह नहीं बचती।

विराट दर्शन!

अब कैमरा बड़ी ही तेजी से वापस आने लगता है नीचे। उसी रास्ते। सब दृश्यों को वापसी के क्रम में दिखाते हुए वापस झील पर। झील से अब नाव पर। नाव में चप्पू खेते पिता के हाथ पर। हाथ पर बैठा है एक मच्छर। अब मच्छर के डंक से कैमरा खून में जाता है। खून की नस में दौड़ रहे हैं लाल कण, सफेद कण। अब वह विराट दर्शन की तरह सूक्ष्म दर्शन कराता जाता है। जितना वह ऊपर गया था,

उतना ही वह शरीर में भीतर उतरते जाता है।

आज सन् 2013 में इस विषय के जानकार बताते हैं कि हममें से हरेक के शरीर में कोई 90 लाख करोड़ जीवाणु, सूक्ष्म जीव रहते हैं। यही अपने आप में कितना बड़ा खेला है। हम एक विचार पर बनी एक ही संस्था में 20-25 लोग, सामाजिक कार्यकर्ता, पत्रकार, कवि, लेखक एक साथ नहीं रह पाते। एक दूसरे से लड़ते-झगड़ते रहते हैं पूरा जीवन। और ये हैं 90 लाख करोड़ हमारे साथी जो पूरा तालमेल बिठा कर हमारे इस शरीर को टिकाये रहते हैं। तो दुनिया का एक बहुत बड़ा खेला तो हमारे अपने इसी चोले में खेला जा रहा है। कुछ लोग हजारों बरसों से आत्मा की खोज कर रहे हैं। क्या पता यही आत्मा हो?

तो न यह सूक्ष्म जगत हमें पकड़ में आता है न वह विराट जगत। इन दोनों का गणित हमारे किसी भी गणित से परे है। दूरियाँ प्रकाशवर्ष में नापी जाती हैं और फिर भी हम उन्हें माप नहीं पाते। दस-पाँच बरस में एकाध बार अपनी धरती से सिर्फ 80-90 किलोमीटर ऊपर जाकर हम अपने विज्ञान-ज्ञान की शान बघारें, यह करीब-करीब मूरखपना ही है।

इसी मूरखपने में से निकली यह समझदारी इस तीन मिनट की फिल्म देख कर। इसे देख दूरियाँ क्या हैं यह भी हम भूल जाएँगे और नजदीकियाँ क्या हैं, विराट क्या है, सूक्ष्म क्या है, इस सबकी परिभाषा भी बदल जाती है। किसी मौके पर घोंघे की गति हवाई जहाज से भी तेज लग सकती है।

एक जीवाणु है जो हमारी आँख की पुतली में रहता है। उसका काम पुतली की सफाई करते रहना है। दिन भर हम अपनी आँख में कितना कचरा, धुआँ, धूल झोंकते हैं, कई बार दूसरों की आँखों में भी—यह सारी सफाई यह जीवाणु करता है। इस पुतली की छोटी-सी दुनिया का खेला बहुत जोरदार है। जब हम जागते हैं तो यह जीवाणु सोता रहता है। गहरी नींद। इसे तेज रोशनी, शोर-शराबा कुछ तंग नहीं करता। आराम से सोता है—पूरी रात जो नौकरी करनी है इसे। हमारी पुतली है ही कितनी बड़ी। एक सेंटीमीटर से भी कम। हमारे सोते ही यह जाग जाता है, अपना काम करने।

कई हिन्दी अखबारों में, जनसत्ता में नहीं, ग्रामीण खबरों में एक शब्द आता है फलाँ थानान्तरगत गाँव। ये पुतली का थानेदार अपने अन्तर्गत आनेवाले एक सेंटीमीटर के गाँव का पूरा चक्कर बड़ी मुस्तैदी से लगाता है—कई घंटों में एक सेंटीमीटर की भागदौड़ पूरी कर लेता है। उसे भगवान की तरह, हमारी तरह रविवार भी नहीं मिलता। जन्म से मृत्यु तक वह काम ही करता रहता है।

आपकी अनुमति हो तो हम एक बार फिर रंगशाला में झाँक लें। लीजिए विस्तृत नन्दी पाठ सम्पन्न हो गया है और अब हमारे सूत्रधार कुछ ऐसी बातों की

सूचना विदूषक के साथ दर्शकों को दे रहे हैं जो उस जमाने की चलती बातें, ब्रेकिंग न्यूज़ होंगी। ठीक सुनाई तो नहीं दे रहा पर वे बालू की भीत और पवन के खम्बे की बात कर रहे हैं शायद। सूत्रधार का ध्यान एकदम ताजी घटनाओं पर चला गया है। रेत की दीवार में से बीच की विभक्ति 'की' हटा दें। बचा क्या रेत-दीवार, रेत और दीवार। पवन का खम्बा में से क्या जोड़ें, क्या हटाएँ, उसे अभी यहीं छोड़ दें। बस पवन से ही काम चला लें अभी।

ऐसे प्रसंगों से सूत्रधार नाटक की कहानी का बीज बो देते हैं आने वाले कथानक की तरफ दर्शकों को एक संकेत दे कर। फिर धीरे-धीरे इसी बीज के सहारे कथानक का पूरा वृक्ष खड़ा होनेवाला है।

अब तक अनेक देवताओं की स्तुति, वन्दना हो चुकी है। अब तो बारी है उस विशेष देवी या देवता की जिसको केन्द्र में रख कर आज का नाटक खेला जाना है। तो क्या पता थोड़ी ही देर में हमारे ये सूत्रधार दुर्गा की वन्दना करने जा रहे हों। बाद में जानकारी लगेगी कि रेत और दीवार का उनसे कुछ-न-कुछ सम्बन्ध भी निकल ही आया है।

आजकल सबके पास एक रिमोट कंट्रोल रहता ही है। आप भी चाहें तो उसका बटन दबा यह भाषण यहीं रोक सकते हैं, वह भाषण जो अभी शुरू ही नहीं हो पाया है। बटन संकोच में नहीं दबाते आप तो अब जरा जल्दी-जल्दी आगे बढ़ें।

सूत्रधार ने बीज बो ही दिया है तो आगे बढ़ें, इतनी बड़ी दुनिया का खेला बनाते समय ब्रह्मा को भी खूब सारी रेत की जरूरत पड़ी होगी। वे रेत कहाँ से लाए होंगे? यह तो आज तक पता नहीं चल पाया है। पर जब खेला बन कर तैयार हो गया तो कुछ रेत बच गयी। अब उसे कहाँ रख दिया जाए? ऐसा लगता है ब्रह्मा उसे थार के रेगिस्तान में छोड़ आए होंगे। कितनी मात्रा होगी उस रेत की? मत पूछिए। श्री ओम थानवीजी वहीं से हैं। ठेठ रेगिस्तान, थार के बीच बसे फलौदी शहर से। कोई 30 बरस पहले उन्हीं ने हमें कभी उँगली पकड़ कर और कभी अपनी मोटर साइकिल पर पीछे बिठा कर उस सुनहरी भव्य रेत के दर्शन कराए थे।

उस बची रेत से नोएडा, ग्रेटर नोएडा तो छोड़िए, फिर से एक बार नयी सृष्टि का निर्माण हो सकता है। पर इतनी दूरी से उसे लाएँ कैसे, किस भाव पड़ेगी? खर्च कौन भुगतेगा? इतना खर्च कर कौन-सा माफिया अरबपति बन पाएगा? तब आपके पैर के नीचे से ही रेत क्यों न निकाल ली जाए। सूत्रधार इस आशंका से घबरा जाता है। वह इसे रोकने की कोशिश करता है। नये-नये विघ्न आते हैं उसके इस सत्कार्य में। वह एक बार फिर जर्जर ध्वज की स्तुति प्रारम्भ कर देता है।

मुझे ठीक याद नहीं कि नाट्यशास्त्र नामक यह ग्रन्थ कब लिखा गया होगा। पर विद्वान बताते हैं कि तीसरी शताब्दी में, यानी आज से कोई सत्रह सौ बरस पहले

इस ग्रन्थ को नए सिरे से सजाया-सँवारा गया था। सम्पादित किया गया था।

कुछ अनावश्यक प्रसंग हटाए गये थे, कुछ उस जमाने के हिसाब से जरूरी प्रसंग जोड़े भी गये थे। इसी ग्रन्थ का एक पूरा अध्याय नाटक के प्रारम्भ की तैयारियों का विशद विवरण करता है। हमारे सूत्रधार ने जो कुछ भी अभी तक किया है वह इसी ग्रन्थ के बारहवें अध्याय पर आधारित है।

यहाँ साहित्य, प्रकाशन जगत से जुड़े कई लोग बैठे हैं। उन्हें जान कर अच्छा लगेगा कि इसी विषय पर आचार्य हजारीप्रसाद द्विवेदी जी ने श्री पृथ्वीनाथ द्विवेदीजी के साथ 'नाट्यशास्त्र की भारतीय परम्परा और दश रूपक' नाम की एक सुन्दर पुस्तक लिखी थी। इसे आज से ठीक पचास बरस पहले सन् 1963 में राजकमल ने छापा था। दाम था दस रुपया।

वापस दुनिया के खेला पर। पचास बरस भूल जाएँ। ये इकाई, दहाई, सैकड़ा, हजार आदि जो गिनती हम सब जानते हैं उनसे परे है। अरब-खरब ही नहीं, गिनती बताने वाले पद्म, शंख जैसे नये शब्द इसमें गली-गली घूमते हैं। इन शब्दों को तो हमने किसी और सन्दर्भ में सुना भी है पर ऐसे भी शब्द हैं जिन्हें प्राय: हम सुन नहीं पाते। अनन्त्य एक संख्या है और इसमें 1 के आगे 14 जीरो लगते हैं। 100,00,00,00,000,000—इकाई, दहाई वाली शैली में शायद 100 खरब। इस गणित को आसानी से समझने के लिए बाद में दो और शब्द आए—अनादि और अनन्त। न शुरू का कुछ पता न अन्त का कोई ठीक हिसाब।

नाट्यशास्त्र हमारे हाथ आया कोई 17 सौ बरस पहले और दुनिया का खेला किस तराजू पर तुलेगा, उसके बाँट कितने वज़न के होंगे वह सब कल्पना से परे है।

खगोल शास्त्र के मामले में जो विस्तार है, जो फैलाव है वह तो स्टीफेन हॉकिंग ही जाने पर जिसे हम कूप-मंडूक कह कर उसका मजाक उड़ाते हैं, हमारे कुएँ के उस मेंढक को आकाश जितना दिखता है, हमें भी उससे ज्यादा इसका कुछ पता नहीं। हम उन्हीं दो शब्दों को अनादि और अनन्त को दुहरा कर अपनी विद्वत्ता झाड़ देते हैं।

अनगिनत अभिनेता, नायक, एक से बढ़ कर एक किस्से कहानियाँ, वोट भी हर रोज जुड़नेवाली और पूरी धरती पर फैला शानदार रंगमंच। इस खेला में दर्शक, अभिनेता का अन्तर भी मिट जाता है। कभी हम अभिनय करते हैं तो कभी हम अभिनय देखते रह जाते हैं। फिर एक ही आदमी के कई रूप हो जाते हैं यहाँ—बहुरूपिया।

निदेशक कौन है? विज्ञान और धर्म में अभी तक ठनी है। पिछले दिनों ईश्वर का कण भी यूरोप की आधुनिकतम प्रयोगशाला में खोजने का दावा किया गया है। नए पुराने कवि जरूर इसका उत्तर दे देते हैं—कभी निदेशक राम हैं तो कभी गोपाल

हैं तो कभी रामगोपाल जी! ये निदेशक इतने भारी भरकम कि दुनिया का खेला का पूरा ठेका बस इन्हीं की कम्पनी के पास। सबको बस ये ही नचाते हैं : सबही नचावत रामगोपाल।

इस विशाल खेला में हम सव सज-धज कर एक से एक बहुरूपिए बन कर उतरते हैं, अपनी भूमिका खोजते हैं। कभी अच्छी, कभी खराब। कुछ का खेला ठीक से पूरा हो जाता है। कुछ का अधूरा छूट जाता है। कुछ का जीवन की कहानी के किसी खास मोड़ पर आ कर अटक जाता है, भटक जाता है।

तो जीवन के इस खेले को अच्छे से खेलते जाने के लिए ठीक आँख चाहिए। ठीक पाँख, पंख चाहिए। इस आँख-पाँख का सन्तुलन साध कर रखना पड़ता है। नहीं तो ऊँची से ऊँची, बड़ी से बड़ी जगह पर पहुँच कर भी हम ऐसे गिर पड़ते हैं कि फिर उठाए नहीं उठ पाते। भौतिक रूप से गिरते ही हैं, हम अपनों की नजरों में भी गिर जाते हैं। यह गिरावट हमारे खेला में कैसी फाँक लाती है उसका वर्णन नहीं किया जा सकता। हमारे अभिनय में जरा-सी भी कमी, कसर रह जाए तो हमारे परिवारों को, हमारी संस्थाओं को, देशों को कितना भोगना पड़ता है यह सब जानते हैं, बूझते हैं। फिर भी जानते-बूझते इस अभिनय की खोट से कई बार विरत नहीं हो पाते हम।

अपने इन दोनों निदेशकों को ही देख लें जरा। इन दोनों ने हमें तो नचाया ही। पर जब वे खुद इस खेला में अवतार लेकर आए, उनका रंगावतरण हुआ, तो वे भी नच गये थे। इन दोनों के जीवन में भी कैसी-कैसी फाँक पड़ी थी—खास कर अन्त में।

रामजी के साथ मर्यादा और पुरुषों में उत्तम जैसे विशेषण, गुण जुड़े ही हुए थे। जब तक आँख और पाँख सही रहे तो रावण रथी, बिरथ रघुबीरा भी चल गया। ऐसा बेमेल युद्ध भी राम जीत गये। पर, आँख-पाँख का सन्तुलन बिगड़ा नहीं कि उन्हीं के लाड़ले बेटों ने उनका घोड़ा, अश्वमेध का घोड़ा रोक लिया था। पूरा जीवन लोगों से, एक से एक समर्पित भक्तों से घिरे रहनेवाले राम का अन्त अकेलेपन में हुआ। सन्नाटे में हुआ। सरयू नदी में जल समाधि से हुआ। शायद ऐसी ही अनन्त घटनाओं को देख दुनिया का खेला की तुक से 'मैं हूँ अकेला' से जोड़ते रहे हैं कवि लोग।

श्री कृष्ण की लीला तो लीला ही है। लीला अपरम्पार। पर देखें कि वे अपनी छोटी-सी उँगली से इन्द्र का क्रोध निपटा देते हैं, गोवर्धन उठा कर किसी और के बसाए गये गाँव को बाढ़ से बचा लेते हैं। पर उनकी खुद बसायी भव्य नगरी द्वारिका समुद्र में डूब जाती है। उसे वे बचा ही नहीं पाते।

अपिचः। संस्कृत नाटकों में उदाहरणों के बाद और उदाहरण देते समय अपिचः कहा जाता है। तो वह भी सुन लें। जिसने महाभारत के युद्ध में दोनों तरफ

से तरह-तरह के शक्ति-मन्त्र-पुष्ट तीरों की वर्षा सह ली हो, वह जरा नाम के—नाम पर ध्यान दें—जरा नामक बहेलिए के मामूली से तीर से अपने प्राण गँवा देता है। दुनिया का खेला, कृष्णजी भी अकेला।

तो इस शानदार खेला में किसी भी चीज की कमी नहीं—इसमें से चाहे जितने किस्से निकाल लो, चाहे जितने किस्से इसमें जोड़ दो—यह उपनिषद् के शब्दों में हमेशा पूर्ण ही बना रहता है।

नाटक में नौ रस हैं, दुनिया का खेला में भी नौ रस तो हैं ही भाई, पर इनमें नाटकों के अतिरिक्त एक रस और जुड़ गया है। आप सब भी हैरान होंगे कि नौ के दस कैसे हो गये। इस रस का नाम है—गन्ना रस! गन्ने का रस भी मिल जाता है। कैसे? आपने गन्ने का रस ठेले पर सामने खड़े होकर पिया ही होगा। पहले साबुत गन्ना डालते हैं। फिर एक बार रस निकल आया तो उसी गन्ने को दो बार मोड़ कर फिर रस निकाला जाता है। फिर तीसरी बार दो के बदले तीन-चार बार मोड़ कर अदरक, नींबू लगा कर फिर निचोड़ा जाता है। जब तक इन सारे छिलकों का रस न निकल जाए, दुकान वाला रुकता ही नहीं।

इस खेले की दुकान वाला भी हम सब का रस कभी-कभी इसी शैली में निकालता है। इतना समय तो आपका बर्बाद नहीं करना है। पर दो-चार रसों में गन्ना रस देख ही लें हम।

दुख से शुरू करें। करुण रस है नाटक में। और इस खेला में पेश है एक नमूना।

कोई साठ बरस पहले की बात है। एक बाँसुरी वादक थे। श्रेष्ठ, पहले दर्जे के कलाकार। शायद उन दिनों के रेडियो पर भी बाँसुरी बजाते थे। प्लेग फैली। परिवार में इनको मिला कर सात सदस्य थे। पत्नी मरीं रोग से। बहुत ही प्रेम करते थे। अर्थी उठा श्मशान। लौटते हुए सारे रास्ते रोते रहे। सँभाला मुश्किल से। घर आए तो पिता मरे मिले। सूरज ढल गया था। रात भर शरीर घर में रहा। ये सामने बैठे रोते रहे। सुबह उनका संस्कार किया। लौटे तो माँ जा चुकी थीं। एक-दो-तीन। अब आँसू रुक गये थे। वे स्तब्ध, मौन हो गये।

अगले तीन दिनों में तीन बचे सदस्य और गये। अन्तिम सदस्य को अग्नि देने के बाद इनका न सिर्फ मौन टूटा, ये तो जोर-जोर से हँसने लगे थे: ''अरे, बंसीवाले तू मेरी परीक्षा लेना चाहता है। ले, मैं भी सब कुछ छोड़ वृन्दावन आता हूँ। तेरी परीक्षा लेने।'' पूरी ज़िन्दगी फिर वे वृन्दावन की गलियों में घूमते हर छोटे-बड़े मन्दिर के सामने बाँसुरी बजाते जाते।

हास्य रस में भी गन्ने का रस मिलेगा। लीजिए एकदम ताजी चीज़। नेलसन मंडेला का किस्सा है अभी कुछ दिन पुराना। आजादी की अद्‌भुत लड़ाई लड़ी। हममें से कुछ की आधी उमर बराबर बरस जेल में काटे। देश को आजादी दिलाई। फिर

राष्ट्रपति भी बने। पूरी दुनिया में 95 के पूरे होने पर उनका जन्मदिन मनाया गया था और इसी सबके बीच उनके शहर की नगरपालिका ने उनके ऊपर बकाया बिजली-पानी का बिल भेज दिया है—दंड समेत कुछ छह लाख रुपए का।

कुछ हजार बरस पीछे लौटें। 'सौ साल जिओ', 'जीवेम् शरदः शतम्' का आशीर्वाद सबने सुना है। मृच्छकटिकम नाटक में नायक-नायिका का नाम, उनके किस्से कई लोग जानते ही हैं। नाटक में एक चोर है, शर्विलक। नायक के घर में चोरी के लिए सेंध मार कर घुसा है। विदूषक को सोता देख आशीर्वाद देता है : मैत्रेय, स्वपिहिवर्षशतम्। भैया, इसी तरह सौ बरस सोते रहना।

वीभत्स रस के भयानक उदाहरण तो इस खेले में भरे पड़े हैं। कभी का भी, कहीं का भी अखबार उठा लें। हँसते खेलते, खाते-पीते विज्ञापनों के बीच पूरा अखबार इसी से भरा मिलता है।

पर वीभत्स रस का किस्सा सुनना ही हो तो जनरल नेकेड बट का सुन लें। अफ्रीका के पश्चिमी-दक्षिणी छोर पर लाइबीरिया नाम के देश से। वर्षों तक गृह युद्ध चला है यहाँ। इसमें एक पक्ष का सेनापति था जोशुआ। इसने अपने विरोधियों को मार कर उनके जिगर को काट कर नाश्ता भी किया था। पाँच-सात बरस के बच्चों तक की सेना बना डाली। इन बच्चों को युद्ध में घसीटने के लिए वह सबसे पहले बच्चों से उनके माता-पिता की ही हत्या करवा लेता था। यह विचित्र सेनापति दूसरे पक्ष पर हमला करते समय बस पैर में सैनिकों वाले भारी-भरकम जूते पहनता, हाथ में आग उगलती बन्दूक, अंग पर कोई कपड़ा नहीं। इसलिए संयुक्त राष्ट्र संघ आदि की दुनिया में इसका दूसरा नाम पड़ गया था जनरल नेकेड बट, नंग धड़ंग सेनापति। जोशुआ ने अपने ही 20,000 लोगों को मारा था, वहीं के लोग, शायद कबीला, जाति अलग थी और शायद बोली भी। सभी देशों में नवनिर्माण की यही परिभाषा है आजकल! अब इस वीभत्स रस में एकदम से अद्‌भुत रस जुड़ता है।

खून से सने शिखर पर खड़े जोशुआ को बन्दूकों की कानफोड़ू आवाज़ों के बीच न जाने कहाँ से अन्तरात्मा की आवाज़ सुनाई पड़ जाती है। वह बन्दूक फेंक देता है। चल पड़ता है तीर्थ यात्रा पर। तीर्थ कौन सा? वे सब मुहल्ले, घर जिनमें घुस-घुस कर उसने लोगों को मारा था। उनका जिगर परिवार के लोगों के सामने ही काट कर खाया था। सलाहकारों ने समझाया, ऐसा मत कर भूल कर भी। लोग छलनी बना देंगे तुम्हारी। इन रसों में अब वीर रस जुड़ता है एक नये रूप में। जोशुआ किसी की नहीं सुनता, बस अन्तरात्मा की सुनता है। ग़ज़ब की हिम्मत। अब वह एकदम निहत्थे, सचमुच अपनी आत्मा के बल पर, उनके बीच जाकर हाथ जोड़ कर अपने पाप का प्रायश्चित करता है। उस पर कहीं भी हमला नहीं होता। वह लोगों के पैर छूता है, खुद रोता, दूसरे रोते।

हमारे ही देश के एक युवा फोटोग्राफर भी कोई कम हिम्मत नही दिखाते। उनका नाम है—रायनलोबो। वे भी इसके पीछे-पीछे कैमरा लेकर फिल्म बनाते हैं। ये है दुनिया का विचित्र खेला।

क्रोध में किसी पर चप्पल जूते फेंकना अब कोई नयी बात नहीं बची है। जूता फेंकनेवाला भी क्रोधी, जिस पर फेंका वह भी आग-बबूला। पर एक खेला 1914 में दक्षिण अफ्रीका में खेला गया। जनरल स्मट्स उस समय पूरी दुनिया में फैले ब्रितानी साम्राज्य के सबसे बहादुर, सबसे कुशल, सबसे योग्य, सबसे सख्त और सबसे क्रूर प्रशासक माने जाते थे। खुद गाँधीजी जैसे विनम्र व्यक्ति के शब्दों में वे सबसे 'धूर्त' लोगों में गिने जाते थे। दक्षिण अफ्रीका में प्रारम्भ हुए सत्याग्रह में इन दोनों के कड़वे प्रसंग कई हैं। जनरल स्मट्स ने इनको जेल में डाला था। शायद वे गाँधीजी को मार डालना भी चाहते थे। न जाने कब गाँधीजी की तेज आँखों ने उनके पैर का नाप लिया और उन्हें एक सैंडल की जोड़ी अपने हाथ से बना कर भेंट की। जनरल स्मट्स ने बाद में कभी लिखा था कि उनके पैर इस योग्य नहीं थे कि वे इतनी पवित्र सैंडल पहन सकें। क्रोध रस शान्त रस में बदला और फिर ग्लानि तक में।

इस खेला में अक्सर हम सब को लगता है कि हम जो काम करना चाहते थे, वो तो हमें करने ही नहीं दिया गया। तो ये अच्छा-खासा जमाना जालिम जमाने में बदल जाता है हमारे लिए।

तालियाँ कब पिटती हैं जब आपके सामने नाम, गुमनाम नहीं, नाम और नम्बर लिखी बनियान पहने ग्यारह लोग रोकने को खड़े हों। तब आप गोल कर दिखाएँ। तालियाँ तभी बजती हैं। विघ्न इस खेला में रोज आएँगे। गुमनाम भी, नम्बर और नाम वाली बनियान पहने भी।

ऊपर कहीं दुनिया के खेला की तुकबन्दी अकेला से की गयी है। पर मेरा निवेदन है कि यह काम बस कवि पर हीं छोड़ें। हम और आप इस खेला को ठीक से खेलना चाहते हैं तो अकेला को अकेला ही छोड़ दें। दुकेला बनें। दूसरों का साथ लें, दूसरों का साथ दें। तिकेला, चौकेला से भी बढ़कर सौकेला जैसे नये शब्द ही नहीं, नये सम्बन्ध भी बनाएँ। इस खेला को, भले ही वह आपको सौतेला बनाना चाहे, आप सौतेला न बनाएँ। आगे बढ़ें, इस खेला को अपने गले मिला लें।

रंगशाला चलें एक बार फिर। नाटक शुरू हो गया है। भोलामन सूत्रधार ने बीज रोप कर दर्शकों को नाटक का नाम भी लगभग बता दिया है। बालू-भीत-पवन। रेत-दीवार-हवा। और लो विघ्न शमन के इतने प्रयासों के बाद भी रंगशाला के सामने विघ्न आने लगे हैं। अच्छा हो हम सब भी वहीं चलें और सूत्रधार की कुछ मदद करें।

आने वाला पल जाने वाला है

बॉलीवुड में? अंडर वर्ल्ड की स्थानीय रेल से ज्यादा पटरियाँ मिल जाएँगी। लेकिन गुण देखने चलेंगे तो गुणों की एक सुन्दर अविरल बहती नदी भी मिलेगी।

सौ साल की कोई भी यात्रा शुरू तो शून्य से ही होती है। तब बम्बई था पर बॉलीवुड नहीं। अरब सागर के तट पर बसी इस बस्ती में कुछ हजार किलोमीटर दूर से आने वाली लहरें टकरा रही थीं। ये बर्बादी की सुनामी नहीं, हॉलीवुड जैसी नामी जगह से आ रही थीं। रचना का, प्यार का, सर्जना का एक बेहद रंगीन, मगर बस दो रंग में रंगा—काले-सफेद में रंगा एक सुन्दर सपना लेकर। यह सपना खूब मुखर था पर मौन। ये लहरें बड़े हौले-हौले, आहिस्ता-आहिस्ता कोई छह बरस में हॉलीवुड से मुम्बई आई थीं।

हॉलीवुड की इन नामी लहरों के कोमल स्पर्श से मुम्बई का अनाम घराना एक नया नाम पाने जा रहा था। उसे एक नया काम मिलने वाला था—काम नए नित गीत बनाना, गीत बनाकर जहाँ को हँसाना।

हॉलीवुड से लहरें चलीं सन् 1906 में। सन् 1912 में वे मुम्बई के किनारे लगीं। कैमरे का आविष्कार कुछ पहले हो ही गया था। पर वह निश्चल ठहरे हुए चित्र खींचता था। चलती-फिरती जिन्दगी के चित्रों को यह कैमरा निश्चल रूप में कैद कर लेता था। और फिर उन चित्रों को स्मृतियों के विशाल संसार में आजाद छोड़ देता था। अब यही कैमरा हॉलीवुड में जीवन की गति को और आगे दौड़ाने लगा था।

यह धरती एक बड़ा रंगमंच है। इस पर अवतरित होनेवाला विविधता भरा जीवन खुद एक विशाल नाटक है। इस नाटक में शास्त्रों की गिनती के नौ रसों से ज्यादा रस हैं, रंग हैं, भदरंग भी हैं। नायक-नायिका, खलनायक-नायिका जैसे पात्र-कुपात्र, खरे से लेकर खोटे, गोटे सब कुछ हैं। कोई चार-पाँच हजार बरसों से लोगों ने इस जीवन नामक लम्बे धारावाहिक की न जाने कितनी कड़ियाँ देखी होंगी। उन्हें अपनी कुशलता से छोटे-छोटे नाटकों में बदला होगा। इन नाटकों को

देखते, पढ़ते, सुनते हुए समाज ने अपने वास्तविक जीवन के नाटक की कथा को थोड़ा-बहुत ठीक-ठाक भी किया ही होगा।

देववाणी के नाटक ज्यादा नहीं होंगे। लिखे भी कम गये, खेले भी कम ही गये, पर एक अच्छे बीज़ की तरह देववाणी के इन नाटकों ने लोकवाणी के नाटकों की एक अच्छी फसल खड़ी कर दी। नाटकों में जैसे पंख लग गये। वे नौटंकी, जात्रा, यशोगान, भवई, कथककली, रासलीला, रामलीला बन कर जगह-जगह उड़ने लगे, जाने लगे। नाटकों का यह रूप लोकरंजन, मनोरंजन के देवता का अंशावतार ही था।

इस देवता का पूर्णावतार हुआ 1972 में- जब हॉलीवुड की लहरों ने बम्बई को बॉलीवुड में बदल दिया। लोक के मनोरंजन को ऐसी पाँख लगी कि देखनेवालों की आँखें खुली की खुली रह गयीं। फिर इन पंखों से किस्से कहानी की कल्पना ने ऐसी गति, ऐसी ऊँचाई पकड़ी कि उसने फिर कभी पीछे मुड़ कर नहीं देखा।

तब तक साहित्य को समाज का आईना कहा जाता था। बॉलीवुड ने इस आईने के आगे एक और आईना रख दिया। इन दो आईनों के बीच खड़े समाज के सामने सचमुच अनगिनत छवियाँ थीं। इसने समाज को पूरी दुनिया दिखा दी और फिर यह खुद पूरी दुनिया घूम आया। देश के दक्षिण से लेकर सात समन्दर पार पश्चिम में, उत्तर में, पूरब में और तो और तरह-तरह की खटपट में लगे पड़ोसी पाकिस्तान तक में इस बॉलीवुड ने झटपट अपनी धाक जमा ली।

आप चाहें तो चोरी-चोरी, चुपके-चुपके इस बॉलीवुड के दोष देखने निकलेंगे तो न जाने कितने दोष मिलते जाएँगे। सामने दोषों का पहाड़ खड़ा हो जाएगा। मुम्बई में जमीन के ऊपर लोकल रेल की जितनी पटरियाँ दौड़ती हैं, उससे ज्यादा पटरियाँ बॉलीवुड के भीतर? अंडर वर्ल्ड की मिल जाएँगी। लेकिन गुण देखने चलेंगे तो गुणों की एक सुन्दर नदी भी दोषों के इस पहाड़ में अविरल बहती मिल जाएगी।

साहित्य, संगीत, कला, छाया, विज्ञापन के सबसे सधे हाथों ने इस बॉलीवुड को न भूल सकनेवाली सेवाएँ दी हैं। यह बॉलीवुड का अचूक व्याकरण ही तो है, जो हमारे देश के प्यारे बच्चों को हिन्दुस्तान की झाँकी दिखाते हुए उन्हें? प्यारे बच्चो कहता है, ऐ मेरे वतन के लोगों कहता है। उसे पता है कि हिन्दी में सम्बोधन के बहुवचन में अनुस्वार या बिन्दी नहीं लगती। व्याकरण के इस छोटे-से सबक में हमारे आज के कई बड़े पत्रकार, सम्पादक, साहित्यकार और सरकारी अधिकारी भी चूक कर जाते हैं।

किसी भी कैनवास पर एक करोड़ रुपये का कीमती दस्तखत कर देने वाले मकबूल फिदा हुसैन जैसे बड़े कलाकार भी बॉलीवुड के छोटे-छोटे पोस्टर पोतने से ही ऊपर उठे थे। यहीं के संगीत में पीछे बजनेवाले दस-बीस सेकेंड के सरोद और

सितार मुम्बई की इस छोटी-सी गुड़िया की इतनी लम्बी कहानी कह जाते हैं कि आज सैमसंग गैलेक्सी जैसे महँगे गैजट, यन्त्रों में रिकॉर्ड हो सकनेवाले डेढ़ लाख गाने दो कौड़ी के साबित हो सकते हैं। गाने तो गाने यहाँ की पटकथाओं में लिखे गये संवाद तक गली मोहल्लों में लाउडस्पीकर से शोलों की तरह बरसते रहे हैं।

इस बॉलीवुड में अंगों का प्रदर्शन मिलेगा तो आत्मा का दर्शन भी। वह जानता है कि आनेवाला पल जानेवाला है उसने इन सौ बरसों में वह सब देखा-समझा है जो उसे बनाता है, बिगाड़ता है। उसने खुद चोरी भी की है, अँग्रेजी हॉलीवुड की फिल्मों से तो उसकी खुद की कीमती धरोहर भी चोरी गयी है। वीडियो और फिर डीवीडी ने उसे तरह-तरह के झटके दिए हैं। इन सबको उसने गा-बजा कर ही सहा है।

इसे सबके साथ मिल कर काम करना आता है और इसे आता है सबसे काम भी लेना। निर्देशक तरह-तरह के नखरे वाले नायक-नायिका, कलाकार, गुमनाम एक्स्ट्रा, हाथी, घोड़े, कुत्ते अपनी ढपली अलग न बजानेवाले संगीतकार, परदे के पीछे से, बिना देखे अपनी सुनहरी आवाज देनेवाले प्लेबैक सिंगर, परदे पर ओंठ चलानेवाले मुँह—वहाँ सब लोग एक बेहतर गठबन्धन में काम करना जानते हैं। उनके लिए यह गठबन्धन मजबूरी नहीं है। इस मनमोहक मनमोहन बॉलीवुड का गठबन्धन राजनीति के गठबन्धन से ज्यादा गोरा नहीं तो ज्यादा काला भी नहीं है। हमारे नेता, सामाजिक नेता भी आनेवाले पल को तो क्या आनेवाले कल को भी नहीं समझ पाते। वे तो आज को कल में बदलता नहीं देख पाते और जब वह बदल ही जाता है तो वे इस बदलाव को समझ नहीं पाते।

सौ साल का बॉलीवुड एक क्षण तक को पहचानता है। वह जानता है कि आनेवाला पल (कल) जानेवाला है।

तीर्थाटन और पर्यटन

बोरिया-बिस्तरा बाँधना एक पुराना मुहावरा है। लेकिन इसका अर्थ हमेशा एक-सा नहीं रहा। एक जगह से ऊब गये तो बोरिया-बिस्तरा बाँधा और चल पड़े देशाटन को। जी हाँ, तब पर्यटन शब्द चलन में नहीं था पर देशाटन के लिए निकलने वालों की कोई कमी नहीं थी। अपने आस-पास या दूर को जानना-पहचानना, दो-चार दस दिन के लिए नहीं, लम्बे निकल जाना और लौट कर बिना बुद्धू बने घर वापस आना खूब चलता था। इस देशाटन में दिशाएँ, पड़ाव या मंजिल, कुछ भी तय नहीं रहता था।

तीर्थाटन इससे बिल्कुल अलग था। दिशा, जगह, पड़ाव, मंजिल, मौसम सब कुछ तय रहता था। तीर्थ सब दिशाओं में थे। सचमुच उत्तर, दक्खिन, पूरब और पश्चिम। तीर्थ भी सब धर्मों के—केवल हिन्दुओं के नहीं। फिर कुछ तीर्थ ऐसे भी जिनमें अन्य धर्मों के लोग भी आते-जाते थे। हर पीढ़ी की ऐसी इच्छा होती कि अपनी अगली पीढ़ी के हाथों घर-गिरस्ती सौंपने से पहले एक बार इनमें से कुछ तीर्थों के दर्शन कर ही लें। शरीर में सामर्थ्य हो तो अपने दम पर, नहीं तो श्रवण या सवर्ण कुमारों की भी कोई कमी नहीं थी जो अपने बूढ़े माता-पिता को बहंगी में उठा कर सब दिखा लाते थे, घुमा लाते थे।

ये तीर्थ भी दो तरह के माने गये थे। एक स्थावर यानी किसी विशेष स्थान पर बने थे। इन तक लोगों को खुद ही जाना पड़ता था, पुण्य कमाने। लेकिन कुछ ऐसे भी तीर्थ बन जाते थे, जिन तक जाना नहीं पड़ता था—वे तो आपके शहर, गाँव, घर-दरवाजे पर स्वयं आकर दस्तक देते थे। ऐसे तीर्थ जंगम-तीर्थ कहलाते थे-यानी चलते-फिरते तीर्थ। समाज में बिना स्वार्थ साधे सबके लिए कुछ न कुछ अच्छा करते-करते कुछ विशेष लोग सन्त, विभूति जंगम तीर्थ बन जाते थे। उनका घर आ जाना या उनको कहीं मिल जाना तीर्थ जैसा पुण्य, आनन्द दे जाता था। आज भी हमारे-आपके जीवन में सारी भागदौड़ के बाद ऐसे कुछ लोग मिल ही जाते हैं जिनसे मिलकर सब तनाव दूर हो जाते हैं।

समय के साथ बहुत-सी चीजें, व्यवस्थाएँ बदलती हैं। सब कुछ रोका नहीं जा सकता। लेकिन हमें पता तो रहे, होश तो रहे कि हमारे आस-पास धीरे-धीरे या खूब तेजी से क्या-कुछ बदलता जा रहा है। आज के पर्यटन से पहले देशाटन और तीर्थाटन था और सब जगह इसके साथ एक पूरी अर्थ-व्यवस्था थी। उससे तीर्थों के आसपास के अनगिनत गांव, शहर भी जुड़े रहते थे। वह आज के पर्यटन उद्योग की तरह नहीं था। एक तरह का ग्रामोद्योग या कुटीर उद्योग था।

उदाहरण के लिए बद्रीनाथ या हिमालय की चार धाम यात्रा को ही लें। यह तीर्थ यात्रा साल में तब भी आज की तरह ही कोई छह महीने चलती थी। पूरे देश से लोग यहाँ आते थे। हिमालय में तब सड़कें नहीं थीं। मैदान में बसे हरिद्वार या ऋषिकेष से सारी यात्रा पैदल ही पूरी की जाती थी। प्रारम्भिक मैदानी पड़ाव में, हरिद्वार आदि में धर्मशालाएँ, बड़े-बड़े भवन थे। पर फिर उसके बाद सारे पैदल रास्ते में ठहरने, रुकने, खाने-पीने का सारा इन्तजाम रास्ते में दोनों तरफ पड़नेवाले छोटे-बड़े गांवों के हाथों में ही रहता था। पूरा देश स्वर्ग जाने वाली इन छोटी-छोटी पगडंडियों से पैदल ही चढ़ता-उतरता था। हाँ, कुछ लोग तब भी सामर्थ्य, मजबूरी आदि के कारण पालकी, डोली या खच्चर का प्रयोग कर लेते थे। इन्दौर रियासत की रानी अहिल्या बाई पालकी से ही बद्रीनाथ गयी थीं और आज के चमोली जिले के पास गोचर नामक एक छोटे-से कस्बे में अपनी उदारता, जीव दया और किसानों की जमीन के अधिग्रहण के कुछ सुन्दर नमूने आज के नए राजा-रानियों के लिए भी छोड़ गयी थीं।

यह सारा रास्ता मील में नहीं बाँटा गया था। कहाँ पगडंडी सीधी चढ़ाई चढ़ती है, कहाँ थोड़ी समतल भूमि है, कितनी थकान किस हिस्से में आएगी, उस हिसाब से इसके पड़ाव बाँटे गये थे, इतनी चढ़ाई चढ़ गये, थक गये तो सामने दिखती थीं सुन्दर चट्टियाँ। चट्टी यानी मिट्टी-गोबर से लिपी-पुती सुन्दर बड़ी-बड़ी, लम्बी-चौड़ी सीढ़ियाँ।

रेल के पहले दर्जे की शायिकाओं जैसी अनगिनत सीढ़ियां। इन पर प्रायः साफ-सुथरे बोरे स्वागत में बिछे रहते थे। लोग अपने साथ कुछ हल्का-फुल्का बिछौना लाए हैं तो उसे इन चट्टियों पर बोरे के ऊपर बिछाकर आराम करेंगे। नहीं तो गाँव के कई घरों से चट्टी पर जमा किए गये गद्दे-तकिए, रजाई, कम्बल, मोटी ऊन की बनी दरियाँ नाम-मात्र की राशि पर प्रेम से उपलब्ध हो जाती थीं। इन दरियों को दन कहा जाता था और गलीचे, कालीननुमा ये दन इतने आकर्षक होते थे कि यात्रा से लौटते समय इनमें से कुछ के सौदे भी हो जाते थे। हाथ के काम का उचित दाम बुनकर को मिल जाता था। इन सेवाओं का शुल्क भी बाद में ही आया। शुरू में तो एक-सी सुविधा का दाम अलग-अलग लोग अपनी हैसियत और इच्छा, श्रद्धा

से चुकाते थे।

इन्हीं चट्टियों के किनारे के गाँव अपने-अपने घरों से अपनी बचत का सामान, फल, सब्जी, दूध-घी, आटा, दाल, चावल, गरम पानी-सारा इन्तजाम किया करते थे। पूरे देश के कोने-कोने से आए तीर्थ यात्रियों का पैसा इन गाँवों में बरस जाता था। छह महीने की यह मौसमी अर्थ-व्यवस्था पहाड़ों की सर्दी को थोड़ा गरम बनाए रखती थी।

आजादी के बाद इन पैदल रास्तों के किनारे-किनारे धीरे-धीरे मोटरगाड़ी जाने लायक सड़कें बनने लगीं। पर इन सड़कों का विस्तार बहुत ही धीमी गति से हो रहा था। अचानक सन् 1962 में चीन की सीमा पर हुई हलचल ने इस काम में तेजी ला दी। सेना को अपना भारी साजो-सामान सीमा चौकियों तक पहुँचाना था। इस तरह ये पगडंडियाँ उजड़ने लगीं। इस शानदार व्यवस्था की कुछ पुरानी स्मृति लम्बे बद्रीनाथ मार्ग पर बद्रीनाथ मंदिर से थोड़ा नीचे बनी हनुमान चट्टी नाम की सुन्दर जगह पर अभी भी छिपी है।

इन चट्टियों की इस तरह बिदाई से इतने बड़े तीर्थ क्षेत्र के पैदल रास्ते के दोनों ओर बसे गाँवों में कैसी उदासी छाई होगी—इस बारे में उत्तराखंड के विश्वविद्यालयों ने, सामाजिक संस्थाओं तक ने शायद ही कभी ध्यान दिया हो। साथ ही मोटर सड़क के आ जाने से कैसे कुछ इने-गिने होटल मालिकों, पाँच-सात बस कम्पनियों पर कितनी नयी भगवत् कृपा बरसी होगी—इसका भी लेखा-जोखा नहीं रखा जा सका है।

आज यह तीर्थाटन पर्यटन में बदल गया है। सैर-सपाटे पर जाने का, या कहें आकर्षक विज्ञापन छापकर जबरन सैर करवाने का पूरा एक नया उद्योग खड़ा हो चुका है। अब तो यह देश की सीमाएँ तोड़कर लन्दन, पेरिस, हाँगकांग, मकाऊ, सिंगापुर, दुबई न जाने कहाँ-कहाँ की चाट लगा रहा है। तीर्थ यात्राएं अभी भी हो रही हैं पर वे भी इसी पर्यटन का हिस्सा बन गयी हैं। उन्हें भी बाजार की टनाटन पैसा कमाने वाली व्यवस्था ने निगल लिया है। उत्तर से दक्षिण तक के बड़े-बड़े मन्दिर, तीर्थ-स्थान अब कम्प्यूटर से जुड़ गये हैं। ई-आरती, ई-बुकिंग, ई-दर्शन, ई-यात्रा-भगवान का सबकुछ बाजार ने अपनी लालची तिजोरी में डाल लिया है। शायद भगवान भी आनेवाले दिनों में ई-कृपा बाँटने लगें।

ऐसा नहीं है कि सड़कें आनन्द के स्वर्ग तक नहीं ले जातीं। लेकिन पर्यटन और तीर्थ के स्थानों तक आनन-फानन में पहुँचाने की यह व्यवस्था अपने साथ एक विचित्र भीड़-भाड़, भागमभाग, कुछ कम या ज्यादा गन्दगी, थोड़ी बहुत छीना-झपटी, चोरी-चपाटी सब कुछ लाती है। ऐसे में नरक बनती जा रही इन सड़कों से आनन्द के स्वर्ग की यात्रा कठिन भी बनती जा रही है और पर्यटकों, तीर्थयात्रियों के

मन में उस जगह दुबारा न आने का फैसला छोड़ जाती है।

चट्टीवाले दौर में देश के आम माने गये लोगों को हिमालय का अद्भुत सौन्दर्य देखने को मिलता था। सड़क आने से यह दर्शन तो और भी सुलभ होना चाहिए था। पर सड़क से सिर्फ पर्यटक या तीर्थयात्री ही नहीं आते। पूरा व्यापार आता है। उस व्यापार ने यहाँ के जंगलों का सौदा भी बड़ी फुर्ती से कर दिखाया है। अब हरिद्वार से बस में बैठा पर्यटक पूरा हिमालय पार कर ले—उसे कहने लायक सुन्दर दृश्य, सुन्दर जंगल कम ही दिखेंगे।

फिर तुरत-फुरत पैसा कमाने की होड़ ने, दौड़ ने कई रास्ते बदल दिए हैं। पहले की यात्रा में तुंगनाथ और रुद्रनाथ शामिल थे। इनमें तुंगनाथ तो पूरे चार धाम के अनुभव में विशेष स्थान रखता था। उसके रास्ते में चोबता नाम की एक जगह के पास बनी चट्टियों में सचमुच 'अनुपम सौन्दर्य' आपकी प्रतीक्षा में खड़ा मिलता था। इस पैदल सड़क को बनानेवाले पीडब्ल्यूडी विभाग ने एक बोर्ड यहाँ ऐसा ही टाँग दिया था। बताया जाता है कि सन् 1975 में आपातकाल को लगाने, दिन-रात राजनीतिक उठा-पटक से बिलकुल थक गयीं श्रीमती इन्दिरा गाँधी ने दो-चार दिन आराम करने के लिए चोबता को ही चुना था। घने जंगलों से ढकी इस अद्भुत देवभूमि में बने एक छोटे-से डाक बंगले में श्रीमती गाँधी के इस पर्यटन की भनक शायद देवताओं के अलावा किसी को भी नहीं लग पाई थी।

पर्यटन ने इस शान्ति को, आनन्द को थोड़ा हटाकर टनाटन पैसा कमाने की एक नयी व्यवस्था कायम कर ली है। यह नया ढांचा विज्ञापन और स्वामित्व के तरह-तरह के दावों से पटा पड़ा है। पर्यटन की किसी भी जगह पर उतरते ही कौन-सा पर्यटक मेरा है, कौन-सा तेरा-इसका खुला बँटवारा, झगड़ा होने लगता है।

ऐसी छीना-झपटी के कड़वे अनुभवों से बिलकुल अलग थीं राजस्थान की भतृहरि और चाकसू तीर्थ क्षेत्रों की व्यवस्थाएँ, अलवर और जयपुर जिलों में बने इन स्थानों में आज भी कोई 50 हजार यात्री पहुँचते हैं। यहाँ की पूरी बसावट कुछ अलग ढंग की है। यहाँ प्रवेश करते ही आपको अनेक धर्मशालाएँ चारों तरफ दिखने लगेंगी। पर आपकी आँखों में कुछ खटकने लगेगा। इनमें से किसी भी धर्मशाला में न दरवाजे हैं, न खिड़कियाँ। भवन छोटा हो या बड़ा, प्रवेश द्वार तक नहीं मिलेगा यहाँ। सब कुछ पूरा खुला खेल। किसी भी धर्मशाला में बोर्ड नहीं, नाम नहीं, चौकीदार नहीं, दफ्तर या प्रबन्धक नहीं। जहाँ मन करे, जगह मिल जाए, उसी कमरे में रुक जाएँ।

ऐसी व्यवस्था बहुत सोच-समझकर बनाई गयी थी। तीर्थक्षेत्र में अपना नाम, अपना महत्त्व, अपना पैसा, अपना खानदान, स्वामित्व की भावना सब कुछ भुला दो। तीर्थयात्री के रहने का प्रबन्ध करो और श्रेय प्रभु अर्पण कर दो। स्वामित्व

विसर्जन—यानी यह तेरे लिए है जरूर पर है तो मेरा—इसे भूल जाओ। कहो यह तेरा ही है। तेरे लिए ही है।

एक पुराना किस्सा बताता है कि यहाँ किसी सेठ ने तीन मंजिल की एक सुन्दर धर्मशाला बनाई थी। उनके मुंशी की किसी गलती में उस नवनिर्मित भवन में बस पहले ही दिन कुछ क्षणों के लिए 'यह मेरा है की गन्ध आई थी। तीर्थक्षेत्र में यह दुर्गन्ध तेजी से फैली। तीर्थक्षेत्र ने तुरन्त सेठ को आदेश दिया कि यह पूरी धर्मशाला, तीन मंजिला भवन तुम अपने हाथ से हथौड़ा मार-मारकर गिरा दोगे। सेठ ने खूब समझाया कि मिल्कियत का निशान तो अब मिटा दिया है। इतनी सुन्दर बनी हुई इमारत भला क्यों तुड़वा रहे हो। न जाने कितने सालों तक कितने ही तीर्थयात्रियों के काम आएगी यह। पर निर्णय हो चुका था। पूरी धर्मशाला तोड़ दी गयी।

यह किस्सा शायद 500 बरस से यहाँ आने वाले हर तीर्थ यात्री को याद है- एक आदर्श की तरह। ऐसी सख्ती तब नहीं दिखाई गयी होती तो वह धर्मशाला भी मुम्बई की आदर्श सोसाइटी की तरह सीना तानकर खड़ी रहती और यहाँ आने-जाने वालों को कानून तोड़ने का सुन्दर रास्ता, सुन्दर तर्क सुझाते रहती।

भाग-दौड़ भरी इस नयी जिंदगी में यदि कुछ समय बचा लिया है, कुछ पैसा जमा कर लिया है तो फिर 'बिस्तरा बाँध पर्यटन के लिए निकल पड़ें। इसमें कोई आगा-पीछा न करें। हाँ, इतना जरूर करें कि जहाँ भी जाएँ वहाँ यदि देशाटन और तीर्थाटन की पुरानी यादें खोज सकें तो इस आनन्दमय पर्यटन में भी कुछ नया आनन्द जुड़ सकेगा।

जीवन का अर्थ : अर्थमय जीवन

आजकल अक्सर ऐसी बैठकों में, सभा सम्मेलनों के प्रारम्भ में एक दीपक जलाया जाता है। यह शायद प्रतीक है, अँधेरा दूर करने का। दीया जलाकर प्रकाश करने का। इसका एक अर्थ यह भी है कि अँधेरा कुछ ज्यादा ही होगा, हम सबके आसपास।

यह अँधेरा बाकी समय उतना नहीं दिखता, जितना वह तब दिखता है जब हम अपने मित्रों के साथ ऐसी सभाओं में बैठते हैं। तो दीये से कुछ अँधेरा दूर होता होगा और शायद आपस में इस तरह से बैठने से, कुछ अच्छी बातचीत से, विचार-विमर्श से भी अँधेरा कुछ छँटता हीं होगा। शायद साथ चाय, कॉफी पीने से भी।

ऐसा कहना थोड़ा हल्का लगे तो इसमें संस्कृत का वजन भी डाला जा सकता है: ओम सहना ववतु, सहनौ भुनक्तु आदि। दीया जलाने का यह चलन कब शुरू हुआ होगा, ठीक कहा नहीं जा सकता। इससे मिलती-जुलती प्रथा ऐसी थी कि जब ऐसी कोई सभा-गोष्ठी होती, अतिथियों के स्वागत में मंच के सामने पहले से ही एक दीया जलाकर रख दिया जाता था।

विनोबा किसी जगह गये थे। वहाँ उन्हें कुछ बोलना भी था। उनके स्वागत में मंच पर एक दीया जलाकर रखा गया था। हवा भी चल रही थी। आयोजक बाती की लौ को टिकाए रखने की खूब कोशिश कर रहे थे। आसपास खड़े रहकर अपनी हथेलियों की आड़ से दीये को जलाए रखने की कोशिश में लगे रहे। सबका ध्यान उसी तरफ। अँधेरा जो भगाना था। पर दीया टिक नहीं पाया। वह बुझ ही गया।

विनोबा ने अपनी बातचीत इसी से शुरू की थी। उन्होंने कहा कि आसपास की हवा जब शान्त हो, तभी दीया जलता है। अगर हवा प्रतिकूल रही, हवा जोरों से बहती रहे तो दीपक टिकता नहीं। फिर वे हवा से दीपक पर आये। उन्होंने कहा कि हवा शान्त हो पर यदि दीपक में तेल कम पड़ा है तो भी वह टिक नहीं पाता। हवा से दीपक और फिर विनोबा दीपक से मनुष्य पर आते हैं। तेल यानी चिकनाई। स्नेह भी इसी अर्थ में बना शब्द है। वे आगे कहते हैं कि जैसे दीपक में तेल की, स्नेह की जरूरत है, वैसे ही मनुष्य में भी, हम सबके भीतर भी स्नेह की जरूरत है।

दीपक जलते रहने के लिये बाहर की हवा भी शान्त होनी चाहिए और तेल भी होना चाहिए। उसी तरह समाज की रचना भी शान्तिमय होनी चाहिए और हम सब में भी स्नेह की मात्रा भरपूर होनी चाहिए। तब जलता रह पाता है हमारा यह दीया। जीवन का दीया भी।

आज हम जीवन का अर्थ जानने मिल बैठे हैं। जीवन तो हम सबका है ही। और इस जीवन का अर्थ बताने की ज़िम्मेदारी विजयजी ने मुझ अकेले पर छोड़ दी है! इसलिए सबसे पहले तो मुझे खुद अपनी पोल आप सबके सामने खोल देनी चाहिए।

मुझे खुद जीवन का अर्थ नहीं मालूम। सेडिड संस्था में दास साहब, हमारे दफ्तर में, गाँधी शान्ति प्रतिष्ठान में अमृता बहन जैसे दो-चार गवाह भी हैं जो आपको बताएँगे कि मैं इसके लिए लगातार मना करता रहा हूँ। पर यह विजयजी की एक तरह की तानाशाही है कि वे कोई एक बात ठान लें तो उसे पूरा करवा कर ही छोड़ते हैं। तो उनकी इच्छा, उनका हुक्म पूरा करना ही पड़ेगा। इसलिए सबसे पहले यह डिस्क्लेमर!

सामने बैठे हैं कुछ मुझसे कम उमर के साथी। कुछ मुझसे ज्यादा उमर के साथी। पर आज के विषय में, जीवन का अर्थ जानने की कोशिश में हमारी यह उमर कोई काम नहीं आती। वह शायद अनुभव है जो ऐसी बातें सोचने में काम आता होगा। जो जीवन मैंने जी लिया है, मेरे हिसाब से ऐसा अनुभव मेरे पास है नहीं। पिछले हफ्ते मैं पूरे अड़सठ वर्ष का हुआ हूँ।

कितना बचा होगा शेष जीवन, वह तो पता नहीं। पर आप में से कई लोगों को अभी एक लम्बी पारी खेलनी है। इसलिए आज की यह बातचीत आपके किसी काम आ सके- ऐसी विजयजी की इच्छा है। हरि इच्छा, भगवान की इच्छा क्या है, पता नहीं। तो चलिये जिसे खुद तैरना नहीं आता, उससे तैरना सीखते हैं!

मेरा जीवन, मेरा अनुभव कोई गहरा तो है नहीं, इसलिए इतने उथले पानी में तैरना सीखने-सिखाने में यों भी कोई खास डर की बात नहीं होगी!

जहाँ से हमने बात शुरू की थी, एक बार वापस वहीं लौटें। पिछले कोई 200-300 बरसों से पूरी दुनिया में तेज हवा चल रही है। पहले भी हवा चलती रही होगी पर तब पूरी दुनिया एक दूसरे से बहुत दूर थी और कटी हुई भी थी।

उस दुनिया में हवाएँ भी टुकड़ों में बँटी रही होंगी। जीवन तब भी कोई आसान न रहा होगा—एक बड़ी आबादी के लिए। फिर भी उतना कठिन और निरुद्देश्य भी नहीं रहा होगा, जितना कि वह आज बना दिखता है।

इस दुनिया में हम कितने भी बड़े उद्देश्य को लेकर, लक्ष्य को लेकर दीया जलाते हैं, तेज हवा उसे टिकने नहीं देती। हम तरह-तरह से कोशिश करते हैं उसे

अपनी हथेलियों से बचाने की, पर यह हवा है कि हमारी सारी कोशिशों पर पानी फेरती है।

शायद हमारे जीवन के दीये में पानी ही ज्यादा होता है, तेल नहीं। स्नेह की कमी होगी इसलिए जीवन बाती चिड़चिड़-तिड़तिड़ ज्यादा करती है, एक-सी संयत होकर जल नहीं पाती। न हम अपना अँधेरा दूर कर पाते हैं, न दूसरे का।

हम पढ़-लिख गये कुछ लोगों को ही जीवन का अर्थ जानने की इच्छा है। हम ही कुछ हैं जो मानते हैं कि अर्थमय जीवन कैसे जिएँ। लेकिन हम थोड़ा अपने भीतर झाँकें तो हममें से ज्यादातर का जीवन एक तरह से कोल्हू के बैल जैसा ही बना दिया गया है। इसमें कितना हमारा हाथ है, कितना हाथ परिस्थितियों का है, मालूम नहीं। पर हम गोल-गोल घूमते रहते हैं। आँखों पर पट्टी बाँधे।

कोल्हू के बैल की पट्टी तो कोई और बाँधता है, यहाँ तो हम खुद अपनी पट्टी बाँधते हैं। फिर एक-सा जीवन जीते-जीते थकने लगते हैं। दिल्ली की गाड़ियों को तो सम-विषम, ऑड-इवन नम्बर के ताजे नियम से कुछ आराम भी मिलने लगा है। पर हमारे जीवन की गाड़ी का कोई नम्बर नहीं होता।

आधार कार्ड बन गया होगा, पैन कार्ड, मतदाता पहचान पत्र होगा। तब भी हमारे जीवन का कोई नम्बर नहीं होता है। इसलिए इसे रोज कोल्हू में, एक न दिखने वाले कोल्हू में, अदृश्य कोल्हू में जुतना ही है।

तो एक-सा जीवन जीते जाने की थकान से ही हमें नयी-नयी बातें सूझती हैं। कोल्हू का बैल अपनी तरक्की, अपने लिए नए अवसर, अपने लिए नये सार्थक अवसर की खोज करता है। नया पैकेज खोजता है। विजयजी चाबुक मार दें तो बैल कोल्हू में घूमते-घूमते अपने जीवन का अर्थ भी खोजने लगता है! कोल्हू का बैल। वह इस विषय पर भाषण भी देने लगे तो आप अचरज न करें।

कोल्हू कई तरह के हैं, महँगे हैं, कम घेरे के हैं, बड़े-बड़े घेरों के हैं। कई तरह के विचारों के हैं तो कई तरह के धर्मों के हैं। इनमें से हरेक अपने को बाकी बचों से श्रेष्ठ मानता है। सर्वोत्तम। और उसी में अपना जीवन सफल सार्थक हो सकता- ऐसा दावा करता है।

समाज का तना कमजोर होता जाता है पर शाखाओं की संख्या बढ़ती जाती है। पेड़ वाली शाखाएँ नहीं। संगठन वाली, संघ वाली शाखाएँ। हर विचार, हर धर्म अपना झंडा लहराता है और दूसरे झंडों से ऊपर उठना चाहता है। हम कुछ विचारों को अच्छा मानते हैं, कुछ को घटिया। तो हमें लगता है हमारा विचार कैसे फैले।

जीवन की सारी सार्थकता हमें अपने ही विचार को फैलाने में दिखने लगती। हिंसा को परिवर्तन का साधन बनानेवाले भी अपनी शाखाएँ बढ़ाते चलते हैं और यही प्रवृत्ति अहिंसा को माननेवालों में भी मिलती है। सबको अपना संगठन बढ़ाना है,

बड़ा करना है। बजट बढ़ाना है, कार्यकर्ता बढ़ाना है। कार्यक्रम, गतिविधियाँ बढ़ानी है। दिन दूनी, रात चौगुनी उन्नति करनी है—इसी में हमें जीवन सफल होता दिखने लगता है।

हमें अपने विचार की कमियाँ नहीं दिखतीं। आँख में पट्टी बँधी रहती है। पर दूसरे विचारों की कमियाँ हमें एक्सरे की तरह बेहद साफ दिखने लगती हैं। सारा जहान देखा हो या न देखा हो हम कविता लिख जाते हैं, गीत गाते जाते हैं कि सारे जहाँ से अच्छा...।

विनोबा इस गीत में थोड़ा कुछ और जोड़कर एक बड़ी बात की तरफ इशारा कर देते हैं: सारे जहाँ से अच्छा 'क्योंकि' हिन्दोस्ताँ हमारा। इस क्योंकि को अपने जीवन से अलग करना बहुत ही कठिन काम है। क्योंकि मेरा विचार, मेरा धर्म, मेरी संस्था, मेरा संगठन, मेरा समाज, मेरा देश, मेरा बेटा-बेटी। कहीं दामाद भी।

न जाने कितने सौ बरस पहले लिखे गये संस्कृत नाटक 'मृच्छकटिकम्' में एक ऐसा ही रिश्ता राजा के साले का भी सामने आ गया था। संक्षेप में कहें तो क्योंकि मेरा कोल्हू। गोल-गोल घूमते रहने से कुछ परिणाम तो आते ही हैं। कुछ तेल निकल आता है। थोड़ी-बहुत खली भी मिलती है। बैल को अगले दिन घूमते रहने के लिए प्राय: ठीक-ठाक चारा मिल जाता है। ठीक न हो तो फिर असन्तोष भी।

मैं खोज तो नहीं पाया हूँ, पर कहीं विनोबा ने कहा है कि वेदों में युद्ध का एक नाम 'मम सत्य' भी है। मेरा सच, बस मेरा सत्य। इसमें युद्ध के न सही, विवादों के बीज तो छिपे रहते ही हैं। पिछले वर्ष इन्हीं दिनों में अफ्रीका के एक भाग में एक भयानक वायरस फैला था—ई बोला। न जाने कितनी जानें गयी थीं। तब हमारे मित्र दिलीप चिंचालकर ने ई बोला वायरस के साथ आई बोला वायरस भी कहा था, यानी मैं बोला वायरस।

फिर और न जाने कब हमें हमारा यह इतना प्रिय सत्य अचानक अर्धसत्य लगने लग जाता है। तब उसे छोड़ हम एकदम उससे उल्टे किसी सत्य से जुड़ जाते हैं। अपने आसपास टटोलकर देखें। छोटे से लेकर कई बड़े नाम विचारों की अदला-बदली में यहाँ से वहाँ घूमते मिल जाएँगे। यों यह कोई गलत बात भी नहीं है।

जीवन यात्रा में एक विचार यात्रा भी चलती है। इसे अच्छे अर्थों में देखें तो यह मन का, दिमाग का खुलापन भी लगेगा। कल तक हम एक विचार को मानते थे, आज हमें उसकी कुछ सीमाएँ दिख गयीं तो हमने उसे बिना मोह के छोड़ दिया। यह तो गुण ही कहलाएगा।

कुछ बड़े अच्छे लोगों का जीवन बम बनाने से शुरू होता है पर बाद में उन्हें

आध्यात्मिक ऊर्जा भी दिखाई देती है। लेकिन यदि यह गुण है तो दूसरे को भी ऐसी छूट, ऐसा अवसर देना होगा। वह तो हम देना नहीं चाहते। पहले किसी एक विचार से मित्रता और फिर उससे भिन्नता, उससे अलग होना हमें बस षड्यन्त्र ही दिखता है।

इसलिए जीवन का अर्थ जानने के लिए यदि हम किसी एक विचार, एक धर्म, एक समाज, एक परम्परा में रहस्य खोजते रहे तो हम खुद तो कुछ सन्तोष शायद पा बैठें, पर इससे सबको अर्थमय जीवन जीने का रास्ता नहीं मिलने वाला। अच्छा जीवन, अगर अपने आप में साध्य या मंजिल बन जाये तो शायद हम उस तक पहुँच भी न पाएँ। इसमें भटकाव की बहुत गुंजाइश बनी रहेगी।

पिछले दौर में एक खास तरह की नयी पढ़ाई से पढ़ कर दो पीढ़ियाँ तो निकल ही चुकी हैं। इस पीढ़ी के ज्यादातर सदस्य बैंगलोर, हैदराबाद, पुणे और बाहर संयुक्त राष्ट्र अमेरिका आदि में जा बसे हैं।

यदि सार्थक जीवन का अर्थ बस केवल अर्थ, यानी रुपया-पैसा है तो समाज के इस हिस्से के पास उसकी कोई कमी नहीं है। लेकिन जीवन का अर्थ उनके हाथ भी आसानी से नहीं लग पाता। उनके पैसे का एक भाग जीवन जीने की कला सीखने पर भी खर्च हो चला है। इस कला को सिखाने वाले भी कोई एक नहीं अनेक लोग हैं।

इनके कपड़ों के रंग भी शुद्ध सफेद से लेकर गेरुआ, भगवा सब हैं। हजारों नहीं लाखों लोग कहीं योग या योगा करते हैं, ध्यान लगाते हैं, जाप या चांटिंग करते हैं। यह धर्म की नयी दुनिया भी है, धर्म का नया बाजार भी और धर्म का नया मॉल भी। इसमें डोसा, पराँठा कब से नहीं खाया- पूछने वाले गुरू भी हैं।

समाज के काम से जुड़े लोगों को 'चेंज', बदलाव, परिवर्तन जैसे शब्दों में विशेष आकर्षण मिलता है। धर्म के इस बाजार में भी चेंज शब्द आ गया है—'यस आई कैन चेंज' भी यहाँ चला है और अब 'न्यू' भी लग गया है इसमें। और इसमें भी कोई सन्देह नहीं कि इन सब कामों से हजारों लोगों को कुछ-न-कुछ लाभ भी हुआ ही है। उनका भटकता हुआ मन कुछ शान्त हुआ होगा। तो कलियुग में धर्मयुग का यह अवतरण अच्छा ही मान लेते हैं। लेकिन धर्मयुग से मिलता-जुलता एक और शब्द है—युगधर्म। इस युग का मुख्य धर्म है, इस समय का मुख्य विचार है—विकास। हर चीज का विकास।

संगठन का, देश का, शहरों का विकास, गाँवों का विकास, बाल विकास, महिला विकास। सब तरह के विचारों के झंडे इस विकास के झंडे में आकर समा जाते हैं। इस युगधर्म ने जीवन के अर्थ को भी प्रभावित किया है। हम सब चाहे जो भी काम करते हों, हम सब पर जाने-अनजाने इस विकास की छाया पड़ती ही है।

यह अनायास, अकारण नहीं है कि एक बाबा हरिद्वार में 'फूड पार्क' बनाते हैं और दूसरे बाबा अमेठी में इसी नाम से, मिलते-जुलते नाम से नहीं, इसी नाम से फूड पार्क बनाते हैं। एक बाबा का फूड पार्क बन जाता है पर अमेठी का फूड पार्क राजनैतिक पचड़ेबाजी में फँस जाता है। पर दोनों का मन एक ही है।

विकास की इस दौड़ में हम सबको दौड़ना ही पड़ता है। इस चूहा-दौड़ में दौड़ना ही है। पीछे रहें या आगे, यह विचित्र दौड़ हमें चूहा तो बनाती ही है।

अर्थमय जीवन की चर्चा तो काफी गम्भीर होनी चाहिए। हमारी यह चर्चा कोल्हू, बैल और चूहे जैसी घटिया हो गयी है तो आप सबसे क्षमा माँगते हुए मैं थोड़ा-सा लिफ्ट कर देता हूँ। इसे थोड़ा ऊपर उठाता हूँ। अभी तीन दिन पहले ही 'लिफ्ट करा दे के' गायक को भारत की नागरिकता मिली है। उन्होंने बयान में कहा है कि यह उनके जीवन की सबसे बड़ी उपलब्धि है। अदनान सामी का जीवन सफल हो गया है, अर्थमय बन गया है उनका जीवन।

क्या सचमुच ऐसा है? अर्थमय जीवन की ये हमारी अपनी छोटी-छोटी परिभाषाएँ हैं। भारत की इस मिली-मिलाई नागरिकता को तो कई लोग छोड़ यूरोप, अमेरिका, कनाडा की नागरिकता पाने आतुर हैं। फिर आज दुनिया में ऐसे लोगों की संख्या भी सबसे ज्यादा हो गयी है, जिनकी कोई नागरिकता ही नहीं बच पाई है।

युद्ध, गृह युद्ध और बहुत दूर के दादा देशों की दखलन्दाजी से कुछ लाख लोग शरणार्थी बने इधर से उधर भटक रहे हैं। उन पर आज क्या बीत रही होगी, हम सोच भी नहीं सकते। ऐसी दुनिया में सिर पर छत तो दूर की बात है, सिर पर एक आड़ और भरपेट नहीं, मुट्ठी भर अगला भोजन मिल जाये उतना ही अर्थ रह जाता है उनके जीवन का।

गाँधीजी ने तो आज़ादी की लड़ाई के बीच में भी भूखे के भगवान की कल्पना कर दिखाई थी। उसके सामने भगवान भी रोटी के रूप में आने के अलावा कोई और रूप धारण कर ही नहीं सकता। हिम्मत भी नहीं कर सकता।

अर्थमय जीवन के इस रोटी-रूप को लेकर भी दुनिया भर में अनेक विचारकों, चिन्तकों, क्रान्तिकारियों ने कई तरह के शास्त्र रचे हैं, उन्हें अमल में उतारने के संगठन भी बनाए हैं। पर उन समाजों में भी जीवन का अर्थ एकदम साफ समझ में आ गया हो—इसका कोई पक्का रूप दिखता नहीं।

आज से कोई 25-30 बरस पहले हम लोग पानी, तालाब आदि पर कुछ काम कर रहे थे। उस विषय को समझने के लिए इधर-उधर जिज्ञासा में भटकते थे। हमारे कारण कुछ और साथी भी इसमें चीजें जुटाने में हमारे साथ हो लिए।

राकेश दीवान तालाबों को समझने मध्य प्रदेश, महाराष्ट्र की सीमा पर बैतूल इलाके में घूम रहे थे। वहाँ उन्होंने एक राजा का किस्सा सुना। तालाब तो इस किस्से

में आएगा ही, पर इसमें पहले तो जीवन के अर्थ की खोज ही थी।

राजाओं का, प्रायः शासन करनेवालों का स्वभाव जरा अलग ही रहता है। सांसारिक राजा को न जाने क्या हुआ कि उन्हें अपने जीवन का अर्थ जानने की इच्छा हो गयी। किसी सलाहकार ने उन्हें बता दिया कि बस ब्रह्म जान लो, सब अर्थ पता चल जाएगा। "तो तुम बता दो ब्रह्म के बारे में, राजा ने उससे कहा था। यह तो बड़ा काम है राजा, हमें तो पता नहीं ब्रह्म का। पर इतना तो पक्का है कि ब्रह्म जान लो तो सब पता चल जाएगा।" कौन बताएगा फिर ब्रह्म नाम की बला? सलाह मिली कि राज्य के सारे ज्ञानियों को, सन्तों को, साधुओं को जमा करो। सम्मेलन करो उस समय के किसी विज्ञान भवन में। उनमें से कोई-न-कोई तो ज्ञान दे ही देगा, ब्रह्म बता ही देगा!

ब्रह्म जानने, जीवन का अर्थ जानने, राजा का जीवन अर्थमय बनाने के लिए विराट आयोजन की तैयारियाँ शुरू हुई। राज्य के ही नहीं राज्य से बाहर के भी ज्ञानियों को न्यौता भेजा गया। अब ये शासन करने वालों की भी तो कुछ सनक होती है। ब्रह्म ज्ञान बताने का नहीं, ब्रह्म ज्ञान सुनने का तरीका क्या होगा—यह तय किया राजा ने।

गोलमेज, राउंडटेबल कान्फ्रेन्स नहीं। राजा ने कहा कि सम्मेलन स्थल पर मैं अपने भव्य सफेद घोड़े के साथ खड़ा रहूँगा। एक-एक कर ज्ञानी आएँगे। मैं रक़ाब पर एक पैर रखूँगा और घोड़े पर चढूँगा। दूसरा पैर दूसरी तरफ की रकाब में जाएगा ही बस इतनी ही देर में ज्ञानी को ब्रह्म के बारे में बताना होगा। नहीं बता पाया तो मैं अपनी एड़ी से घोड़े को इशारा करूँगा।

घोड़ा फुर्र से उड़ जाएगा। जो इतने क्षणों में, इतने सेकेंड में ब्रह्म ज्ञान दे दे—उसे भारी इनाम। जो न बता पाये इतनी-सी देर में, उसे कुछ सजा भी देने की बात थी। पर उस विस्तार में जाना जरूरी नहीं। रकाब में पाँव, ब्रह्म दिखाव—यह था नारा राजा का।

लम्बा किस्सा थोड़े में समेटना हो तो यही बताया जा सकता है कि राजा क़ा पाँव रकाब में जाता और घोड़ा फुर्र से उड़ जाता। राजा का जीवन अर्थमय कैसे बने, इस चक्कर में कई लोगों को कोड़े खाने पड़े। लेकिन फिर एक ज्ञानी आया। राजा ने पैर उठाया ही था कि उसने जोर से कहा, "अकाल पड़ा है, तुझे ब्रह्म की पड़ी।" बस। राजा घोड़ा नहीं दौड़ा पाया। उतर गया नीचे। क्या पता उसे ब्रह्म दिख गया होगा। फिर उस इलाके में राजा-प्रजा ने, इन ज्ञानियों ने, कोड़े खाने वालों ने भी मिलकर इतने सारे तालाब बनाए कि फिर वहाँ कभी ऐसा अकाल पड़ा नहीं।

इस तरह के किस्से जीवन का अर्थ जानने की अलग-अलग खिड़कियाँ खोलते हैं। इससे यह भी प्रश्न उठता है कि खुद अकेले ही जीवन का अर्थ जान लेना

है या और भी कई को साथ लेकर इसे पाना है। अकेले किसी गुफा में अर्थमय जीवन का लड्डू खा लेना है यानी एकवचन या बहुवचन में, सबके साथ दावत देकर।

अकेला ऊपर उठ जाना है या बहुतों के साथ थोड़ा-सा ऊपर उठना है। फिर इस किस्से में एक परत समय की, काल की भी है। इस मीठे रहस्य को कुछ समय के लिए पाना है या बड़े लम्बे समय के लिए।

अर्थ की खोज आप लगभग हर समाज में कुछ हजार साल पुराने शास्त्र के तरीके से करते हैं। शास्त्री के तरीके से करते हैं या एक मिस्त्री के तरीके से- यह भी सोचना पड़ेगा। फिर एक तरीका है सोचने का। सोचना शब्द सरल लगे तो इसे कठिन बना लें—चिन्तन करने का भी एक तरीका है। चिन्तन से बात जीवन पर आती है।

यह जीवन अपने आप में क्या बला है? हमें कब पता चलता है कि हम जीवन जी रहे हैं? साँस तो हम जन्म से पहले ही लेने लगते हैं। हमारा प्राण, हमारा हृदय तो न जाने कब बन जाता है। जीव विज्ञान या शरीर विज्ञान की भी समझ जरूरी नहीं।

जन्म के बाद एक दौर तो अबोध बने रहने का ही होता है। पर अबोध का 'अ' तो हट जाता है, बचपन में ही, बोध तो हाथ नहीं आता। लगता है तीन अक्षर के इस शब्द अबोध का 'अ' हटते ही पूरे तीनों अक्षर हमारे हाथ से छूट जाते हैं।

न हम अबोध रहते हैं न हमें बोध हो पाता है कि हम कौन हैं, कहाँ से आये हैं, कहाँ जाएँगे। हम भटकते रह जाते हैं। मंजिल का तो पता नहीं रहता पर हम उस मंजिल तक की यात्रा का भी मजा नहीं ले पाते, आनन्द नहीं ले पाते।

शिकायत करते रह जाते हैं, खुद अपने से, अपने दुश्मनों से तो छोड़िए, अपने मित्रों से, अपने समाज से और जिसे जालिम जमाना कहते हैं उससे तो न जाने कितनी शिकायतें करते ही चले जाते हैं। हमारी पूरी जीवन यात्रा, लगता है शिकायतों के ईंधन से चल पाती है। और फिर हमारी जीवन की यह गाड़ी इतना काला धुआँ छोड़ती है कि दूसरों के फेफड़े तो खराब होते ही हैं, खुद हमारे फेफड़े भी उससे बच नहीं पाते।

जो पहले कहा है वैसे कोल्हू के बैल हम बन जाते हैं। वही किस्सा पुराना है। फिर भी सजन झूठ बोलते रहते हैं, लड़कपन खेल में खोते रहते हैं, जवानी नींद भर सोते रहते हैं और बुढ़ापा देख रोते रहते हैं। कवि शैलेन्द्र के ये बोल निकले तो बम्बईया फिल्म से हैं। पर इनमें आपको दर्शन की एक लम्बी परम्परा का निचोड़ दिखेगा।

पता नहीं कितने हजार बरस पहले एक ऋषि ने एक खास तरह की चटनी बनाई थी। उन दिनों ब्रांडनेम का जमाना नहीं था, फिर भी इस चटनी को, पाश को

उस ऋषि का ब्रांडनेम, ठप्पा मिल गया।

आज उसे भले ही कोई भी बनाए, नाम तो उसे यही देना पड़ता है—च्यवनप्राश। पर हम यहाँ इस चटनी की चर्चा स्वास्थ्य वाले प्रसंग में नहीं कर रहे हैं। आयुर्वेद बताता है कि इस चटनी में पूरी 45 तरह की चीजें, जड़ी-बूटियाँ, अत्ते-पत्ते, गुड़, आँवला, फल-फूल आदि डाले जाते हैं।

मामूली किस्म की सर्दी-खाँसी आदि से बचने, शरीर की थोड़ी प्रतिरोधक क्षमता बढ़ाने वाली इस चटनी में 45 चीजें पड़ती हैं तो जरा सोचिए, हिसाब तो लगाइए कि एक भरा-पूरा जीवन अर्थमय बनाने में कितनी सारी चीजों की जरूरत पड़ती होगी। इसमें भी हम शरीर शास्त्र की तरफ नहीं जाएँ, वह हमारा काम नहीं, योग्यता तो बिलकुल नहीं।

पर एक जीवन कैसे सार्थक बनता है, इसमें कितनी बातें जुड़ती हैं, घटती हैं, गुणा होती हैं, भाग होती हैं—सब जरा सोचें तो। सिर्फ अच्छी परिस्थितियाँ, अच्छी राय, संगतियाँ, अच्छा परिवेश, अच्छे अवसर ही नहीं, एक भरे-पूरे जीवन में विरोधी परिस्थितियाँ, विसंगतियाँ, जय-पराजय, मन की शान्ति और आसपास का कोलाहल, हल्ला-गुल्ला यानी नयी भाषा में कहें तो जिन्दाबाद-मुर्दाबाद सबका मिला-जुला रूप, आकार लेकर बनता है—हमारा जीवन।

कुछ हजार साल का इतिहास उठाकर देखें। महाभारत में एक पक्ष जीत जाता है। पर उस जय का परिणाम क्या है? युधिष्ठिर को उस जय से क्या मिलता है? वे कहते हैं, यह जय तो उस पराजय से भी बुरी है। जय-पराजय तो छोड़िए, मृत्यु तक से जीवन बनता है। अपना जीवन भी और आनेवाले दौर का जीवन भी। ऐसे कई उदाहरण हैं, यहाँ उन्हें दोहराने की जरूरत नहीं। पर आज से 67 बरस पहले यानी सन 1948 को इसी महीने की तीस तारीख को एक जीवन अपनी मृत्यु से कितना अर्थमय बन गया था।

तो 45 चीजों से बनी एक साधारण चटनी, प्राश और यह हमारा जीवन। उस तराजू पर हम जीवन तोलें तो एक अन्दाज लगेगा कि अपने जीवन को पौष्टिक, स्वादिष्ट या कहें सार्थक, अर्थमय बनाने में लाखों, करोड़ों चीजों को छानना, भूनना, कूटना, उबालना, घोंटना पड़ेगा। और कुछ नहीं तो पंचमहाभूतों की जरूरत पड़ेगी ही। पर यह प्रकृति बड़ी ही मजेदार चीज है। उसने जीवन को बड़ा सरल बनाया है।

जीवन तक जाने से पहले प्रकृति की बनाई एक और चीज देखें। बरगद का पेड़। और उसका बीज? राई के दाने से भी छोटा। इतने से बीज से ऐसा विशाल बरगद। वह भी और पेड़ों की तरह एक तने वाला नहीं। यहाँ तो तने भी अनगिनत हैं। उमर भी ऐसी सार्थक, इतनी अर्थमय कि 5-10 पीढ़ियाँ उस बरगद के नीचे छाया पा लें।

उसकी शाखाओं में पक्षियों की अनगिनत जातियाँ घोंसला बना लें और लाखों चिड़ियाँ खाना खा लें। कपड़ा उन्हें चाहिए नहीं, रोटी और मकान का इन्तजाम पक्का। हमारा तो एक नेता इतना करने—रोटी, कपड़ा और मकान जुटाने के नाम पर क्या-क्या नहीं करता। फिर भी कुछ नहीं कर पाता।

वापस लौटें अर्थमय जीवन जीने के लिए। ऐसा जीवन बनाने के लिए कितनी चीजें चाहिए। च्यवनप्राश में तो 45 चीजें लगेंगी ही। तो उस गुणा-भाग से यहाँ तो लाखों करोड़ों चीजें चाहिए। कहाँ मिलेंगी, कैसे मिलेंगी, कितने दाम में मिलेंगी सबको।

जीवन जी रहे सारे जीवों को यह सब एक दाम पर मिल पाएगी? यह सब मिल गया तो सार्थक जीवन यात्रा की प्रामाणिकता क्या होगी। मामूली रेल-यात्रा, हवाई जहाज की यात्रा भी आज तो बिना आई.डी.प्रूफ, आधार कार्ड के आप कर नहीं सकते तो फिर एक सार्थक लम्बी जीवन यात्रा क्या बिना आई.डी. के हो पाएगी?

तो क्या-क्या चाहिए कि लम्बी सूची बनाने के पहले एक और बाजारू उत्पादन पर लौटें। च्यवनप्राश से यह जरा अलग चीज है। फ्रांस में सुगन्ध का बड़ा कारोबार करने वाली एक कम्पनी है शनेल। बनाने को तो ये न जाने कितनी चीजें बनाती है, शायद एकाध करोड़ में बिकने वाली हाथ घड़ियाँ भी। पर इसकी सबसे ज्यादा प्रसिद्धि 'शनेल-5' नाम की एक सुगन्ध से हुई है। कोई तीन अंगुल की छोटी-सी खूबसूरत शीशी का दाम होता होगा पाँच हजार रुपया।

दुनिया भर में शौकीन लोगों के बीच नाम कमाने वाली इस महँगी सुगन्ध में च्यवनप्राश की तरह ही एक निश्चित मात्रा में निश्चित चीजें शामिल हैं। जैसे गुलाब की पंखुड़ियाँ कितने टन-मन आदि। यह सब सामग्री फ्रांस के खेतों से लेकर दुनिया भर के वर्षा वनों, घने जंगलों से ली जाती है।

लेकिन यदि किसी एक वर्ष इस सूची में से एक भी चीज उस मात्रा में न मिल पाये, उस गुणवत्ता की न हो तो उस बार शनेल-5 का उत्पादन रोक दिया जाता है। इतनी महँगी सुगन्ध की सार्थकता उस कम्पनी को दिखती नहीं। पर जीवन की सुगन्ध? प्रकृति जीवन की सार्थक सुगन्ध के साथ शनेल-5 जैसा काम करे तो शायद जीवन चले ही नहीं। किसी का भी जीवन ठप्प हो जाये।

जीवन को सार्थक बनाने में तो क्या-क्या चाहिए के बदले क्या-क्या नहीं चाहिए वाली सूची भी काम दे जाती है। आँखें नहीं, कान नहीं, मुँह नहीं—यानी अन्धी, बहरी और गूँगी होने के बाद भी अमेरिका की हेलेन केलर ने न सिर्फ अपने जीवन को भरपूर अर्थ दिया, उन्होंने आनेवाले ऐसे लाखों लोगों को रास्ता भी दिखाया।

उनकी जीवनी दुनिया भर में पढ़ी जाती है, उनकी सूक्तियाँ न जाने कितनों को कठिन दौर में, घोर निराशा में सम्बल और सहारा देती हैं। इसी तरह का एक और उदाहरण : लुई ब्रेल ने अपने बचपन में इस दुनिया को, उसके सब तरह के रंगों को, पूरे इन्द्रधनुष को अच्छी तरह से देखा था। पर फिर आँखों की रोशनी चली गयी। घुप्प अँधेरा छा गया। उजाला देख लेने के बाद तो अँधेरा और भी ज्यादा काला हो जाता है।

लुई ब्रेल ने अपने अँधेरे में खुद उजाला बनाया। एक ऐसी लिपि, स्क्रिप्ट खोजी, जिसमें लिखी गयी भाषा नेत्रहीन भी पढ़ सकें। इतने बड़े काम के बाद भी उन्हें अपने जीते जी कोई बहुत वाहवाही नहीं, कहीं कोई प्यार नहीं मिला। लेकिन उनके सार्थक जीवन का महत्त्व उनकी मृत्यु के बाद फ्रांस को भी दिखा और फिर पूरी दुनिया को भी। आज न जाने कितनी भाषाएँ लुई ब्रेल की बनाई लिपि में लिखी जाती हैं, नेत्रहीनों द्वारा पढ़ी जाती हैं। हिन्दी भी।

हेलन केलर, लुई ब्रेल और ऐसी न जाने कितनी विभूतियाँ हमें बताती हैं कि हमारे जीवन में चाहे जितनी चीजें कम हों—पैसा, प्यार, मान-सम्मान, अवसर, तरक्की- कोई भी चीज कम हो, न हो तो भी जीवन नहीं रुकता, जीवन रुकना नहीं चाहिए। आपदा यानी संकट। तो ऐसा कोई जीवन नहीं, जिसमें कल या आज आपद, आफत न आई हो, या कल न आये। आपातकाल लगाने की हैसियत तक पहुँची इन्दिरा गाँधी का जीवन भी बिना आपद का था नहीं।

मेरे पिताजी कवि थे। उनकी एक बहुत छोटी-सी कविता है जिसमें वे बताते हैं कि निरापद कोई नहीं है। न तुम, न वे, न मैं। किसी की भी जिन्दगी दूध की धोई नहीं है। फिर अन्त में वे लिखते हैं : दूध किसी का धोबी नहीं है! हम को खुद अपना धोबी बनना पड़ेगा, अपनी जिन्दगी खुद धोनी पड़ेगी—अगर हमें उस पर लगे दाग दिखने लगें। दूसरों के दाग तो हमें बराबर दिखेंगे ही। खैर, इस नयी कविता से एक पुरानी कविता भजन तक चलें।

कबीर का एक सुन्दर भजन है—'वा घर सबसे न्यारा।' कुमार गन्धर्वजी ने इसे और भी सुन्दर बना दिया है अपने स्वर से। इस घर से उस घर का परिचय है भजन में। बहुत-सी ऐसी बातें जो यहाँ इस जीवन में भरी पड़ी हैं, उस न्यारे घर में वे हैं नहीं। कबीर अपनी विशिष्ट शैली में बताते जाते हैं कि उस न्यारे घर में वेद भी नहीं है।

इस जीवन में इस घर में तो वेद, गीता, गुरुग्रन्थ, कुरान, बाइबिल सब कुछ है। और इसी सब को लेकर तरह-तरह के झगड़े भी हैं जो होने नहीं चाहिए, फिर भी होते ही रहते हैं। बन्द ही नहीं हो पाते। उस न्यारे घर में न मूल है, न फूल, न बेल है न बीज। धर नहीं, अधर नहीं। न बाहर भीतर जैसा कुछ है। न ज्ञान है न ध्यान है।

वहाँ पाप भी नहीं है और सबसे बड़ी बात तो कबीर यह कह जाते हैं कि वहाँ पुण्य का पसारा भी नहीं है। हमारे जीवन में पुण्य का सचमुच बड़ा पसारा हो जाता है। यह दिखता तो बड़ा सार्थक है पर प्राय: इसका पसारा इतना हो जाता है कि फिर हमें अपने पुण्य के आगे बाकी सब लोग पापी ही दिखते हैं। अपने जीवन की सार्थकता और शेष सारे जीवन की निरर्थकता। इस वृत्ति से मन्त्रियों के मुखिया और देश के प्रधान भी नहीं बच पाते।

तो उस न्यारे घर में यह सब नहीं है। वहाँ हम कब जाएँगे, जाएँगे भी कि नहीं, पता नहीं। पर इस घर में तो हम सब रह ही रहे हैं। थोड़ी-थोड़ी कोशिश करें तो कबीर के इस न्यारे घर के छप्पर से दो-चार तिनके तो हम अपने इस जीवन में ला ही सकते हैं। इसी भजन की एक पंक्ति में कबीर बताते हैं कि उस न्यारे घर में बिन ज्योति उजियारा है।

प्रारम्भ में हमने ऐसी सभाओं में एक दीया जलाने की कुछ बातें की थीं। जहाँ जलाया जा सके, वहाँ लोग दीया जलाएँ ही। पर न जल पाए आज की तरह तो कबीर के उस न्यारे घर की याद करें। मुझे पूरा भरोसा है कि अर्थमय जीवन में, जीवन के अर्थ को समझने की इस छोटी-सी कोशिश में आप सबकी उपस्थिति बिन ज्योति उजियारा कर देगी।

❑❑❑